古代美術史研究

二 編

第 27 冊

晚明遺民擔當禪師詩畫研究

莊琇婷 著

花木蘭文化出版社

國家圖書館出版品預行編目資料

晚明遺民擔當禪師詩畫研究／莊琇婷 著 — 初版 — 新北市：
花木蘭文化出版社，2017〔民106〕
目 4+170 面；19×26 公分
（古代美術史研究 二編：第 27 冊）
ISBN 978-986-404-820-5（精裝）
1. 釋擔當 2. 明代詩 3. 詩評 4. 畫論
820.8   105014962

ISBN-978-986-404-820-5

9 789864 048205

古代美術史研究
二 編　第二七冊   ISBN：978-986-404-820-5

晚明遺民擔當禪師詩畫研究

作　　者　莊琇婷
總 編 輯　杜潔祥
副總編輯　楊嘉樂
編　　輯　許郁翎、王筑　美術編輯　陳逸婷
出　　版　花木蘭文化出版社
社　　長　高小娟
聯絡地址　235 新北市中和區中安街七二號十三樓
　　　　　電話：02-2923-1455 ／傳眞：02-2923-1452
網　　址　http://www.huamulan.tw 信箱 hml 810518@gmail.com
印　　刷　普羅文化出版廣告事業
初　　版　2017 年 3 月
全書字數　133684 字
定　　價　二編 28 冊（精裝）新台幣 75,000 元

晚明遺民擔當禪師詩畫研究

莊琇婷　著

作者簡介

莊琇婷，1981 年生於宜蘭市，畢業於逢甲大學中國文學所。求學期間，就對文本與圖像結合的藝術形式有興趣，在因緣際會下，發現擔當的畫冊，而展開對擔當詩歌與繪畫的研究，完成碩士論文後，進入補教業，成為上班族，忘精進，陷怠惰，幸有恩師余美玲教授的提點與先生林政諺的鞭策以及花木蘭出版社的提攜之下，終於修訂出版此論文。望海內讀者，讀之了解擔當禪師，在知人論事之餘，能原諒作者以禪師之詩畫以逆測禪師之志。昔人已矣，惟詩畫可論交，這篇論文陪伴著我走過生命的低谷，一直到嫁作人婦，進入不同生命階段後，似乎更能體會禪師的心靈歷程。生命的意義在於分享與傳遞善念，獻給正在閱讀這段文字的你。

提　　要

　　明清之際的亂離漂蕩，直接衝擊以道為己任的士大夫階層。他們自我出處的選擇，政治認同與文化認同，都與時代交替緊緊相繫。明擔當禪師（1593-1673），即屬於在此一特殊時空下的個體。俗名唐泰，字大來，雲南晉寧人，本為儒士出身，後感世運難挽，又身處政治與地理邊陲，而有君子居夷、守夷的準備，母親過世，五女出嫁後，於崇禎 15 年（1642），披剃出世，出世後仍不忘用世之心，明祚既滅，憑藉詩歌、繪畫，以紓解國破家亡之痛，並鉤勒自我的心靈圖像。本文以擔當詩作與畫作為論據，透過詩作與畫作相互辯證又互補的關係，詮釋擔當的心靈圖像，了解身處特殊時空之下明遺民，如何建構自我生存的時空，回歸生命的家園。晚年的擔當禪師有幾則聯語，很是貼近他的心靈歷程，「白雲山青佛魔盡掃，天長地久日月齊明。」「面對佳山不須東去西去，心懸明鏡任他胡來漢來。」是遺民同時也是禪者，如果只偏重他遺民的身分，會誤以為他出世是因為絕望，但從禪師時期，他的詩作與畫作來看，他對生命反有一種更高的肯定，臨終之際，留下偈語，「天也破，地也破，認作擔當便錯過，舌頭已斷，誰敢坐。」對他來說，生命的意義，並不是在傳遞教條與知識，因此終其一生，都不上堂說法，而是教人突破黑白對立，成為自在的存有，如空中之飛鳥，如水中之游魚，一任生命的水墨飛翔優游於大化中。

誌　謝

　　這本論文的完成，實在得到太多人的鼓勵與幫助。一開始會接觸到明代雲南擔當禪師的畫冊，是出於一顆好奇心，在與指導教授—恩師余美玲女士討論時，自己對書畫領域全無頭緒，不知如何下手，老師卻對我作跨領域的嘗試給予很大的支持和肯定，適逢 2007 年李昆聲教授到系所上開課，教授雲南美術考古的課程，讓我明白原來雲南是如此地靈人傑，多采多姿，增強我的信心。儘管論文寫作過程斷斷續續，思路常常受阻，余老師一直以來不斷鼓勵我，並給予悉心指導，而本文第三章投稿期刊時，李寶玲老師指出我思考上的盲點，口試委員楊雅惠老師、黃敬欽老師，耐心地糾正本論文的錯誤，並提出許多寶貴意見，在此一併致謝。

　　更要感謝在論文寫作過程中，背後最安定的力量—我的父母親，這三年來，對我的諒解與包容，在生活上讓我無後顧之憂。此外，感謝學妹伊藤眞奈美幫我蒐集並翻譯鈴木敬〈担当とその周辺、絵画について〉一文，同學嶺臻、佳榮幫我蒐集取得相關論文，以及政諺、思吟、敏雄、駿楠、湄淑、玉蕙和母校逢甲大學中文系師長們的鞭策和鼓舞，祝福大家法喜充滿，身心自在。

　　必須感謝的人，還有許多許多，謹以這本論文的完成獻給諸位。

琇婷

2010 年 8 月

目次

圖目錄

第一章 緒 論

第一節 研究動機與研究方法

一、研究動機

「家」一詞，在中國傳統文化裡，可以指身家、家族、家園、家鄉、國家，這些詞彙反映出人類從游獵、穴居到農耕的發展過程中，是如此深刻堅定地追求自我生命完整性，並通過詩歌、繪畫各種方式展現自己的精神生活。漢代儒者認為人類理想的生活方式，是以身家為圓心，修身、齊家、治國、平天下，向外一圈一圈擴大的穩定倫理結構，然而根據現代心理學家馬斯洛人類需求五層次需求理論，人類的需求，不僅只有人倫之美、愛與歸屬的需要而已，更包括對自我實現的渴求。與此相關的是我國民族心靈與思維的特殊表現：以生命為本的哲學特質，將一個人的精神、氣質、修養與藝術風格連結的創作方式，士大夫參與繪畫創作，以繪畫怡情悅性，將筆墨的趣味放在比描摹物象更重要的地位，聊寫我胸中逸氣耳。

每個朝代皆有興亡但人所面對的難題不同，明代中後期，世俗政權的暴虐，都市中產階級的興起，商業貿易擴張帶來財富的流動，文藝和娛樂的消費需求日增，刺激繪畫買賣與表演藝術發展，挑戰傳統農業社會生活，衝擊大多數人的社會期望，尤其是士大夫的社會期望，造成大批生員從士紳階層游離出來，轉為從商，或是參與學變、民變，士人離家遊走似乎已經成為一

種常態〔註1〕，這些離家遊走的士成為了真正無家可歸之人，他們真正的困境不在於無家可歸的物質層面，而在於無家可歸的心靈狀態，這不只是客觀上空間的問題，同時也是主觀上心境的問題。明末文人雖已察覺到政治與經濟結構的轉變，對社會風尚的不良影響，上自宮廷，下至市井，人群內在深層心理由過去自給自足的調適，轉向對外在物質的追求，藉由財富或名譽的累積達到自我價值的肯定，儘管意識到問題不僅止於外在環境因素，還包括當時社會的價值觀，卻無法改變這個問題，身處在那個當下，已經不是以「邦有道則仕，無道則隱。」可以自我調解的，儒家本欲建立溫暖人倫共同體的理想，無法再滿足人心對生命本質更深切的疑問，生命從何處來，又從何處去？又如何安頓一己性命的需求？這正是歷史的艱難處。

整個時代君臣相激、士民相爭的氛圍，要求一種對人性更有包容力，規模更宏遠的思潮作為時代的精神支柱，萬曆（1573～1619）年間，佛教人才輩出，蓮池袾宏（1535～1615）、憨山德清（1546～1623）、達觀真可（1543～1603）、蕅益智旭（1599～1655），這四位僧人以大師的胸襟，對於重整當時的社會秩序，融會禪、淨、律、密諸宗，以及儒、釋、道三教會通有著重要的影響，均對當時社會付出了關懷與貢獻，吸引大批士人親近出家的高僧，投入融通儒學、禪學的研究。佛教的基本原則——諸行無常、諸法無我、涅槃寂靜，認為無論是物質還是心靈自身會持續生滅變化不曾固著，影響有些士人契入佛教，一切現象皆由因緣聚合，世俗政權轉換亦然，應正視人生當下的眾生相。有些士人則在逃禪後，致力於會通儒釋作哲學體系的探索，亦不斷為社會正義而奔走，比如方以智（1611～1671），以忠君憂國的風骨，期許自己能入世幫助眾生，具有旺盛擔負時代使命的意識。佛教有出世間法與入世間法，以入世間法教人，若得志同道合者，參與社會世間的一切，欣然共同擔負起社會責任，以出世間法去除人性對於色相的執著，試圖指出身家、家族、家園、家鄉、國家，無非都只是暫寄而已。出世與入世，是人作為一個主體，對自我生命的有深切期許，與現實環境互動的關係，宜是一體的兩面。

以上所談是明末社會風尚的概況，簡單來說，這是一個價值系統逐漸轉型和變化的時代，是一個時代的價值體系〔註2〕如何與現實環境互動的問題，但由於

〔註1〕明代士人的社會流動與遊走經驗，可參見陳寶良：《明代儒學生員與地方社會》，北京：中國社會科學出版社，2005年；趙園：《制度、言論、心態——明清之際士大夫研究》〈遊走與播遷〉北京：北京大學出版社，2006年。
〔註2〕價值系統，見余英時〈從價值系統看中國文化的現代意義〉一文，余英時認

牽涉到的領域太廣，本文無力處理這麼大的議題，因此關注的範圍是明清易代之際，遺民如何面對「天崩地解」的現實環境，無家可歸的心靈狀態，又以身處邊陲的明遺民擔當禪師（1593～1673 A.D.）為主要分析對象。首先必須明確界定清楚「遺民」的概念，史傳書寫以不死且不仕於新朝的亡國之民，謂之「遺民」，不進入新朝政治空間是遺民在政治上的行為表現。自永曆政權消亡（1661 年）後，清朝政權逐漸穩定，明遺民群體對新朝的態度從強烈反抗到消極退避，最後接受新朝的存在，他們必須面對的生命困局不僅只是江山易主，伴隨一種更深刻的文化失落感。比起棲居空間的匱乏，精神原鄉的失落，更讓人無所適從。遺民是一多面向的群體，不只是空間問題，同時是一種時間現象，這種在時間與空間中皆不得其所的遺民情境，如何藉由文學與圖像建構精神的原鄉，更值得我們去研究。石濤曾題擔當畫：「大有解脫之相。」〔註3〕點出擔當入於禪境，繪畫具有荒寒的風格。邢文在〈擔當生卒年及其山水〉亦云：「意氣所至，泄為繁礴之理，不見色相……和尚老手披霜，於色相有無之間揮寫胸中盤鬱豪俠之氣。山勢顯而欲墜、孤而其峭，意境蒼茫荒寒。筆既奪人，境更奪人。」〔註4〕筆墨可以模仿，但意境是沒有辦法模仿的。擔當出身雲南，本為儒士，但長期離家遊走於江南，出家習禪兩年後旋即國變，他無家可歸的心靈狀態，以及他詩作與畫作中的荒寒意境，引發本文研究擔當詩作與畫作的動機。

若要提及有遺民傾向，而兼有書畫家以及僧人身分，人多關注清初四僧而忽略擔當，其實四僧只是龐大遺民群體中少數幾人。近代畫史討論明末清初的繪畫發展，習慣將漸江、石谿、八大山人、石濤合稱清初四僧，相對仿古派的四王，王時敏、王鑑、王翬、王原祁。四僧反對一味模仿古人，主張「我自用我法」，從觀察自然中粹練自己的筆墨語言；四王則主張守法仿古，先求熟悉傳統筆墨語言記號系統，再將之變化重組。實際上，創作本來就沒有固定的方法和途徑，四僧與四王對繪畫發展都有各自的貢獻和影響，引領風騷近百年。邢文〈五僧說〉云：「擔當、石谿、石濤，三家山水，皆見縱放

同人類學者的觀點，文化是成套的行為系統，而文化的核心則由一套傳統觀念，尤其是價值系統所夠成。他在此文中從三個層面，人與天地的關係、人和人關係、人對於自我的態度，來探討中國文化的價值系統與現實環境的互動關係。見氏著：《中國思想傳統的現代詮釋》，台北：聯經，民 84 年 3 月，頁 1～51。

〔註3〕見史樹青：《勵耕書屋問學記》，北京：三聯書店，1982 年 6 月。頁 81
〔註4〕邢文：〈擔當生卒年及其山水──勵耕書屋舊藏山水冊研究〉，《清華漢學研究》，1997 年 11 月，頁 60。

筆致。擔當，禪心冰骨；石谿，粗頭亂服；石濤，惡墨柔痕。然擔當山水之冷、逸，則非二石所能夢見。」〔註5〕標志出擔當冷逸的風格，點出擔當作品在藝術史上的研究價值。然而論述重心不在討論擔當畫作在藝術史上的定位，而在拋磚引玉，希望從能從創作主體常規意念的融通上，也就是他身為詩人、身為畫家、身為遺民、身為禪者的文化心理結構的一致性，去瞭解他詩作與畫作之間的深層聯繫。

二、研究方法

人類對世界的認識都是從客體事物的感知開始的，但當人要進一步表達對這個世界的認識時，文學與繪畫走上了不同的道路。文學是以語言為媒介的藝術，漢儒經由分析詩經所得到的三種形式，賦、比、興，其中「比」是心的內蘊情感在先，再藉由意象的理性安排來表達，「興」指的是物的觸引在先，心的情意感發在後，古典詩歌的抒情傳統，主旨都離不開「心」與「物」交匯後的種種變化，標舉出文學所用的是形象思維這個基本原則。繪畫則以筆墨、線條為媒介，在二維平面上創造靜態的視覺空間形象，雖然只能表現片斷、局部的視覺空間，無法呈現時間的流動，但可以透過圖像的選取和組合，以象徵、隱喻、暗示的手法來表達自己，在一個藝術文本裡，任何可以起意義作用的物品、形象、姿勢等，將會指向那些可以透過它們來表達的意義背景。〔註6〕如何透過詩作與畫作，符徵與符指的分析，也就是符號詮釋方法，來解讀擔當藝術文本的意義。

本論文採用詮釋學為研究的途徑，第一步是先弄清楚藝術文本（包含詩作與畫作）究竟說了什麼？即字面與畫面的基本涵意。再從作者的生平背景，當時的文化思潮，作者所使用語彙的共時性與歷時性，任何一個時代都會有群體共識，某一個固定語彙有其基本的指涉，我們現在讀楊慎〈昆陽望海〉：「昆明波濤南紀雄，金碧滉漾銀河通。平吞萬里象馬國，直下千尺蛟龍宮。」〔註7〕會不明白詩題與象馬有何關係，但若是明代雲南文人讀此詩，則知道象馬國是

〔註5〕邢文：〈五僧說〉，《江蘇畫刊》，1992年8月，頁9。

〔註6〕羅蘭・巴特（Roland Barthes 1915～1980 A.D.）指出，意指即符號的兩個關係項之一，使意指與意符相對立的唯一區別是：意指是一種中介物……在這裡物品、形象、姿勢等只要起有意義的作用，它們就會指向那些只能透過它們來表達的東西。見氏著，李幼蒸譯：《寫作的零度》，台北：桂冠圖書，1991年，頁159。

〔註7〕楊慎撰，張士佩編：《升庵集》（文淵閣四庫全書本）卷30葉2，台北：台灣商務印書館，1983年。

指雲南，雲南自古以產象及產馬著稱。最後一個層面是文本能夠說什麼？一個藝術文本裡，可能交織著同時期或不同時期的引文，尤其是詩歌與畫作會有很多意在言外的情況，字面上沒有明白說出來。比如擔當署款永曆 12 年的〈太平有象圖〉，其中的政治寓意，字面上沒有明白說出來，但如果讀過《法句經·象喻品》：「若得同行伴，善行富智慮，能服諸艱困，欣然共彼行；若無同行伴，善行富智慮，應如王棄國，如象獨行林。寧一人獨行，不與愚為友，獨行離欲惡，如象獨遊林。」〔註 8〕就能夠明白為什麼擔當在象旁邊畫一僧一松一石。但有時候，某些作者都不完全清楚的意義，是隱藏在地方的歷史記憶系統論述過程，或是隱藏在作者的文化心理結構中，當作者寫出一首詩或是完成一幅畫之後，這首詩（一幅）畫就已經離開作者這個主體，成為一個獨立的文本，而在文本之中不自覺引用了其他文本，如何閱讀與理解，就必須深入文學與圖像互補的作用中，將作者的題畫詩或是同一主題的詩作與畫作，兩者互相對照，互相印證，才能掌握作品背後的形式依據與象徵系統。

第二節　文獻回顧

　　資料的考察，分為兩類，一是依據擔當自己留下的著作與畫作。二是根據諸種方志、金石碑銘所載，世代相承的畫史資料、以及雲南文史工作者的輯佚與田野調察。若以重要性而言，第一類的資料極其可貴，第二類的資料則更具有普遍性和系統性。近年來，已有學者注意到擔當的藝術成就，分為從時代環境、個人生平、繪畫作品分析三個角度來論述，以下分別從詩文、書畫、生平三方面，回溯研究擔當的文獻，鑑往知來，以確立論述的方向。

一、詩文輯佚、點評

　　擔當的詩文一直受到雲南學者的重視，清嘉慶初年，袁文典、袁文揆編《滇南詩略》時，在舊書肆購得擔當詩集刻本，選錄擔當詩八十二首入《滇南詩略》卷八，於嘉慶四年（1799）付梓刊行，並有點評，稱其詩「七絕尤

〔註 8〕釋了參譯：《南傳法句經》，台北：圓明出版社，民 80 年，頁 165。法句經有南傳與北傳，北傳法句經偈文是：「若得賢能伴，俱行行善悍，能伏諸所聞，至到不失意。不得賢能伴，俱行行惡悍，廣斷王邑里，寧獨不為惡。寧獨行為善，不與愚為侶，獨而不為惡，如象驚自護。」（《大正藏》，第 4 冊，經號 210，第 31，頁 570b10）。本文以為了參法師所譯，南傳巴利文法句經，更貼近擔當此畫所要表達的意思，故採用南傳法句經。

爲擅場」〔註 9〕、「樂府律體時有粗豪淺率語」〔註 10〕。然到清末，就僅剩傳
鈔殘本，詩集刻本久覓不得，陳榮昌〔註 11〕編《滇詩拾遺》，得《橛菴草》五
卷，又選錄其中八十四首，稱他「帶氣負性，故其詩生峭」〔註 12〕，論擔當
爲僧之來歷，是因「悲憤而隱於僧」〔註 13〕

　　清光緒三十二年（1906），李根源〔註 14〕於北京琉璃廠購得舊鈔本一冊內
錄詩六十四首，合《聽泉樓雜鈔》、《滇南詩略》、《滇詩拾遺》所錄共一百七
十七首，編《明義僧擔公遺詩》一卷，刊行於宣統三年（1911）〔註 15〕。民
國十二年（1923），方樹梅〔註 16〕於擔當後裔家覓得《翛園集》、《橛菴草》合
刻本，僅缺五、七言近體二卷，於民國十三年（1924）刊行《擔當遺詩》八
卷，收入《雲南叢書》集部之十四〔註 17〕，是現今研究擔當比較容易取得的
刻本，此後方樹梅先生歷經數十年搜訪，尋得《翛園集》崇禎刻本八卷，《橛
菴草》康熙七年（1688）刻本七卷〔註 18〕，合《拈花頌百韻》、《罔措齋聯語》

〔註 9〕 袁文典：《滇南詩略》（清光緒二十六年羅瑞圖重刻本）卷 14 葉 16，收入《叢
　　　　書集成續編》，上海市：上海書店，1994 年。
〔註 10〕 同上註。
〔註 11〕 陳榮昌（1860～1935），字筱圃，號虛齋，晚號困叟、遁農、明夷子，光緒壬
　　　　午科鄉試解元，曾任武英殿纂修、國史館協修、貴州學政、貴州和山東提學
　　　　使、昆明經正書院山長等職，其門生有李根源、方樹梅、趙藩、袁嘉谷，師
　　　　生皆致力於雲南地方文獻收集、整理、刊刻。
〔註 12〕 陳榮昌：《滇詩拾遺》（雲南叢書甲寅刊本）卷 5 葉 27，收入《叢書集成續編》，
　　　　台北：新文豐出版社，民國 78 年。
〔註 13〕 陳榮昌：《滇詩拾遺》（雲南叢書甲寅刊本）卷 5 葉 27，收入《叢書集成續編》，
　　　　台北：新文豐出版社，民國 78 年
〔註 14〕 李根源（1879～1965），字印泉，又字養溪、雪生，號高黎貢山人，雲南騰沖
　　　　人。清光緒二十四秀才，1904 年赴日本，就讀陸軍士官學校第六期，旅日期
　　　　間加入中國同盟會，袁世凱稱帝時，曾參與護國戰爭，1923 年，因反對曹錕
　　　　賄選總統，退出政壇，隱居吳中。
〔註 15〕 李根源：〈普荷傳〉，《擔當遺詩》，叢書集成續編影印雲南叢書本，台北：新
　　　　文豐出版社，民國 78 年，第 172 冊，卷 8 葉 15。
〔註 16〕 方樹梅（1881～1968），字耀仙，號雪禪，一號梅居士，又號和衲山人，晚號
　　　　紅豆老人，雲南晉寧人，考證擔當生平甚詳，編纂《滇南碑傳集》、《滇南書
　　　　畫錄》、《晉寧詩徵》、《晉寧州志》、《明清滇人著述書目》，均有研究擔當的珍
　　　　貴史料。
〔註 17〕 《雲南叢書》多次刊刻《擔當遺詩》，但皆不全，所使用爲民國十三年《雲南
　　　　叢書》本，見趙藩：〈擔當遺詩弁言〉，《擔當遺詩》卷 1 葉 1，收入《叢書集
　　　　成續編》，台北：新文豐出版社，民國 78 年。
〔註 18〕 現藏雲南省圖書館。

及《年譜》、附錄，編纂《擔當全集》十八卷，於擔當詩文輯佚過程中，居功厥偉，然纂本多年來並未付梓。直到 2002 年雲南美術、人民出版社出版《擔當詩文全集》，以方樹梅纂本為底本，經由余嘉華、楊開達先生參以原刻本點校，擔當精神風範得以全面重現世人眼前。

二、書畫著錄、書畫作品、繪畫史

現將有關擔當繪畫著錄的資料，整理成表，以瞭解擔當繪畫研究的發展情形。

出版時間	著錄者（收藏者）	著錄內容（收藏內容）
1739 年	張庚《國朝畫徵錄・續錄》	列擔當小傳於石濤之後，下錄擔當題畫詩一首：「大半秋冬識我心，清霜幾點是寒林。荊、關代降無蹤影，幸有倪存空谷音。」〔註19〕傳後雖未作論讚，然指出其畫取法倪雲林〔註20〕，已在源流上確立擔當在繪畫史上當屬逸格。
1801 年	紀昀藏擔當〈前赤壁賦圖卷〉	紀昀於《前赤壁賦圖》卷後跋：「（前略）是卷前赤壁賦圖雖仿侍詔（文徵明）面目，仍出入宋元，唯舟與人物絕似衡山（文徵明）……」〔註21〕
1791 年	馮金伯《國朝畫識》	卷 14 方外篇，以擔當居首，但所載在《國朝畫徵續錄》基礎上並無補充。
1881 年	杜瑞聯《古芬閣書畫記》	著錄任雲南巡撫時，所見擔當作品 6 件，認為擔當與八大山人筆意相似，皆為率意塗抹的大寫。卷 17：「八大山人亦嘗為僧，自名雪個，其畫多大寫，愈不經意處，乃其得意之處。擔當畫筆約略似之。惜沈淪於滇山洱海間，未能馳聲海內耳。」〔註22〕

〔註19〕張庚：《國朝畫徵續錄》（清乾隆四年刻本）卷下葉 11，收入《續修四庫全書》，上海：上海古籍出版社，民國 78 年。

〔註20〕倪瓚（1301～1374），字元鎮，號雲林，他於繪畫理論方面，曾言：「僕之所謂畫者，不過逸筆草草，不求形似，聊以自娛耳！」主張作品表現畫家的「胸中逸氣」，反對刻意求工、求似。

〔註21〕紀昀〈前赤壁賦跋〉，見方樹梅：《擔當年譜》，《雲南文史叢刊》，1985 年第一期，頁 69。

〔註22〕杜瑞聯：《古芬閣書畫記》，，收入《中國歷代書畫藝術論著叢編》，北京：中國大百科全書出版社，1997 年，卷 16 頁 637～643。

出版時間	著錄者（收藏者）	著錄內容（收藏內容）
1911 年	竇鎮《國朝書畫家筆錄》	稱其：「仿顛米、迂倪，筆墨枯淡極有神韻，所作往往純用枯筆，有神無跡，而靈秀之氣騰溢紙上，眞能脫盡煙火氣者。」〔註23〕此語準確描述，擔當作畫多用枯筆乾擦，風格枯淡而有神韻，既有米家山水〔註24〕的平淡天眞，亦有雲林的蕭散超逸，既不是此，也不是彼，儼然是自家面目。
1926 年	方樹梅《滇南書畫錄》	卷 4 方外篇，列擔當小傳。
1933 年	高蔭槐藏擔當《千峰寒色山水冊頁》	曾刊印《明擔當禪師詩書畫冊》，1952 年 1 月，捐其所藏歸雲南省博物館。
1962 年 1 月	陳叔通藏《擔當山水冊頁》	人民美術館出版
1963 年 6 月	何耀光《至樂樓書畫錄》	輯錄擔當《詩畫山水冊頁》，全 11 頁，草書 5 頁，設色山水畫六頁，即杜瑞聯所錄《明擔當山水冊》
1983 年	《藝苑掇英》第 22 期	上海人民美術所出版季刊《藝苑掇英》第 22 期刊出擔當詩畫冊
1997 年 3 月	《擔當山水畫風》	重慶出版社出版，彩色版圖集。
1997 年	陳傳席著《中國繪畫理論史》	針對擔當論畫名言：「惟畫通禪」和「若有一筆是畫也非畫」多所闡發，陳傳席先生認爲擔當雖沒有系統的論畫著作，他的「惟畫通禪」說也沒有董其昌南北宗論風行，但對畫中禪理的理解卻更加深刻。
2002 年	李昆聲主編《擔當書畫全集》	主要是針對雲南地區博物館所藏擔當書畫作品，由雲南人民、雲南美術出版社出版。是目前蒐羅擔當書畫作品較豐富的畫集，但私人收藏部分，狀況仍然不明。
2006 年	朱萬章《擔當》	第一本系統性研究擔當書畫的專論，此書糾正了許多以往文獻上的錯誤，分析書畫作品亦貼近擔當的風格。

〔註23〕竇鎮：《國朝書畫家筆錄》（清宣統三年文學山房聚珍版）卷 4 葉 52，台北：文史哲出版社，民國 60 年 5 月。

〔註24〕南宋米芾（1051～1107）、米友仁（1086～1165）所作雲山煙樹，濕墨點染，破線爲點，連點成片，自稱這種不拘繩墨，隨興成畫的方法爲「墨戲」，世稱「米氏雲山」、「米家山水」。

三、生平相關文獻

　　近代史學家陳垣《明季滇黔佛教考》、《釋氏疑年錄》，方樹梅〈擔當年譜〉、以及邢文〈擔當生卒年及其山水——勵耕書屋舊藏山水冊研究〉、李偉卿〈論擔當——擔當和尚及其藝術的再評價〉，均曾考證擔當生卒年，已有共識當為定論。依據禪宗單刀直入，直指人心的本色，禪者曾從事什麼職業又什麼時候薙髮，屬於個別枝葉的問題，但為了研究需要，必須討論擔當薙髮的時間，回顧馮甦所撰〈擔當禪師塔銘〉一文。

　　依據原塔銘，先有塔而後有銘，原塔建於大理感通寺〔註25〕，塔銘刻於大周建元甲寅仲春〔註26〕，但原塔曾經修葺，並重立碑銘。塔銘原石不知為何被砌入殿階之內，1949 年才被寺僧傳慧發現，原刻文字已多剝蝕，之後在碑陰處重刻塔銘時乃依據《蕩山志略》，但也因此衍生錯誤〔註27〕，幸有孫太初先生尋訪原刻，加以考證校刊，才得以釐清擔當卒年和薙髮的時間。原塔銘共五十七行，每行六至十五字，謹錄孫太初《雲門古代石刻叢考》校刊原塔銘如下，校語置於本頁註腳。

　　　　癸丑〔註28〕孟冬於〔註29〕榻□□□□□〔註30〕，示微疾，十有九
　　　　日起，端坐辭眾，書偈曰：天也破，地也破，認作擔當，便錯過，
　　　　舌頭已斷誰敢坐。擲筆而去，一日入龕，身頂煖〔註31〕熱〔註32〕，
　　　　又二日，四眾迎送斑山堂中供養，五日，荼毘時〔註33〕有堅固子
　　　　〔註34〕，春秋八十有一，僧臘三十有二，〔註35〕建塔於蒼山佛頂

〔註25〕感通寺，又名斑山、蕩山寺、海光寺。

〔註26〕即清康熙 13 年，擔當圓寂隔年。清康熙 12 年，清聖祖下令撤藩，吳三桂舉
　　　　兵反清，自立為周王。

〔註27〕見孫太初：《雲南古代石刻叢考》，頁 115～121，北京：文物出版社，1983 年
　　　　12 月。

〔註28〕丑字，《擔當遺詩・附錄》作亥，誤。

〔註29〕《蕩山志略》、《擔當遺詩・附錄》、《滇南碑傳集》、重刻塔銘，自於字下至下
　　　　行示字前，奪去六字。

〔註30〕以上五字，原石損泐，諸書錄文亦闕。

〔註31〕煖字，重刻塔銘奪。

〔註32〕一日入龕，身頂煖熱二句，《蕩山志略》、《擔當遺詩・附錄》、《滇南碑傳集》、
　　　　重刻塔銘錄文顛倒。

〔註33〕時字，《蕩山志略》、《擔當遺詩・附錄》、重刻塔銘作畢，誤。

〔註34〕有堅固子四字，《蕩山志略》、《擔當遺詩・附錄》、《滇南碑傳集》、重刻塔銘
　　　　改作撿骨時，得堅固子數粒，誤。

〔註35〕二字，《蕩山志略》、《擔當遺詩・附錄》、《滇南碑傳集》、重刻塔銘作七，誤。

峯下，明年〔註36〕弟子〔註37〕廣廈走行省〔註38〕乞銘於余，余素與師善，因為序而銘之。銘曰：始為儒，終為釋，一而二，二而一。洱海秋濤，點蒼雪壁。迦葉之區，擔當之室。

據馮甦〈擔當禪師塔銘〉，擔當生於萬曆癸巳三月十二日（1593 年 4 月 13 日），卒於康熙癸丑（1673 年）孟冬，享年 81 歲，僧臘 32 年，則薙髮時間當在崇禎十五年（1642 年，擔當五十歲時。）原塔銘所言與擔當〈壬午五十生日〉〔註39〕、《橛菴草・序》〔註40〕、《拈花頌百韻・序》〔註41〕所署皆合，然《蕩山志略》卻訛為僧臘三十有七，卒於康熙癸亥。依據《徐霞客遊記》及擔當詩集《翛園集》中贈霞客諸詩，徐霞客皆以俗名唐泰稱之，得知崇禎十一年（1638 年），擔當尚在家，未披剃。近代史學家陳垣，已指出《蕩山志》的錯誤認為癸亥當為癸丑，並辯證僧臘三十有七之誤，然因未見原刻，所以陳垣推算擔當僧臘為二十七，定為永曆元年（1647 年），少算十年。〔註42〕方樹梅〈擔當年譜〉出世時間從陳垣，並依趙藩《鶊巢識小錄》，以為不必諱計六奇《明季南略》「貢生唐泰實為謀主」之事〔註43〕，實則沙定洲之亂在 1645 年，當時擔當已經出家，依據《徐霞客遊記・滇遊日記》，徐霞客 1638 年見唐大來（擔當俗名）時，提到他入選貢生，但以養母為由繳回薦引的憑證，故徐霞客稱他為隱君大來〔註44〕。

〔註36〕明年二字，《蕩山志略》、《滇南碑傳集》、重刻塔銘奪。

〔註37〕弟子二字，《蕩山志略》、《滇南碑傳集》、重刻塔銘，改作有徒，《擔當遺詩・附錄》改作有門徒，并誤。

〔註38〕走行省三字，《蕩山志略》、《擔當遺詩・附錄》、《滇南碑傳集》、重刻塔銘改作至楚二字，誤。

〔註39〕擔當：《翛園集》收入《擔當詩文全集》，卷 5 頁 91，昆明：雲南美術、雲南人民出版社，2003 年 11 月。

〔註40〕擔當：《橛菴草・序》收入《擔當詩文全集》，昆明：雲南美術、雲南人民出版社，2003 年 11 月，頁 137。

〔註41〕擔當：《拈花頌百韻・序》收入《擔當詩文全集》，昆明：雲南美術、雲南人民出版社，2003 年 11 月，頁 391。

〔註42〕見陳垣：《明季滇黔佛教考》，卷 5 頁 201，收入《中國佛教》，台北：九思出版社，民國 66 年。《明季滇黔佛教考》於 1940 年 3 月寫成，然塔銘原石 1949 年才被尋獲，故未能見原刻。

〔註43〕見計六奇：《明季南略・孫、李搆隙本末》：「（前略）沙定洲陷雲南，沐天波走大理府。沙定洲據雲南，請鄉官大學士王錫袞相見，王不屈。貢生唐泰為沙定洲謀主，勸定洲殺王，並殺諸鄉紳，雲南大亂。」收入《台灣文獻史料叢刊》，台北：台灣大通書局，1987 年，卷 17 頁 490。

〔註44〕《徐霞客遊記・滇遊日記》記錄了擔當與徐霞客見面的情形，11 年 10 月 23 日上記：「（前略）唐大來名泰，選貢。以養母繳引，詩書畫均得董玄宰三昧。

陳寶良《明代生員與地方社會》有云，明季生員是一龐大群體，由於請託及賄賂等行為，造成薦舉浮濫，以及素養不一、成群結黨等因素，造成生員無賴化的現象，生員群體在地方上已形成一股不可忽視的力量，積極參與地方上的政治與社會事務〔註45〕，因此本文以為應從這背景下，解讀擔當放棄薦引的行為，以及《明季南略》「貢生唐泰實為謀主」的說法，並不是擔當真的教唆殺人。若因此判斷擔當出家原因與沙定洲之亂有關，恐背離史實。幸好原刻塔銘重見於世，可以指正這場文獻的錯誤，重編擔當的生平。

四、專論

陳垣（1880～1971），字援菴，號勵耕老人，不僅於歷史考據有卓越的貢獻，亦留心中國書畫、雕刻與建築，1940年3月《明季滇黔佛教考》完成，於書中旁徵博引，釐清擔當的生卒年，並多有稱譽，史樹青遂以擔當《山水冊》贈之〔註46〕。此冊現藏首都博物館，1962年北京文物出版社曾選其中二頁，編印在《擔當書畫集》中。1983年，中國古代書畫鑑定組主編《中國古代書畫圖目》第一輯，刊出詩畫16開，但未刊出冊後知空學蘊、李占春、許純臣的題跋，也未標明頁次及附注詩文。1997年11月，邢文〈擔當生卒年及山水——勵耕書屋舊藏擔當山水冊〉〔註47〕一文，從繪畫史的角度出發，對此冊有深入的研究。

文中指出，此冊的第五開及第六開，在置陳布勢上吸收了北宋范寬山重水複的全景式構圖及南宋馬一角、夏半邊的傳統，然而范寬畫山石多用點皴，然而擔當於山石僅以淡墨點染，並以枯筆略為皴擦，這種於山石結構處點染代皴的特點，正是擔當山水的個人特色。

此冊第五開的構圖，確實有范寬〈谿山行旅圖〉的影子，若再仔細觀察，就會發現，擔當所欲表達的美感與范寬〈谿山行旅圖〉仍有所不同，〈谿山行旅圖〉多以細密的筆觸營造物質世界中，山川的土壤石質結構紋裡，表達出關中大山乾燥而穩重的質地，而擔當以筆墨代點皴，更強調個人主觀精神的

余在家時，陳眉公即先寄以書云，良友徐霞客，足跡遍天下，今來訪雞足，並大來先生……」見徐霞客著，朱惠榮等注：《徐霞客遊記》，台北：台灣古籍，2001年，第八冊，頁2077。

〔註45〕見陳寶良：《明代生員與地方社會》，北京：中國社會科學出版社，2005年，頁231、377、408、409。

〔註46〕見史樹青：〈勵耕書屋問學札記〉，收入《勵耕書屋問學記》，頁81，北京：三聯書店，1982年6月。

〔註47〕邢文：〈擔當生卒年及其山水——勵耕書屋舊藏山水冊研究〉，《清華漢學研究》，1997年11月。

表現，誠如擔當在第五開自題：「人稀樹密也氤氳，不似雲兮又似雲，只為此中山太古，仙凡鹿豕總成群。」〔註48〕此圖所意圖表達的是心境中，飄忽氤氳的太古之山，與黃土高原上的疊疊大山自是兩個不同美學範疇。

文中並舉此冊第七開與《如讀陶詩》冊之九、《千峰寒色》冊之九相較，指出擔當受米家山水的影響。擔當自負會心於大米，這在他的詩文及題跋中皆可看到大量的證據，擔當究竟為何會選擇以米法表達暮色雲山、深山渺茫的畫境，確切地問，擔當用自己的筆墨語言和米芾的筆墨語言，進行了怎麼一場對話呢？

若能進一步思考米氏雲山在繪畫史上的意義是什麼，以及當時明代畫壇的臨摹古畫的風氣，擔當為何選擇米法來表現自己，或許能為我們提供一些線索。這個問題，除了歷時性與共時性的考察之外，這也與創作者當下的主觀心境密切相關，所以呈現在每一幅作品中也就不盡相同。擔當自題畫詩或許能為我們提供些線索，來瞭解他當時的心境。

邢文先生詮釋擔當論畫名言：「若有一筆是畫也非畫，若無一筆是畫亦非畫。」可謂深得箇中三昧。

> 若有一筆是畫，筆筆是畫，即系縛；若無一筆是畫，筆筆非畫，即無縛。系縛非禪，無縛實亦非禪……若有一筆是畫，則非畫。前一「畫」，言畫的過程與形式；後一「畫」，言畫的本質。畫，不應是人為的，而應是心為的。如有一筆係人力著意為之，則不成真畫。這種見解，既與董玄宰南宗文人畫的思想相默契，也與禪家對於得道方式的理解相一致。〔註49〕

擔當青年師承董其昌（1555～1636 A.D.），深受董其昌南宗文人畫思想的影響，要瞭解擔當的藝術思想的源頭，自然必須討論到董其昌的南北宗論，然而董其昌的南北宗論所講的是繪畫史上兩種不同風格、不同審美理想的問題，他本人並未徹底參悟南宗禪的旨意，而且極力強調師用古法、某家法、某家皴，間接造成明代臨摹古畫的不良風氣。固然任何人都無法脫離自己所屬時空的主觀性，董其昌自有其時空的侷限，擔當也有其時空的局限。如果說筆墨是一位畫家的語言的話，一位創作者勢必要透過用自己的筆墨和他人的筆墨，用對話方式，相互溝通，真正有所體悟，而付諸實踐於創造之中，才能找出自己的風格，因此不能只停留在董其昌原有理論涵蓋範圍，要瞭解擔當逃禪之後的筆墨語言，還必須從禪悟與

〔註48〕擔當自題冊頁，四川省博物館藏。

〔註49〕邢文：〈擔當生卒年及其山水——勵耕書屋舊藏山水冊研究〉，《清華漢學研究》頁64～65，1997年11月。

意境的角度切入，才能全面看出擔當出世前後筆墨語言的變化。

關於擔當出世前後筆墨語言的變化，以及使用米點的手法，日本學者鈴木敬在實際訪查波士頓美術館所藏擔當六幅作品以及香港至樂樓所藏擔當作品一部分，在〈担当とその周辺、絵画について〉一文中，提出他的觀點，感謝伊藤眞奈美〔註50〕爲筆者翻譯此文，並將此文的觀點整理如下：

我們考慮擔當畫的本質之時，要注意的是，他出世之後，把以大來款的舊作品找出來，燒掉之前作品的事情。因此我們需要考證在唐泰時代存在的作品，而在擔當時代看不到的作品，以及在唐泰時代所沒有的作品。假定擔當對於作品的要求相當嚴格，而其態度引起了他燒掉唐泰款畫作的行爲，通過尋求那些被燒掉的畫與擔當要求不合的點，我們可以瞭解他所追求的理想。

在香港至樂樓所藏的六幅畫裡，具有可以復原自然形象的形式及點景（風景畫上添加點綴性人物或動物），並沒有純粹視覺性的樂趣，可以說是反映出唐泰時期的特色。而擔當出世之後的作品的特色是，以稚拙的筆致及墨法來畫山水，充滿了視覺性的矛盾、構成上的不合理，用戲畫的方式來表現自然。因此鈴木敬推測擔當燒掉唐泰時期的畫，其動機就是，雖然唐泰時期的山水畫具有上述的抽象性，但是對擔當而言還是不夠的，所以引起他燒畫的舉動。

關於擔當焚燬署名唐泰畫作的說法來自，杜瑞聯《古芬閣書畫記》，杜瑞聯評論擔當行旅圖軸云：「擔當披剃後，徧向故人索從前所作畫，署大來款者火之，太和歲貢生楊有孚有詩云⋯⋯有孚名暉吉，亦勝國逸民，此詩即爲所畫作也。擔當既焚其舊作，故署大來款者，世少傳本，此幅巋然猶存，尤足寶也。」〔註51〕從楊暉吉此詩，得知擔當確實有向友人索署款唐泰畫作的行爲，但不能確定他有燒畫的行爲，擔當〈罔措齋對聯題詞〉云：「余有遊癖，遇有佳山水流連不去。好事者索以聯句，欲無一言得乎？於是，歲久月深，塞滿奚囊者數四。但爲時勢所厄，焚溺遇半，僅存若干耳。」〔註52〕擔當《橛庵草‧序》亦云：「聊就我所學，就我一家言，除年來患難焚溺之外，又除有類偈頌者不入；有類香奩詩餘者不入；有悲歌慷慨、觸時忌不入，不啻十去其九矣。⋯⋯」〔註53〕本文以爲，擔

〔註50〕 伊藤眞奈美（MANAMI ITO），著有《唐玄宗時代日本遣唐使研究》，私立逢甲大學中國文學所碩士論文，2009 年 2 月。

〔註51〕 杜瑞聯，《古芬閣書畫記》，收入《中國歷代書畫藝術論著叢編》，北京：中國大百科全書出版社，1997 年，卷 16 頁 643。

〔註52〕 擔當：〈罔措齋對聯題詞〉，昆明：雲南人民、雲南美術出版社，2003 年 11月，頁 376。

〔註53〕 擔當：《橛庵草‧序》，昆明：雲南人民、雲南美術出版社，2003 年 11 月，頁371。

當早年常雲遊四處，行蹤不定，作品的散逸情形嚴重，長年累月，留存在身邊的作品不多，尋找並回顧署款唐泰畫作的行爲，意味著試著瞭解自己的改變。雖然無法確定擔當是否有焚毀唐泰畫作的行爲，導致留傳至今的唐泰時期作品少之又少。楊暉吉「大來墨潑瀟湘間，擔當目空岱華外。」〔註54〕，已經告訴我們擔當出世前後兩種不同筆墨風格，出世前潑墨瀟湘間，出世後則是目空岱華外。但鈴木敬明確指出擔當習禪之後對於畫作的要求，與唐泰時期有很大不同，後期畫作充滿了視覺性的矛盾、構成上的不合理，具有更強的抽象性。此文對於擔當在藝術史上的地位是有所創發的。以下舉唐泰款畫作與擔當款畫作各一，進行比對：

圖1：《毗山對酒和陶詩冊》第二頁　　唐泰款畫作〔註54〕

〔註54〕楊暉吉（字有孚，雲南太和人）〈擔當向予索大來畫甚殷，賦以寄閱〉：「擔當塵脫四十年，迫欲一見大來畫。大來墨潑瀟湘間，擔當目空岱華外。不著筆處是擔當。大來著筆終狡獪，本來面目無我看，是一是二眞瀟灑。」收入袁文典、袁文揆編：《滇南詩略》，上海：上海書店，1994年，叢書集成續編影印光緒26年羅瑞圖重刻本，卷16頁272。

〔註54〕擔當：《毗山對酒和陶詩冊》，紙本水墨，27.2×35.5 cm，現藏雲南省博物館。（畫冊版本擔當書畫全集》，雲南人民、雲民美術出版社，頁45。

圖2：《山水人物冊頁》第二頁　　擔當款畫作〔註56〕

　　唐泰款畫作左上角題：「畫家所謂氣韻非師〔註57〕，味此便見。」具有可
以復原自然形象的形式及苔點，從佈局到畫岩石的皺擦技法上，皆可見吳、

〔註56〕擔當：《山水人物冊頁》，紙本水墨，50.8×33.2 cm，現藏四川省博物館。（畫
　　　　冊版本《擔當書畫全集》，雲南人民，雲南美術出版社，頁77）
〔註57〕「氣韻非師」的說法來自宋郭若虛《圖畫見聞志》：「六法精論，萬古不移。
　　　　然骨法用筆以下，五者可學。其如氣韻，必在生知，固不可以巧密得，復不
　　　　可以歲月到。……竊觀自古奇跡，多是軒冕才賢，岩穴上士。依仁游藝，探
　　　　賾鉤深，高雅之情，一寄於畫。人品既已高矣，氣韻不得不高；氣韻既已高
　　　　矣，生動不得不至。」（文淵閣四庫全書）卷1葉11。氣韻二字，在此指個人
　　　　的精神氣質，郭若虛將自《世說新語》以來，文人品人的意識帶入品畫的觀
　　　　念，影響之後的繪畫甚距。

浙畫派的影響，而擔當款畫作右上角題：「余畫此冊，幾費兩月精神，最後及此，非出塵近右，不肯運筆，俟識著珍之。」仍然可以看到自然形象的形式及苔點痕跡，但筆觸更爲放逸。由此可知擔當的畫風是隨著心境轉折在漸進中日趨放逸，最後不求形似，達到鈴木敬所說稚拙的境界。擔當不是突然地轉變風格，與過去畫風判然二分。從他在畫上所自題，從唐泰時期所追求的「氣韻非師」過渡到「非出塵近右，不肯運筆。」最後進入禪師時期則云：「若有一筆是畫也非畫，若無一筆是畫亦非畫。」不同階段對自我的期許不同，對自我要求的精神則一。藝術的進境即生命的進境，自己過去的畫作燒不燒又何妨呢？

　　觀察唐泰時期的筆墨語言，潑墨瀟湘之間，帶著氤氳的江南氣息，十分接近董其昌所追求的平淡天眞的格調，但平淡天眞，與平淡無趣，有時只在一線之間。在仿范寬、仿荊關、仿趙大年、仿董北苑的作品中，我們看到他用自己的筆墨和前人的筆墨交流溝通，從而奠定自己筆墨的基礎，打好基礎固然重要，但如果在有能力可以掙脫形式的束縛時，依然執著於已有的套路，便失去了本心。進入擔當時期的筆墨語言，慢慢找到屬於自己的畫風與書道，筆墨一轉爲「拙」，坦率樸拙。這與傅山（1607～1684 年）提出的書學主張「寧拙毋巧，寧醜毋媚，寧支離毋輕滑，寧直率毋安排，足以回臨池既倒之狂瀾矣。」不謀而合，這並不是書法家和畫家在賣弄個性，而是時代的價值判斷在改變，這顯示在明末清初，易代之際的時空文化裡，時代的價值判斷有了翻轉，遺民書畫家集體告別了晚明的絢爛、熟、媚，選擇拙、醜、支離、直率的筆墨語言，使其呈現一種新的價值。

　　在本章的最後，必須提及由於擔當創作跨詩書畫三個領域，本文並無專章討論擔當的繪畫理論以及書法，而是將擔當詩作與畫作視作藝術文本，進行符號的詮釋，使文學文本與圖像文本之間互相指涉與對話，有關擔當的繪畫理論請參考，楊曉飛：《洗盡鉛華不染塵——擔當畫學研究》，南京：南京藝術學院，碩士論文，2009 年；盧英：《士而沙門，沙門而士——擔當山水畫略論》，北京：中央美術學院碩士論文，2009 年，有關擔當書法研究，請參考胡吉連：《明遺民擔當書法研究》，北京，首都師範大學，碩士論文，2009 年。

第二章　擔當的生平、性格與交遊

七十二世嗣荷擔當禪師

圖 3：擔當禪師〔註1〕

〔註 1〕此木刻畫轉引自宣化老人輯：《再增訂佛祖道影》卷 2，美國：法界佛教總會
法界佛教大學，1986 年。

擔當在八十歲時，曾自題象贊這麼形容他自己：

> 擔當老，擔當老！足健而跛，目健而眇。口似箝弓，手如鷹爪。
> 須彌雖大芥子非小，好則也好，了則未了。法席掀翻，禪床推倒。
> 且在糞堆裡打眠，漆桶裡洗澡。遇富貴若避冤仇，見煙霞如獲至
> 寶。本來面目，有甚奇巧！莫與人知須悄悄。渴來時，茶一甌，
> 餓來時，飯一飽。不擔不得，擔之不甚草草。漫言結社參禪，且
> 學敲門賈島。〔註2〕

禪者對生命的體悟通常只是直觀式的把握，看似怪誕不合邏輯，卻能打破這世間的表相，故曰須彌非大而芥子非小，在糞堆裡打眠，漆桶裡洗澡。以世俗眼光看似滑稽，但他卻自得其樂。

從這首自贊詩得知擔當心中的自我形象，是一名掀翻法席，推倒禪床的禪者，意味著不上法說法，也不枯坐參禪。同時也是一位踽踽獨行的老者，發出既跛且眇的唶嘆。胸懷壯志而不能行，這不是足健而跛嗎？眼能分是非黑白而不識時務，這不是目健而眇嗎，一肚子不合時宜而不能暢所欲言，這不是口似箝弓嗎？這滿腔的悲憤只能化作墨水藉由筆桿宣洩，這不是手如鷹爪嗎？目睹生命的虛惘與變滅，他期許自我擔當世道，以濟天下蒼生為己任，唯有如此才能凸顯自己「活著」的重量，但擔之，亦無法力挽狂瀾。驀然回首，對八十歲的擔當而言，生命的意義已不在功名富貴，不在擔當世道，他對生命的體悟與藝術的進境，均已來而無住，去而不留。

第一節　擔當的生命歷程

一、儒生時期的生活與政治理想（1593～1632 A.D.）

明代初年，為了戰後重建，鞏固邊防，恢復經濟等目的，而有政策性的大規模移民，中央政府通過調撥軍隊戍守屯墾，或是流放犯錯官員等手段，加強對雲南、貴州等地西南少數民族的統治。移民帶來自己的文化，為遷入的區域注入新的活力。擔當(唐泰)的先祖，也在這波明初大移民中，由自己的家鄉浙江，被強制遷移到雲南昆明一帶，而擔當本人是這些移民的後裔，具有冒險犯難的拓墾性格。

〔註2〕擔當：〈自贊〉，《擔當遺詩》，卷8葉15，收入《叢書集成續編》，台北：新文
　　　　豐出版社，民國78年。

　　唐泰（1593～1673），字大來，又號布史、此置子、遲道人、擔使者。法名通荷、普荷，號擔當，亦自稱擔老人，友人稱他為擔公，以下行文敘述統稱擔當。著有《翛園集》、《橛菴草》、《擔使者集》、《罔措齋聯語》、《拈花頌百韻》，《翛園集》為儒生時期的詩集，自萬曆丙午（1606）到崇禎壬午（1642）。《橛菴草》為出世後詩集，自崇禎壬午至康熙癸丑（1673）。《擔使者集》為與同宗族弟唐華〔註3〕的合刻詩集。《罔措齋聯語》為其出世後所作聯語，《拈花頌百韻》成書康熙癸丑（1673）中秋，是歲十月二十一日，寂然而化。

　　唐氏來滇始祖，本為浙江淳安人，明洪武初因謫雲南晉寧，未行而卒，長子代戍，於是舉家遷滇，在晉寧開枝散葉。擔當出生於晉寧城內上東街之紹箕堂，下有一妹，是家中唯一的男孩，因此從小就被寄予深切的期望，他自幼家居受祖庭訓，學習古詩辭，當其他的府、州、郡學的生員，汲汲於背誦經義與學習制藝，疲於應付日課、月考、歲考、科考的時候，祖父唐堯官教之以古樂府、詩、賦，奠定他深厚的文學基礎。唐堯官，字廷俊，號少嶼、五龍山人，中嘉靖辛酉（1561）解元，數上春官不第，遂棄去，絕意仕進，主講晉寧梅谷書院，著有《五龍山人集》，編《選詩補逸》。觀其《選詩補逸》〔註4〕自序，可知唐堯官深受楊慎〔註5〕的文學觀所影響，所選詩歌自先秦到隋朝，多樂府、古詩、歌行體，唐以下近體詩不入。唐堯官曾作〈從軍行〉四首，其二有句云：「誰念西南夷，財力日已殫。」〔註6〕，當時剛明朝打完了寧夏之役、朝鮮之役、播州之役，在財政上已元氣大傷，滇緬邊境戰事又起，但當權者仍在為國本一事爭吵不休，有明一代，始終不乏唐堯官這樣的

〔註3〕秦光玉《明季滇南遺民錄》（民國 22 年呈貢秦氏羅山樓刻本）：「唐華，字六湛，號頂蓮，晉寧人，泰弟。明末諸生，明亡隱居不出……著有《頂蓮集》，與其祖《五龍山人集》，兄《擔當使者集》合刻並傳。」，收入《中國西南文獻叢書》114 冊，蘭州：蘭州大學出版社，2003 年。

〔註4〕〔明〕唐堯官：《選詩補逸・小引》：「詩三百篇後，惟梁昭明太子《文選》所輯者，足繼其響，世共珍之矣，升菴楊太史復輯《選》詩所遺者為外編，為拾遺，與《選》詩並傳……」收入《叢書集成簡編》114 冊，頁 741，台北：新文豐出版社。

〔註5〕楊慎（1488～1559），字用修，號升庵，四川新都人。嘉靖三年（1524），因「大禮議」事件，違背世宗意願受廷杖，遣戍雲南永昌衛，居雲南 30 餘年，死於戍地，卒年七十二。楊慎在論學詩必須廣其途徑，探本溯源，不能僅學盛唐一、二大家，推崇漢魏樂府、六朝詩歌，以及《文選》。

〔註6〕轉引自方樹梅《擔當年譜》，收入《擔當詩文全集》頁 496，昆明：雲南人民出版社，2003。

有識之士，但他們無力於改變眼前的亂局。擔當的詩歌及文學觀，自幼深受祖父所影響，其〈讀先祖五龍山人集有感〉有云：「我祖昔高尚，篤志詞賦場。何李起衰後，所守惟舊章。」〔註7〕，推崇前七子，但並不只侷限於「詩必盛唐」，廣泛吸收漢魏六朝詩辭及樂府民歌的長處。

萬曆三十三年（1605），擔當十三歲，補博士弟子員〔註8〕，隨同父親唐懋德〔註9〕北上金陵應選。秦淮名妓馬湘蘭〔註10〕，采花為他簪髻，卻之賦詩云：「雲鬢惱新霜，不分嬌花放。佯羞采嫩枝，插在兒頭上。」〔註11〕成為文壇一段趣聞。此後他隨父親宦遊南郡、臨洮等地。觀其《翛園集》中的歌行體，如〈垓下歌〉、〈隴上歌〉，以及鐃歌〈朱鷺〉、〈思悲翁〉、〈艾如張〉十八首，當為這時期在陝西時所作，字句上仍看到模擬漢魏六朝的痕跡，卻已見他欲報效朝廷之心熾，期望為國家作一番事業。如「男兒報國寧畏死？願為忠臣死且美」〔註12〕表現出他勇猛精進，任俠自許的精神，他不僅在更事不深的早期這樣想、這樣說，在飽經黍離之悲的晚年，仍以梅花的精神期許自己能「一枝南橫色更丹」。〔註13〕

自萬曆二十七年（1599）起，由於國庫空虛，神宗下令於各省設稅使與礦監，並加派天下的田賦〔註14〕。奉命監督開礦和徵收商稅的欽差專使，往往是神宗寵信的宦官，這些宦官為了阿諛獻媚於神宗，往往在地方上橫徵暴斂，所劫奪的錢財只有少數上繳，其餘則中飽私囊，對工商業造成很大的衝擊，因此

〔註7〕 擔當：〈讀先祖五龍山人集有感〉，《橛菴草》卷2頁164。
〔註8〕 博士弟子員，即明代地方儒學生員的別稱，是為初級科名之一，擁有免役等權益。
〔註9〕 唐懋德，字世修，號十海，萬曆癸卯（1603）舉人，終臨洮郡丞。李維禎任陝西右參議時，唐懋德曾以父堯官所著賦一卷，請李本寧為之序。萬曆33年，遷臨洮（今甘肅省臨洮縣）同知，著有《十海詩集》，所纂修《臨洮府志》有萬曆33年刻本。
〔註10〕 〔清〕錢謙益撰，錢陸燦編：《列朝詩集小傳》：「馬姬，名守真，小字玄兒，又字月嬌，以善畫蘭，故湘蘭之名獨著……性喜輕俠，時時揮金以贈少年，步搖條脫，每在子錢家，弗願也。」《明傳記叢刊》，台北：明文書局，民國80年，冊11，頁805。
〔註11〕 擔當：〈余年十三在金陵湘蘭老馬姬為余簪髻戲之〉，《翛園集》卷6頁105。
〔註12〕 擔當：〈戰城南〉，《翛園集》卷1頁10。
〔註13〕 擔當：〈五賞唐梅〉，《橛菴草》卷7頁306。
〔註14〕 《明史・神宗本紀》，萬曆二十七年：「夏四月甲戌，御午門，受倭俘。是月，臨清民變，焚稅使馬堂署，殺其參隨三十四人。閏月丙戌，以倭平，詔天下，除東征加派田賦。」，卷21頁281，台北：鼎文書局，民國76年。

激起東南沿海與運河沿岸城市的民變，萬曆三十三（1605），神宗罷採礦，以稅務歸有司，而稅使不撤，但一直到崇禎末年，田賦的徵收是年年增加而不減，商人尚且面對閭井蕭條的窘境，而農民面對加收田賦則情何以堪？

　　擔當隨父宦遊南京、臨洮等地這段期間，目睹了人民流離失所的慘劇，明眼人豈會不知萬曆並非是個明君，然而擔當並未放棄他的政治理想，將自己生命的價值寄託儒家內聖外王的道路，修身養德尚志守道，積極用世關心生民。他所寫的〈鬻女行〉、〈途中聞杜鵑〉等詩，除了反映當時社會現實之外，更是這種信念的表現。

> 君不見，不旱不澇民失所，野哭無人不痛楚。十日無食家無黍，老婦零丁來鬻女。從來母性惟女知，問婦何不賣男兒？婦云有男三四個，里中徵兵骨肉離。每一荷戈即不還，個個拋屍在軍前。老朽失養將垂亡，謂女還值幾文錢。鬻了去買升合米，今日且把性命延。昨苦無主今有處，女又哀啼不肯去，只得拾起一枯株，鞭女使女為人奴。從今痛把恩愛割，再不床頭喚小姑。〔註15〕

不旱不澇而民失所，顯然是因人為而非天災，戰爭奪去了老婦的兒子，而田賦又逼迫她必須割捨唯一的女兒。此詩在敘事手法上模擬杜甫「三吏」、〈三別〉，在詩人與老婦的一問一答之間，道盡人民的轉徙顛沛的悲哀，正所謂「苛政猛於虎」。

　　眼前世道日難，小人當道，他恨不得能夠「不辭碎首紛相激」、「使主盡得良工力」，終究是「謁者無門空嘆息」。〔註16〕但此時萬曆皇帝已有多年不上早朝，日夜與嬪妃和宦官相處，大多數的文官不是選擇趨炎附勢，就只能堅守自己岡位，各自結黨集社，兩派人馬勢如水火，有誰來為黎民百姓的生計設想擔憂？詩人因此發出「我因主上耽高臥，誰為民勞泛小康。」〔註17〕的嗟嘆。

　　萬曆三十八年（1610），擔當十八歲，祖父唐堯官辭世，他結束與父宦遊的生活，他回滇，於詩歌領域繼續精進深造，風格日趨沉鬱，日後他讀祖父的詩集，對祖父的振古主張已深自會心，並常在詩中感嘆世道不古，三代不復，如「真假假真今不古，於今那有三代民。」〔註18〕，對世代遞嬗，時局

〔註15〕擔當：〈鬻女行〉，《橛園集》卷3頁45。
〔註16〕擔當：〈將進酒〉，《橛園集》卷1頁10。
〔註17〕擔當：〈秋興〉8首之3，《橛園集》卷5頁96。
〔註18〕擔當：〈雜劇歌〉，《橛園集》卷3頁55；〈春興〉8首之6：「世事浮雲薄，吾儕古道存。」，《橛園集》卷4頁64；〈秋興〉8首之6：「維風存古道，三代重

險惡，人心日趨澆薄，無可奈可。〔註19〕

萬曆四十二年（1614），擔當二十二歲，娶黃鱗趾〔註20〕之女為妻，次年長女出生，天啓 4 年到 6 年間（1624～1626），擔當入京應試不第，於董其昌（1555～1636 A.D.）門下習書畫，並過訪吳地幾位重要的名士，陳眉公、趙宧光、沈朗倩、范東生，遊覽泰山、天台、雁蕩、廬山、普陀等名山大川及孔廟、臥龍岡等名勝古蹟，往浙江雲門顯聖寺參湛然圓澄禪師（1561～1626 A.D.），這段經歷開闊擔當的胸襟，使其胸中自有過人之丘壑。

當時董其昌七十歲已閱人無數，對這位後起之秀深表欣賞，讚許擔當不獨習應舉業的帖括，而能在詩歌上多有造詣，稱其詩「不必賦帝京而有四杰之藻，不必賦前後出塞而有少陵之法。余所求之六館而不得此其人也。」〔註 21〕並期許他浸潤吟詠之時，能不廢公車之言，雖然獲得名士的賞識，但這時期的擔當，內心實則擺脫不了仕途失意的痛苦，一來有愧於長輩與家人的期待，二則男兒本當志在四方，如今卻徘徊失路壯志未酬，只能放歌寄情於山水，在吳楚等地飄泊。一方面為了謀生，一方面是等待機會一伸己志。

生存的焦慮與出處的矛盾貫穿擔當這時期的詩作，有時表露人在他鄉的飄零感，如「十載披星一劍寒，風塵客貌半彫殘。」〔註22〕有時則憂國憂民，如「眷眷堪時事，誰能泛小康？」〔註23〕有時則傷空懷白璧無人賞，而伯樂安在？如「投人白璧無雙美，玩世青衫有一寒。」〔註24〕既羨慕將赴公車的友人「羨爾翅猶捷，令余骨更強。」〔註25〕又欽佩陳眉公的放逸「何必生雙

斯民。」，《罨園集》卷 4 頁 67。

〔註19〕擔當一再懷念三代之治，有其時代的文化心理因素。堯舜之道，一者尚賢，二者孝悌，亦即儒家的理想政治，君臣相契，民風淳樸。擔當一再懷念三代之治，突顯了當時的政治局勢君權與文官制度，互相針峰相對。有明一代士大夫，並不曾缺少「致君堯舜」的政治理想，然而這種理想勢必與專制皇權互相衝突，可參見謝景芳〈致君堯舜與強權政治——論明代士大夫與專制皇權的衝突〉，《學習與探》，2000 年 3 月。

〔註20〕黃鱗趾，字伯仁，號飛月。官四川雲陽縣知縣，著有《風葉吟》。

〔註21〕董其昌：《罨園集·引》頁 5，《擔當詩文全集》，昆明：雲南人民、雲南美術出版社，2003 年 11 月。

〔註22〕擔當：〈途中遇舊〉，《罨園集》卷 7 頁 112。

〔註23〕擔當：〈閒居寄闕中友人〉，《罨園集》卷 4 頁 58。

〔註24〕擔當：〈途中〉四首之二，《罨園集》卷 4 頁 58。

〔註25〕擔當：〈聞知願將赴公車詩以勖之〉，《罨園集》卷 4 頁 62。

翼，常從天際遊。」〔註 26〕他以古聖先賢來激勵自己，以儒家用之則行，舍之則藏的觀念設法自我排解，如「男兒志意貴，行藏無常軌。」〔註27〕、「從來出處無成局，掉臂何妨路不同。」〔註 28〕，當昔日的理想已遙不可及，而現實已逼到眼前，究竟是該堅持自我，還是該迎合他人？

在這段浪遊的歲月中，以擔當帶有薑桂辛辣氣的性格，他有所爲有所不爲，避俗而不媚俗，雖未抗拒城市拒絕人群，但不隨波逐流，與志同道合的友人一同唱和題畫，也有時離開塵囂去尋梅賞柳菊，亦曾登覽名勝古蹟。這種種看似日常平凡的舉動，卻是他一介儒生體現自我存在的方式，他任俠、放浪、悲憫，以抒發閒情逸致，詠物懷古。悠遊自處於庶民、僧人、名士、俠客之間，在旅途中，感覺到人生如寄，在聚散中，體會世間無常。

崇禎元年（1628），擔當三十六歲，本欲由鄂、湘、黔回滇奉養母親，卻逢安、奢之亂〔註29〕，道阻不行，遂改道訪陳眉公於崑山。陳眉公素與董其昌相善，而擔當亦曾隨董其昌訪眉公老是庵，此次見面陳眉公對他印象深刻，稱他爲「磊落奇男子」〔註 30〕，也播下日後擔當與徐霞客友誼的種子。崇禎三年（1630），國境邊腹緊張，遼東有清兵的威脅，陝西有張獻忠作亂，明王朝岌岌可危，初春擔當有詩：

> 今春風景不似春，花間曾否醉幾人？
>
> 山藪無處非餓虎，歲時此日有窮民。
>
> 吾道自來當用拙，世情何必更求新。
>
> 夜來舊夢忽到枕，依稀拜舞見北辰。〔註 31〕

詩中感嘆年華逝去，世運難挽，心生守拙之志，隱然有出世之想，但國難當前，又無法拋卻過去的理想抱負，徘徊於出世與入世之間。

二、棄巾與逃禪（1632～1673 A.D.）

崇禎五年（1632），擔當繭足萬里歸來已年近四十，知時局之不可爲，遂

〔註 26〕擔當：〈贈陳眉公先生山居〉8 首之 1，《橛園集》卷 4 頁 59。

〔註 27〕擔當：〈咏古〉7 首之 5，《橛園集》卷 2 頁 38。

〔註 28〕擔當：〈宿借景園送別吳左州〉，《橛園集》卷 5 頁 81。

〔註 29〕天啓初年（1621 年），四川永寧土司奢崇明舉軍反明，貴州水西土司安邦彥繼之，一直持續到崇禎三年（1630 年）才平息。

〔註 30〕陳繼儒：《橛園集・序》頁 4，昆明：雲南人民、雲南美術出版社，2003 年 11 月。

〔註 31〕擔當：〈崇禎庚午初春感賦〉，《橛園集》卷 5 頁 94。

告退衣巾，作〈言志詩〉十一首有引：

> 余公車游倦，歸來養疴泉石。年未四十，已無志於通籍。於是，繳
> 公具於當事者，願以布衣從事，老於牖下，終親之養已矣。〔註32〕

明代自萬曆開始，生員棄巾已成爲一種社會現象〔註33〕，陳繼儒〈告衣巾呈〉：「揣摩一世，眞拈對鏡之空花，收拾半生，肯作出山之小草。」〔註34〕擔當〈聞時事柬黃孝翼徵君〉亦云：「徵君有時爲小草，隱士遍地是青山。」〔註35〕每個生員棄巾的原因也不盡相同，有不堪迎謁官員而告免者，亦有帶氣負性不滿現狀者，但因屢試不第而棄巾者，則佔絕大多數。棄巾亦即自絕仕進之路，同時也放棄生員身分的種種優厚待遇與特權，對擔當而言，棄巾的決定出於複雜的時代背景因素與沉痛的感情，不僅意味著理想沈寂的無可奈何，還有棄巾之後，隨之而來的現實生計問題，他焦慮「生計其如太坎坷，歲時相迫奈愁何。」〔註36〕且愧疚「丘壑雖過之，家產已流離。」〔註37〕正因爲棄巾後的生計問題，使得棄巾後的生員，或從商，或出家，而以成爲山人〔註38〕最爲普遍。

山人是晚明獨特的文化現像，品流不一，有如陳眉公能堅持到底終其一身不出仕者，有自稱山人挾詩投刺日遊於大人之門者，儘管人們普遍認爲行藏出處，人各有志，但對未堅守隱逸操守而出仕者，則有終南捷徑的嘲諷，

〔註32〕擔當：〈言志詩〉小引，《橋園集》卷5頁87。

〔註33〕參見陳寶良：〈晚明生員棄巾之風及其山人化〉，《史學集刊》，2000年5月第8期。

〔註34〕王應奎：〈陳眉公告衣巾〉，收入《柳南續筆》，北京：中華書局，1983年，卷3頁183。

〔註35〕擔當：〈聞時事柬黃孝翼徵君〉，《橋園集》卷5頁92。

〔註36〕擔當：〈清明〉，《橋園集》卷7頁116。

〔註37〕擔當：〈山居〉20首之4，《橋園集》卷4頁73。

〔註38〕明代山人是一個複雜的群體，每個人成爲山人的動機與原因亦不盡相同，有關論述指出山人的共同特徵是，一、山人階層的產生，與明代學校制度失去功能，科舉競爭激烈，東南沿岸城市經濟繁榮，有密切的關係。二、山人以詩文或書畫爲謀生的手段，與地方官員或縉紳互相來往。三、山人是無位者之通稱，與隱士是兩個不同群體，兩個不同的文化人格。四、山人的文化有與傳統隱逸文化交會之處，但亦也仿效魏晉名士風度。有關明代山人的研究，可參看可參看陳萬益：《晚明小品與明季文人生活》，台北：大安出版社，民國77年5月。陳寶良：〈晚明生員棄巾之風及其山人化〉，《史學集刊》，2000年5月第8期。張德建：〈明代山人群體的生成演變及其文化意義〉，《中國文化研究》，2003年夏之卷。

以陳眉公如此履薄臨深，小心翼翼，尚且招來他人之非議〔註39〕，棄巾後的擔當，更須小心自己的言行舉止，其〈自警〉詩道出了他戒慎恐懼的心情：

> 載道道有阱，動足足有軌。寧為腐草螢，不為過淮枳，一身愧兩立，
> 警我行與止。〔註40〕

擔當謝去儒服成為布衣，寫詩明志：「天下遊來一布袍，不乘金馬氣猶豪。壯圖已自拋雞肋，小嚼何曾想雉膏。水國歲華偏耐冷，山人門弟不嫌高。誰余一紙承明詔，屑屑從今已憚勞。」〔註41〕自言浪遊天下歸來，眼界更為開闊，而老之將至，無意再追求功名利祿，卻遇上當局的荐舉，使他陷入了進退兩難的處境。只好推說自己又病又懶，事實上，是不願意被嘲諷為沽名釣譽之徒。

> 聖明下僻賢之詔。當事者，將屬余塞責。余何人斯，敢不斷之於心？
> 以污大典。蓋余不能奉命者有四：一無忠言奇謀；二母老；三病；
> 四懶。有一於此，恐所負不小。於是愧涕之餘，終不忍使岳嘲隴笑，
> 乃作詩以況之，雖然此意面垢，不忘洗意耳。若云沿門投刺，實非
> 我心。相諒在乎識者。〔註42〕

正由於山人名號氾濫，而真正隱逸者少，遂引起社會上對山人、布衣、隱君等稱號的名實之辯〔註43〕，明代山人多懷刺投衙門或權貴之家，社會輿論對山人的評價並不是很高，擔當〈聞時事柬黃孝翼徵君〉：「顛連無數哭時艱，在執事者誰相關？燕趙金錢委沙漠，滇黔象馬空苗蠻。徵君有時為小草，隱士遍地是青山。切膚之痛焉可釋，雖有十畝誰閒閒。」〔註44〕雖然十畝薄田聊以度日，但自言此閒並不是自己所樂意，而是帶著切膚之痛。此輩布衣文人因為不食朝廷俸祿，比起官宦、縉紳相對擁有更多的獨立與自由，也有更多的時間創作詩文、書畫，他們以一藝之長與縉紳交往，養譽立身並維持

〔註39〕蔣士銓：《臨川夢·隱奸》出場詩：「翩然一只云中鶴，飛去飛來宰相衙。」雖離陳眉公其人其事相去甚遠，但從此亦可見成為山人，絕非一條輕鬆的道路。

〔註40〕擔當：〈自警〉，《橛園集》卷2頁42。

〔註41〕擔當：〈言志詩〉11首之9，《橛園集》卷5頁92。

〔註42〕擔當：〈言志詩〉11首有引，《橛園集》卷5頁87～88。

〔註43〕諸如此類的言論有薛岡：〈辭友人稱山人書〉，《天爵堂集》卷18；李贄：〈又與焦弱侯〉，《焚書》卷2，王士性：《汲古堂集·序》，〔明〕何白《汲古堂集》，可參看陳萬益：《晚明小品與明季文人生活》，台北：大安出版社，民國77年5月。

〔註44〕擔當：〈聞時事柬黃孝翼徵君〉，《橛園集》卷5頁92。

生計，而追求風雅的縉紳亦樂於與這些文人交往，以彰顯自己的品味和雅量，獲取更高的文化地位，不管社會上對這些下層文人的評價如何，平心而論，這些布衣文人與地方縉紳是推動晚明文化不可或缺的一股力量，創造晚明文化的主力不在臺閣之上，而在里巷之中。

擔當身處此一特殊的歷史情境中，除了要面對現實生活經濟的危機，更要面對社會輿論的壓力，即使青雲難干，過去的壯志豪情化為一縷輕煙，仍時時刻刻在他胸中盤鬱不去，在維護生命自性的強烈驅使之下，轉向傳統的隱逸文化尋求精神支柱，但他的隱逸屬於精神上的隱遁，雖未遠離市井，但對現實開始有了疏離，不再出現如〈途中聞杜鵑〉、〈鬻女行〉此類具有強烈社會批判精神的詩作，取而代之的是〈山居〉、〈自遣〉詩，如「終年胼胝只望秋，老農信天可自謀。」〔註45〕以及在物質匱乏的環境中，表達安守節操的自我堅持。如「生計婆娑且固窮，悶來侍遣借書童。」〔註46〕

山居生活乍看自適，但此時期的擔當精神狀態與現實並不和諧統一，在儒家以忠孝為核心的人倫體系之下，他對家庭尚有應盡的責任，卻「奉母慚無祿」〔註47〕。雖已絕意仕進，放棄以儒為業，但在強烈的自我意識之下，欲立德、立功、立言追求生命的不朽，卻是「半生一枕了無能」〔註48〕。這種失意、不得志的狀態，讓他面臨了如何肯定自我價值的問題，心態和方向上勢必要有所調整，吸收傳統隱逸文化，而不脫離儒家的人倫秩序，去探求更適合自己的人生道路。

崇禎九年（1636），擔當母親辭世，完成他在人倫上的重責大任。崇禎十年（1637），他家居守喪，應麗江土司木增之請，為木增的詩集〔註49〕《山中逸趣》作序，擔當是怎麼推薦這本書呢？開篇則言：

> 生白先生，以山中趣問諸山中人此置子。此置子曰：苟有所遇，一切皆趣也，何居夫獨趣於山？（中略）忠孝本無異，丘壑將毋同。是能以山訂交者。顧余兩人之趣山，亦猶魚之樂水，非魚莫知魚矣。

〔註45〕擔當：〈山居〉10首之9，《翛園集》卷7頁123。
〔註46〕擔當：〈山居〉10首之8，《翛園集》卷7頁122。
〔註47〕擔當：〈山居〉20首之4，《翛園集》卷4頁73。
〔註48〕擔當：〈答陳潤之〉，《翛園集》卷7頁118。
〔註49〕木增（1587～1646），字長卿，號華岳，又號生白，納西族人。明代雲南麗江世襲土司，後以軍功及捐銀助餉等升授雲南布政使司右參政，中年歸隱芝山，讀書寫作，著有《雲薖集》、《山中逸趣》、《竹林野韻》、《嘯月函》、《空翠居錄》以及《雲薖淡墨》諸集。

然則余兩人，竟若斯寥寥而已乎？當此多故之秋，行并天地，生靈
皆予以逸，逸熟愈焉？噫！賦也、詩也，不幾爲三百（疑漏篇字）
之逸耶？豈第趣止在山爾爾。〔註50〕

　　魚樂二字，一定是不離莊子的，莊子與惠施的豪梁之辯是以對話形式呈
現，序文也以生白先生與此置子的對話形式呈現，此置子（擔當字號）曰：「苟
有所遇，一切皆趣也。」只有隨遇而安，才能欣於所遇。個人的感情與理性
能與客觀環境和諧統一，則何處不自適？若必須透過逸居的形式來獲得自
適，終究是有所待。與山水的欣然所遇，固然使人一時快然自足，忘卻個人
榮辱。能用文字抒發情感是讓人覺得舒服且有價值的，不也是一種逸趣嗎？
以木增之忠與唐泰之孝，一在朝，一個野，兩人能以山訂交，因此說「忠孝
本無異，丘壑將毋同。」又云：「當此多故之秋……豈第趣止在山爾爾。」表
明了他所追求的自適，不只是入山「逸居」，而是人與人之間以及人與自然間
的和諧。對這時期的擔當而言，理想的自適之道，不離儒家的人間秩序，而
以道家的超逸風度爲生活態度。

　　崇禎十五年（1642），擔當五十歲，國境內正值多事之秋，本想至中原受
衣缽於大老，但時局紛亂，只好作罷。這年生日有詩云：

人生寧有幾春秋，忽過半百不自由。從此日月但西墜，何處江海非
東流！詩書憑誰可尚論，子孫於我無後憂。竊喜腕與人俱老，終讓
右軍豈一籌。〔註51〕

詩中流露出的感情是喜憂參半，喜的是個人的家族使命完成，與書法造詣漸
趨老辣，憂的是日月西墜，「日」、「月」合起來即是「明」，江河日下，國將
覆滅，「家」又何在呢？人生年過半百之後，本來是安享天年的開始，但擔當
膝下無子，只有五女，既然母親壽終，女兒都已出嫁，世俗責任已了，又正
值知天命之年，遂往水目山，從無住禪師（1589～1664）受具足戒，遵戒而
不嗣法，法名普荷，七十六歲後改爲通荷。

　　廖肇亨在研究明末清初遺民逃禪風氣時，曾就〈沙門不禮王者論〉的角
度指出：「出家」這個動作本身即具備特殊意義，若沙門不禮王者，則隱身緇
流中的勝國遺民就可以保留自我的尊嚴，在與清政權實際交涉時，可以維持

〔註50〕擔當：《山中逸趣·序》，《擔當詩文全集》頁365，昆明：雲南人民、雲南美
　　　　術出版社，2003年11月。
〔註51〕擔當：〈壬午五十生日〉，《脩園集》卷5頁91。

不向異族強權低頭的氣節。〔註52〕從這個角度來看，應將擔當出家、服僧服，視作他為了維持氣節，所展現的一種肢體語言和姿態。

崇禎十七年（1646），明思宗亡，清兵入關，改元順治，福王朱由崧立於南京，唐王朱聿鍵立於福州，桂王朱由榔於肇慶稱帝，明祚名存而實亡。明季士大夫面臨一連串生死兩難的抉擇，究竟是要投身復明，還是要捐軀殉國？選擇殉國的士大夫其動機與目的也不盡相同，當時輿論對殉國者的評價標準亦不一，遂有「死社稷」、「死君父」、「死節」、「死義」之分〔註53〕，而未殉國的文人紛紛棄生服或出家，或保頭顱，或表明不仕異族的決心，仍不免有緬顏偷生的陰影。生存本是個人最自然不過的本能，然明遺民終其一生必須透過各種方式，或衣冠，或字號，以自我肯定存活的意義。戰火摧殘已使人命微賤，而崇尚死節的時代氛圍竟灼傷人心到這般境地。

當時擔當出世已一年，結茅於雞足山，雖對出處早已做了選擇，但面對「天崩地解」〔註54〕的局面，他原有的生存方式再度面臨了挑戰，內心的焦慮可以在他對生死的態度當中得見，曾自言：「逃死逸於三窟外，謀生若在廿年中。」〔註55〕所謂逃死，並不是慶幸自己未死，而是出於一種雖不能苟死，亦不能苟生的心理壓力，正是劫後餘生的遺民心態。生存對擔當而言，有不可承受之輕，與必須擔荷之重，而這種一輕一重，可以在他尋找自我的歷史定位看得出來，有詩題為〈妒〉：

冷人生計果蕭條，山有千灣水一瓢。

書史固能高月日，不將清論點漁樵。〔註56〕

詩人眼見蒼生的流離與脆弱，遂心生飄零之感，意識到自己不過是宇宙中匆匆的過客，甚至將個人生命與整個宇宙相比都是無意義的，不甘就此被

〔註52〕廖肇亨：「簡當回視慧遠〈沙門不禮王者論〉以後，再將觀察的視角調回明末逃禪遺民。我們不難發現：若沙門不禮王者，逃禪遺民就可以保留勝國士大夫一點殘餘的尊嚴，在與清政權實際交涉時，不至俯仰由人。以維持不向異族強權低頭的氣節，這層意義遠較放逸山林更為積極。」《明末清初遺民逃禪之風研究》，台北：台灣大學中國文學所，民國83年5月，頁41。

〔註53〕關於明季士大夫的生死抉擇，可參看何冠彪：《生與死——明季士大夫的抉擇》，台北：聯經出版社，1997年10月。趙園〈易代之際士人經驗反省〉，《明清之際士大夫研究》頁23～48，北京：北京大學出版社，1999年1月。

〔註54〕黃宗羲：〈留別海昌同學序〉，《南雷文集》（四部叢刊初編縮本），卷2，葉16下。

〔註55〕擔當：〈漫興〉八首之六，《橛菴草》卷5頁220。

〔註56〕擔當：〈妒〉，《橛菴草》卷7頁330。

淹沒於時代洪流之中，又無可奈何。此為千古騷人無法抵禦，生命虛無之輕。

同為前朝遺民的張岱，國破家亡後，幾次想要自殺，卻又放棄了。在《陶庵夢憶》序文中自道：

> 陶庵國破家亡，無所歸止，披髮入山，駴駴為野人。故舊見之，如毒藥猛獸，愕窒不敢與接。作自輓詩，每欲引決。因《石匱書》未成，尚視息人世。然瓶粟屢罄，不能舉火，始知首陽二老，直頭餓死，不食周粟，還是後人粧點語也。

張岱直到飢腸轆轆，無米可炊，甚至沒有柴薪無法舉火，這才恍然大悟，原來那些歷史上所流傳的忠義隱士，真的是活活餓死的。因為忠義而不食周粟實則是後代的美化，所以我們在談論遺民時，應該盡可能貼近遺民生存的時空困境，而不作過度美化。明王朝的覆滅，使擔當的政治理想破滅，卻是他跨出封建秩序藩籬的開始。身為前朝殘遺之民，個人的政治認同與文化認同中的精神原鄉均已不在，但要在新建政權的秩序中存活下去，就必須重新建構自我生存的意義，遺民遂於歷史中尋求與他有類似背景的人格典型〔註57〕，擔當在《橛菴草‧跋》中自言：

> 沙門之中，有沙門而士者，洪覺範是也。……若夫，沙門而士，士而沙門，則兼之矣。兼之者，非大力不能剷俗情而歸空劫。〔註58〕

言下之意，身為浮圖中的遺民，擔當願以洪覺範為學習效法的對象，雖身在沙門之中，仍以士的承擔精神為己任。洪覺範（（1071～1128），即惠洪覺範、德洪覺範，北宋末年著名詩僧，工詩善畫，與當時士大夫交遊甚密，因而被捲入政爭，一生四度入獄。明末清初的士大夫與詩僧，無論好佛與否，對他一致推崇，一方面是因為洪覺範在詩、書、畫上的造詣，另一方面是因為他數度身陷縲絏之中，九死一生，不曾改變為僧之志。〔註59〕錢謙益更將他塑

〔註57〕　有關遺民尋求歷史人格認同，可參見孔定芳：〈明遺民的身分認同及其符號世界〉，《中國社會科學院研究生院學報》，2005年第3期。

〔註58〕　擔當：《橛菴草‧跋》，《擔當詩文全集》頁139，昆明：雲南人民、雲南美術出版社，2003年11月。

〔註59〕　有關明末清初士大夫與禪門對對慧洪覺範的歷史評價，可參見廖肇亨：〈明末清初叢林論詩風尚探析〉，《中央文哲研究集刊》，20期，頁272～280，台北：中央研究院中國文哲研究所，2002年3月；廖肇亨：〈惠洪覺範在明代——宋代禪學在晚明的書寫、衍異與反響〉，《中央研究院歷史所集刊》，75卷4期，民國93年12月。

造成「佛子之忠義鬱盤，揚眉怒目，現火頭金剛形相者也。」〔註60〕擔當以洪覺範爲學習的對象，實寓有「心懸明月扶忠孝」〔註61〕的深意。

但我們不能僅把擔當定位於此，誠然他個人生命有其主觀的侷限，始終拋不開儒家的政治理想與倫理觀念，但他追求生命本來面目的精神，使他衝破世俗思考方式的既定框架，使他的藝術生命得以不朽。擔當七十九歲，自題〈溪亭垂釣圖〉：

> 以近八旬翁，老眼猶在尋畫中摸索，不知翻正。然今日世界，不曾
> 翻轉過來，歇不得手。亦豈得氣之先者耶？一嘆！〔註62〕

這段文字關鍵字眼應爲翻正二字，要使未來有別於過去，畫面叢樹倒懸，下有一持竿釣者，面目點畫簡單，擔當透過局部瓦解畫面空間秩序，想要告訴我們，生命的自主性，並不取決於選擇後的結果，而是在於能不能認識生命本來的面目，並且忠於自我。如果說遺民的擔當，尚在文字與歷史之中徘徊尋找自我，暮年的擔當，已在藝術創造的當下得到超脫。

〔註60〕錢謙益：〈題南谿雜記〉，《牧齋有學集》(據康熙三年刻本景印)，卷49頁1610，
　　　　收入《續修四庫全書》，上海：上海古籍出版社，1995年。

〔註61〕擔當：〈寄武陵羅欠一〉，《橛菴草》卷5頁233。

〔註62〕李昆聲編：《擔當書畫全集》，頁18，昆明：雲南人民、雲南美術出版社，2001
　　　　年8月。

圖 4：〈溪亭垂釣圖〉〔註63〕

〔註63〕擔當：〈溪亭垂釣圖〉，紙本、水墨，96.3×46 ㎝，現藏北京故宮博物院。〔畫
　　　　冊版本朱萬章《擔當》，頁 115〕

第二節　性格癖好

陳萬益〈晚明小品於明季文人生活〉一文，曾言：

> 在晚明小品中充斥著：痴、癖、顛、懶、憨、愚、迂、狂、狷、奇……
> 等等正統士大夫視爲偏僻乖張的人的評語，明季文人不僅以此爲
> 號，而紛紛議論，推崇爲至高無上的性行。……這些說法都是在「寧
> 爲狂狷，毋爲鄉愿。」的時代思潮底下，明季文人品人的新觀點：
> 於病處見美，於疵處觀韻。〔註64〕

若就對社會影響力及人生際遇兩點來說，擔當無法像李贄、陳眉公，成爲引
領晚明士人的「異人」典型，然其追求自我價值實現的精神與之不曾有別，
雖然客觀環境無法讓他實現理想，仍以其獨特的性行及品味別於流俗，以突
顯出自我價值。若要探求擔當性格癖好，亦當從其「狂」、「狷」、「畸」、「怪」
等異於碌碌庸才之處著眼，才能了解他的靈魂深處。本節將從擔當對人、對
物、對詩文的獨特眼光，以他的詩文和重要事蹟爲論據，論述擔當的性格癖
好。

一、寧爲狂狷，勿爲鄉愿

少年唐泰時常欣賞歌詠俠客、英雄一類的人物，在他筆下的俠士，具有
挺身爲國不顧生死，血性迸激的氣度，自是一種狂者氣象。

> 東去路不通，西去路不通，夜半獨走空山中。傍人投宿無商店，醉
> 臥倡樓忽驚魘。醒來記仇不記恩，側身驟過潼關去，直闖咸陽宮。
> 何妨萬軍有利矢，欲報吾君寧畏死。〔註65〕

此詩旨在英雄失路之悲。當時他雖有心扶持世運，但不被重用，流落在六朝
金粉之地，半生一枕倍感淒涼，困境中愈顯出詩人內在狂放的人格。狂者的
志向遠大果敢直言，具有勇猛精進的氣概，但常因能力等主客觀限制，不能
實現自己的理想，只好朝著自己假想的敵人，發出浴血的怒吼。

擔當的狂不僅表現在對俠士人格的嚮往，更在他對當時文壇風氣的批判：

> 余慨近代詩人，饒工近體，薄古體，一概置之不問，專以尖新隱僻，
> 詰屈聱牙，靡然相尚。藐何、李爲舊物，恥七子爲叫號。致使世運

〔註64〕陳萬益：《晚明小品與明季文人生活》，頁80～81，台北：大安出版社，民國
77年5月。
〔註65〕擔當：〈俠客行〉，《橄園集》卷1頁21。

隨之而轉，及究其溫厚之旨，誰不茫然。悲夫！尚敢望其鼓吹休明，
挽回世運哉？〔註66〕

當時竟陵派引領文壇風騷，強調要獨抒性靈，反對擬古主義。擔當本身寫了
很多古體詩，近體和古體是相對來說，近體應該是指成熟於唐代發展到明代
的律詩和絕句，古體應該是指漢魏樂府，此時抨擊鍾譚體，再提前七子，並
且要立志復興早已式微的「大雅正始」之音，這在旁人的眼中看來近乎固執
不智，不免被譏為佯狂作態，但他也不在乎別人的譏笑，鼎革之後，更大無
畏地在《橛庵草》宣告：「若舍大雅正始，謂不得不流而趨下者，乃時為之，
則砥柱無人，黃、虞終不復再見矣。其如世運何？」〔註67〕儼然一副詩以載
道的語氣，欲與當時文壇的創作風向相抗，這不是很狂傲嗎？然而這股狂傲，
正是出於一種捨我其誰的大丈夫胸懷。

即使出世受戒，擔當依然好酒，甚至說：「僧詩若無姬、酒，都是些豆腐
渣、饅頭氣。」〔註68〕和戒行精嚴的僧人相比，此言真是離經叛道了，但擔
當好酒，非圖口腹之慾，而在求醉。正因「獨醒還怕遭人妒，欲向魚家索酒
嘗。」〔註69〕，藉由醉中狂態來保護自我，同時將他內心深處的不平、不馴
盡情宣洩出來。然而這狂者的醉意，又何嘗不是一種更高層次的清醒呢？

觀察擔當一生行跡，值得注意的時間點有二，一是年未四十，告退衣巾，
逢當局荐舉，卻之不受，終身不仕。二是崇禎十五年出世，但當時明祚尚未
亡，顯然本有意於逃禪，不是因為鼎革的原因才出家。自他告退衣巾之後，
他的性情以及對政權、世局的心態都產生轉變，過去的雄心壯志褪去漸趨內
斂，性情一轉狂放為狷介。

先從拒絕荐舉一事來看，他雖託言己無忠言奇謀、母老，又病且懶，但
實則在抱持著一種的微妙心理，前半生滿腔熱血已在飄泊中度過，既使逢人
薦舉，有無祿位，形式問題而已，但他仍與當權著保持著一種若即若離的關
係。他在〈觀棋〉一詩中表達對世局的看法：

局內殘棋我不爭，也因黑白最分明。

〔註66〕擔當：〈子夜歌二十首有引〉，《翛園集》卷1頁26。
〔註67〕擔當：《橛菴草·序》，《擔當詩文全集》，昆明：雲南人民、雲南美術出版社，
　　　　2003年11月頁137。
〔註68〕擔當：《橛菴草·跋》，《擔當詩文全集》，昆明：雲南人民、雲南美術出版社，
　　　　2003年11月頁139。
〔註69〕擔當：〈漫興〉7首之3，《橛菴草》卷7頁305。

> 莫云老拙無英氣，千古難禁一笑聲。〔註70〕

此詩對世局抱持著冷眼旁觀的角度，不再如過去那樣積極進取，與陳眉公：「熱眼付之泉石，冷眼付之朝市。」在同一語境。難道過去那個豪俠自許的擔當就此消失了嗎？不是的，狂者的進取與狷者的有所不為是擔當的一體兩面，無法切割。其自〈題曝背圖〉道出箇中原委：

> 野老推誠想至尊，欲將一曝答深恩。
>
> 誰知天下多寒色，日照山龍未必溫。〔註71〕

山中野人欲將曝背之暖分享給自己最尊敬的人，這個野人難道不可愛嗎？但可惜對在位者而言，野人此舉真如井底之蛙，不知天高地厚。擔當也曾憂國憂民，但不被重視，於是退一步選擇藏用，依舊堅持自我的理想與維護自身的榮譽。更重要的是，從此他的人生必須學會如何「自適」。

　　被視為異端的李贄，也曾說過：「士貴為己，務自適。如不自適而適人之道，雖伯夷叔齊同為淫僻。不知為己，惟務為人，雖堯舜同為塵垢粃糠。」〔註72〕個人的價值並不一定要在公共領域裡才能完成，天生萬物，枯竹、病石、臥梅、矮松、殘荷，莫不有其存在的意義。擔當為麗江知府木增所寫的《山中逸趣‧序》，最能夠代表他棄巾之後，欲在群體與自我間取得平衡，且追求自適的想法。

> 斯逸矣，逸矣！（指如木增隱于山中，賦詩自樂）則吾寧守吾之
> 拙者、老者，與逸忘焉。知趣之在山，趣之在賦也、詩也。第視
> 其賦與詩成，而且適且適，不特人遇山而自逸，山且賴之逸也永
> 矣！〔註73〕

在擔當心中，逸又可分幾個不同層次，若藉由隱於山形式，或是通過詩、賦，才能取得逸的境界，則此逸仍是伯夷叔齊之逸，而非發自於性靈的真逸，若是能夠不透過任何外在形式，澄懷觀道，「苟有所遇，一切皆趣」〔註74〕，甚至賦予客觀對象一種趣味，眼見花開花落而不傷感，則此逸才是真正的適吾意，這才是李贄所說自適之道。

〔註70〕擔當：〈觀棋〉，《橛園集》卷7頁119。

〔註71〕擔當：〈題曝背圖〉，《橛園集》卷7頁120。

〔註72〕李贄：《焚書‧增補一》〈答周二魯〉，北京：社會科學文獻出版社，2000年5月，頁251。

〔註73〕擔當：〈山中逸趣‧序〉，《擔當詩文全集》，頁375。

〔註74〕擔當：〈山中逸趣‧序〉，《擔當詩文全集》，頁375。

出家後的擔當自言，「老僧只要適吾意，不管人間有別離。」〔註75〕馮甦曾述擔當晚年處世待人的情形：「晚居點蒼山之感通寺，宦遊葉榆者，無不就寺謁師。師不避客，報謁如常禮，惟絕口不及世事。」〔註76〕曾有朋友欲往太守的宴會，他以詩勸之勿去〔註77〕。可見他並非僻人之士，亦非僻世之人，是有所爲，有所不爲。有時書畫自娛，有時踏雪尋梅，或與朋友的飲酒品茗，或以咬斷菜薤爲樂，無入而不自得。狂者的進取與狷者的自適，在擔當的性格中，似二實一，一體兩面，在追求自我價值實現上都是一致的，關鍵就在精神的自由。

二、夷種生來矮腳雞

在晚明的文人之中，有幾人膽識能超李卓吾，自覺如陳眉公？擔當的膽識和處世態度雖不如兩老，但他的審美眼光就是跟常人不一樣，他在〈雞〉詩中自比爲「夷種矮腳雞」：

> 夷種生來矮腳雞，報曉聲澀啼了啼。人家養之如鸚鵡，置諸高架不
> 肯低。我有叢桂更可栖，嗟哉此物何尊貴，俯視地下皆臭蝎。〔註78〕

這隻雞先天品種不名貴，外貌畸形，叫聲亦不甚嘹亮。這也無妨，擔當感興趣的是牠的行爲舉止，牠不待在籠笆裡啄食穀粒，卻偏偏要棲息在芬芳的桂樹上，別人看牠可笑，牠卻視之如臭蝎。

常人無法在現實生活中捕捉到這樣形象感很強的生命體，這就是擔當眼光特殊的地方。除此之外，他看待自己的眼光也不尋常，「夷種」、「矮腳」鄙薄之詞，一般人多用來形容別人，他卻用來挖苦自己，有先天瑕疵不但不加以掩飾，甚至自得其樂，將主體既自嘲又自戀的矛盾情感，統一於這隻夷種矮腳雞，出自於一種「畸」的感情，「畸」，也是是擔當人格重要的特徵。

在這裡「畸」，並不是指先天的缺陷，而是指一種後天的情感，擔當成長於位處邊陲的滇南，不利於融入明代的主流社會，於是離滇應試卻不又第，以生員的資格遊蕩在吳、浙等地，身處在吳、浙地區尚奢的社會風氣中，擔當既不是善於做生意的商人，又不肯曲意迎合權貴，想必遭受不少白眼和歧視。想要融入一個群體，但是並不被接納，他感到自己無力去改變時局，企

〔註75〕擔當：〈野花盛開客有送人行者余亦與焉〉，《橛菴草》卷7頁307。

〔註76〕馮甦：〈擔當禪師塔銘〉，收入《擔當詩文全集》頁472，昆明：雲南人民、雲南美術出版社，2003年11月。

〔註77〕擔當：〈賓州太守張公新構樓觀以宴賓客湘潭謝鳴玉欲行留之〉：「荇苔鄉愁最可憐，江湖廊廟豈能全。」《橛菴草》卷5頁220。

〔註78〕擔當：〈雞〉，《儵園集》卷3頁56。

圖用主觀精神的自足去戰勝外在的困境，那怕旁人眼中看來是一種鴕鳥心態也無妨，至少比起被繫於堂上的鸚鵡，他盡可能如己所願地活著。這種「畸」的情感特質，表現在個人癖好上就是「怪」。常人多讚嘆懸崖蒼柏高聳挺跋之姿，擔當則獨愛生長環境有限的矮松：

> 世上怪物莫過此，把來置之几案前。
>
> 骨幹猶龍亦拙甚，顏色與我同蒼然。
>
> 屋裡天地未寥闊，盆中丘壑何連拳。
>
> 從此老夫有朋好，不事仰攀爾獨賢。〔註79〕

文人畫士賞盆景，以曲為美，以敧為美，以怪為美，賣盆景的商人為了迎合文人畫士的審美觀，不惜束縛矮松甚至斫直刪密，錯誤的種植觀念而使其無法正常生長，害的松樹無法順其天性成長，雖然擔當之所以欣賞此盆栽，不在於它的高大挺拔，枝繁葉茂，而是出於一種比德為美的文化心理，因為矮松不事攀仰，貴其有「骨」，有骨的生命勁倔，即使它的根被限制在有限的土壤中，一樣生機勃勃。在借物托諷，融議論、抒情於記敘、描寫之中，賦予矮松君子的品格了，弔詭的是，矮松之所以會矮，長不高，正是因為文人畫士的喜好，欣賞之卻又斫傷之。這種於病處見美，於疵處觀韻的觀點，間接造成天下多少矮松。這種審美價值觀與市場需求之間的怪異循環，反映了明代文人既是受害者卻又欣賞受害者，覷見文人心理縫隙間流轉著一股被虐自虐的時代氛圍。

相對於矮松的人工病態之怪，自題三瘪圖反映的是更為自然天真的怪，擔當貴骨的思想也表現在他的畫中，對那些無骨的人給予嘲諷：

> 叔瘪仲瘪與季瘪，三個瘪瘪共一窩。
>
> 偶然相逢撫掌笑，直人何少曲人多。〔註80〕

楊開達〈醜與怪誕──擔當暮年的審美傾向〉云：「把對立、矛盾、極不合理的東西結合在一起，造出震撼人們心靈的強烈藝術效果。怪誕的本質就在於怪中有真，它是通過不合理的社會現實扭曲來揭示社會現實現象背後的真實本質。」〔註81〕，怪的美感，就在有真，若刻意特異獨行以欺世虛名，那就成了曲人，而非畸人了。擔當的題畫詩，字句表面上似乎在嘲笑這些佝僂的畸人，但正因為這些畸人被排斥在主流社會之外，內心得以不被世俗的

〔註79〕擔當：〈矮松〉，《橛菴草》卷5頁202。

〔註80〕擔當：〈自題三瘪圖〉，《橛菴草》卷7頁282。

〔註81〕楊開達：〈醜與怪誕──擔當暮年的審美傾向〉，《雲南師範大學哲學社會科學學報》，第28卷第1期，頁33。

功名利祿所玷污，性格更是率性任真，這些畸人偶然相聚，彼此相顧撫掌大笑，原來天下曲人還真不少。差別只在是否俯首貼耳而已了，就在這嘲弄中，擔當一身的錚錚硬骨，彷彿也鑲嵌在這率性任真的畸人形象之中了。

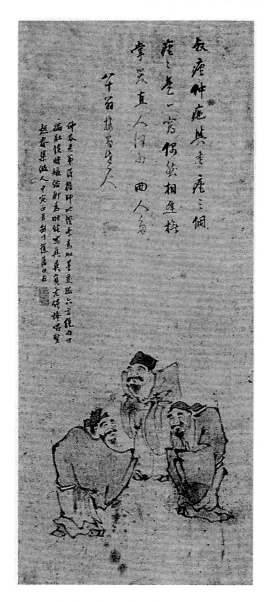

圖 5：〈三瘟圖〉〔註82〕

〔註82〕擔當：〈三瘟圖〉，紙本、水墨，135×49 cm，現藏昭通地區文管所。（畫冊版本《擔當書畫全集》，雲南人民，雲南美術出版社，頁25）

第三節　師友交遊

　　擔當的書畫啓蒙老師董其昌、陳眉公雖然名聞天下，但大多數與之交遊的人物，因爲名不見經傳，所以無法得知更詳細生平行實，而擔當晚年活動範圍不離滇南，遠離吳、楚、江、浙等明代社會的主流，受限於地域、出版、傳播等外在限制，使他無法如吳中四才子一樣揚名於里巷之間，但他仍與整個晚明的時代脈動緊緊相依。本節將針對擔當的師友如董其昌、陳繼儒、趙宧光、沈朗倩、謝肇淛、李本寧、湛然圓澄、讀徹蒼雪、知空學蘊、陳佐才、何稚玄，分爲吳、浙文人群體、宦遊、貶謫至滇的文人群體、禪學師友、雲南遺民群體四個領域，分類是爲了突顯其人活動的主要文化網絡，其中亦有身兼詩、書、畫、禪悅與遺民身分者，故會有重複之處，透過這些人的文藝創作、生平思想，了解擔當與時代的接軌處。

一、吳、浙地區文人群體

（一）董其昌

　　董其昌（1555～1636），字玄宰，號思白、思翁，又號香光居士。松江府上海人，後因避役入華亭。十七歲應試時，因爲字寫得不好，被知府降爲第二，自此發憤臨池，十八歲向莫如忠學書，凡晉、唐、宋、元書家，如顏眞卿、虞世南、鍾繇、二王、懷素、楊凝式、蘇軾、米芾、趙孟頫，都曾經是他取法的對象，又與收藏家項元汴、吳廷等人結交，臨摹過不少名家眞跡。《明史》稱他「性和易，通禪理，蕭閑吐納，終日無俗語。」〔註83〕，萬曆十七年（1589）中進士後，日與陶望齡、袁宏道遊戲禪悅，終其一生追求淡遠秀逸的意趣，他以「淡」爲宗的書學思想，對後世產生深遠的影響。

　　依據董其昌《緜園集·引》：「余既奉旨求遺書歸來，事竣還里。而滇中太學唐大來，自輦下（代指京師）至，以其詩爲贄。」〔註84〕則擔當自京師往松江訪董其昌，當在天啓四年末〔註85〕，時董其昌爲禮部侍郎，引文中以

〔註83〕　《明史》卷288，列傳第176，文苑四。

〔註84〕　董其昌：《緜園集·引》頁5，《擔當詩文全集》，昆明：雲南人民、雲南美術出版社，2003年11月。

〔註85〕　天啓二年董其昌奉命往南方採輯先朝章疏及遺事，廣徵博採，天啓四年歸來錄成三百本，又採留中之疏別爲四十卷，即《神廟留中奏疏彙要》，事見董其昌：《神廟留中奏疏彙要》（清鈔本）：「天啓四年四月初三日，禮部侍郎董其昌一本爲奉差事竣，中途患病，進書報命乞休……」，首頁，收入《續修四庫

國子先生的口吻，贊許擔當在帖括之外，尚能耕耘自己的詩賦園地，未有一字提及習書畫一事，則此時擔當的目標及志趣尚在仕進與詩賦，但以博士弟子員仕進之艱難，以及董其昌曾任太常少卿掌國子司業事的背景看來，擔當以詩執贄於董其昌門下，或許有爭取學優登仕的意味，而擔當跟隨董其昌學書畫應在落第之後，以董其昌在書畫界的領導地位，以及其鑑賞能力對藝術市場的影響，擔當隨董其昌習書畫，出於實際的需求，同時預告著他未來的棄巾之路。

擔當的書畫創作皆受董其昌的觀念所影響，但其書得於董氏處更多於其畫，他早期署名唐泰的作品如〈前赤壁賦〉、〈題思明老師象贊〉、〈書大痴畫訣〉，用筆、用墨皆秀潤，在結字與字距、行距的安排上，都可以看到臨摹董其昌的痕跡，而他本人亦以深得董氏筆意而自豪：

> 太史堂高不可升，哪知萬里有傳燈。
>
> 從來多少江南秀，指點滇南說老僧。〔註86〕

到他五十歲左右，追摹董其昌已達到形神兼備、精熟的程度，這時期的代表作如〈爲秘傳作畫書後〉。由於追摹董其昌的心理，使他早年在用筆技巧上奠定良好的基礎，點畫靈動有神，結字精微，章法疏闊，但也因此在整體風格上缺少鮮明的個性表現，晚年出世後仍不脫董氏的骨架，但氣韻則漸趨放逸，這是因爲他的人格精神、氣質與董其昌不同。

董其昌的性格溫和好靜，崇尚晉人風度，這從他字玄宰，號思白，以及其書追求二王神韻，皆可以看得出來，但擔當的性格中自有一股勁倔狂放，這股叛逆是董其昌所沒有的，在他學習董氏筆法漸老漸熟之後，人格中狂放的特質在他晚年的作品展現出來，如〈常戴一彎荷葉帽，見人免得更科頭〉、〈只許山僧來作枕，不容天地使人忙〉，筆力雄健但不露鋒芒，在結字、佈局上更加佻達肆恣，整幅作品如龍蛇盤據，與早年追摹董其昌的虛靈空闊的調子有別。

董其昌的書法成就，繼承二王體系，在「平淡秀逸」此一美學風格內，已登峰造極無人能出於右，但這種以「淡」爲審美取向，由玄而出與莊學在同一層次，終究有他的侷限，董其昌雖早年遊戲禪悅，但誠如徐復觀先生所言：

全書》，上海：上海古籍出版社，1995 年。據此可知，擔當自京師往松江，拜訪董其昌，當在天啓四年四月左右，而入京時間要早在天啓四年四月以前。

〔註86〕擔當：〈臨董玄宰先生帖〉，《橛菴草》卷 7 頁 315。

董氏所把握到的禪，只是與莊學在同一層次的禪；換言之，他所遊戲的禪悅，只不過是清談式，玄談式的禪，與真正的禪，尚有向上一關，未曾透入。《無聲詩史》說他「遊戲禪悅」的遊戲，和他自己所再三標榜的「墨戲」，正是一脈相通。禪的向上一關不是「遊戲」所能透入的。透上一關把握到的，將是「寂」而不是淡。〔註87〕

擔當的書法雖未能脫董氏的藩籬，卻在繪畫上卻將董其昌「熟後生」書學觀念，在晚年畫作中詮釋得更上一層，曾自題其畫「此筆是熟中生，全無筆墨矣。」〔註88〕、「支離老手，非熟極而生不可。」〔註89〕

董其昌曾論：

> 畫與字各有門庭，字可生，畫不可不熟。字須熟後生，畫須熟外熟。〔註90〕

董其昌認為字和畫有所區別，所謂的熟，當指精確與熟練，反覆臨摹歷代碑帖，將前人的用筆法度、結字特點皆備於胸中，自古人作品汲取養分，博採眾長，達到熟練的程度之後，才能駕馭筆法，結字縝密，這是學習書法的必經之路。但若只一味精熟，無自我主體的「情性」、「意趣」引領，容易出現程式化的現象，使整體缺少生趣與變化，則離民間的抄書匠相去不遠了。

在臨摹他人的過程中，愈逼近他人而形似，就應該愈清楚難以「神似」，因為書法不只是空間的藝術，同時也是時間的藝術，創造主體當下的心境，是絕對無法複製的，因此高超的用筆技巧，必須服從在主體的情性、意趣之下，即「生意」與「生趣」。「生」，才能解脫古法的束縛，形成自己的面目。〔註91〕

〔註87〕 徐復觀：《中國藝術精神》，頁415，台北：台灣學生書局，1966年2月初版，1998年5月第12次印刷。

〔註88〕 擔當：〈自題山水冊頁〉，見擔當《千峰寒色山水詩文冊頁》，收入李昆聲主編：《擔當書畫全集》，昆明：雲南人民、雲南美術出版社，2003年11月，頁107，圖60～7。

〔註89〕 擔當：〈自題山水冊頁〉，見擔當《山水冊頁》，收入李昆聲主編：《擔當書畫全集》，昆明：雲南人民、雲南美術出版社，2003年11月，頁123，圖62～8。

〔註90〕 董其昌：《畫禪室隨筆》（文淵閣四庫全書本），卷2葉8，台北：台灣商務印書館，第867冊，頁450。

〔註91〕 楊新：〈「字須熟後生」析——評董其昌的主要書法理論〉云：「（前略）所以繪畫的熟，應包括兩方面，一是要把自然景物的形象觀察和引起情感起伏處熟記於心，二是表達這一觀察感受的技巧要熟練，這兩者的天然妙合，也就是心、手相應相忘，才能產生出繪畫表現的最佳效果，氣韻生動而神形兼備。」

　　但董其昌對繪畫的理解和要求，即「畫需熟外熟」，與擔當對繪畫理解和要求有所不同，主體精神的情性、意趣，層次有別。董其昌所認為的「畫須熟外熟」，是在長期觀察實踐中領悟，追求神形兼備，將他一生所追求的「淡」境界，以及人格精神融入畫中，而擔當所理解的「支離老手，非熟極而生不可。」卻是他契入禪門，受到禪宗思維所影響，不矯揉、不造作，追求「稚拙」的趣味。

　　擔當師承董其昌，亦受董其昌南宗文人畫不求形似的思想所影響，但值得注意的是，董其昌雖以南宗文人畫為正統，力主不求形似，但卻又認為「畫需熟外熟」，強調師用古法、某家法、某家皴，在他畫作中亦常可看到倣古的痕跡。這樣矛盾的現象說明，董其昌是以古畫作為師法對象，而不是客觀的大自然，以臨摹和倣古中作為學畫的途逕，而不是寫實。就這一點來說，擔當早年署名唐泰的畫作，如〈前赤壁賦〉有仿文徵明的影子，可證實擔當的學畫途徑與董其昌一樣。

　　但如果說皴和點是繪畫在形式上的語言，那董其昌的盲點，就在欲從別人的語言尋找自己的語言上了，雖然透過幾十年對歷代繪畫風格的探求，他成功地重建自己的創作語彙〔註92〕，但終未能「削骨還父，削肉還母」，樹立自己的風格，這正是五十歲後的董其昌與五十歲後的擔當，最大的不同。五十歲後董其昌的畫，由「熟外熟」對運筆用墨已達到從心所欲的地步，而五十歲的擔當，則由「熟後生」，滅智入寂，唯有捨棄對古法的執著之心，才能見一絲的「生機」，見自己本來的面目。

（二）陳繼儒

　　陳繼儒〔註93〕（1558～1639），字仲醇，號眉公、眉道人、麋公、白石山樵等，松江華亭人，年未三十，焚棄儒冠，結廬於小崑山，屢辭荐舉，終身不仕，錢謙益稱其為人「重然諾，饒智略，深得老子陰符之學」，〔註94〕是晚

北京：文物出版社，《書法叢刊》，1992 年第 3 期，頁 11～12。

〔註92〕董其昌在繪畫史上的意義不在創立一種新的風格，而是對古人筆墨兼容並蓄，並加以重新詮釋，可參見石守謙：《中國古代繪畫名品》，頁 106，台北：雄獅美術出版社，1986 年 6 月；王文宜：《董其昌》：「董其昌為了追求筆法的新意，以及塑造構圖上的純粹美感結構，他進一步地分解各風格中不同的形式元素，將之互換重組，創作更多樣的新形式。……完全是如同一位科學家般地去解析歷史風格的形式與意義，建立自己的創作語彙。」，頁 32，《中國巨匠美術週刊》，台北：錦繡出版社，1996 年 7 月 13 日。

〔註93〕有關陳眉公研究，可參見陳萬益：〈論李卓吾與陳眉公〉，《晚明小品與明季文人生活》，台北：大安出版社，民國 77 年五月。

〔註94〕〔清〕錢謙益撰，錢陸燦編：《列朝詩集小傳》丁集下，收入周駿富輯《明代

明名動朝野的山人與小品文大家，雖退處山林，但不拒絕與朝中官員來往，與當時文壇的名士亦有密切的關係，清代官方修四庫全書時，對他的著作以及明季山人習氣頗多批評：

> 《巖棲幽事》，明陳繼儒撰。所載皆山居瑣事，如接花藝木以及於焚香點茶之類，詞意佻纖，不出明季山人之習。自跋稱陳仲子爲家於陵，尤可嗤鄙，此沿楊修家子雲之誤也〔註95〕

四庫總目提要以楊修子雲的典故，暗諷陳繼儒老不曉事，強著一書。陳繼儒著《巖棲幽事》一書，其意本就不在學術研究，而在展現個性，捻出生活中種種閒情逸趣，陳繼儒的生命本質是屬於文人的，這類型的知識分子適合發展自己的生命格調，他自己也很清楚這一點，對當時的社會發揮一定程度的影響力，從中亦可見流行於明代吳、浙地區文人群體間的生活模式。

崇禎元年，擔當本欲從貴州回滇，但逢安、奢之亂，貴州道阻，只好繞道南下改從粵西入滇，中途訪陳眉公於崑山，陳眉公對擔當的影響，可以分爲兩方面來說，一方面是在書畫觀念上，另一方面則是是在生活與出處上。陳眉公的性行志趣以及對書畫的見解皆與董其昌相近，擔當曾隨同董其昌持畫造訪眉公老是庵，以詩自述二老對他在書畫上的啓蒙：

> （前略）自古幾人見眞畫，眞畫不在齋頭掛。二王才是丹青師，次則李、杜人不知。畫中若無字與詩，鄙哉刻鏤未足奇，無筆墨處恐難爲。〔註96〕

詩中先是稱讚眉公的人品崇高，最後五句強調，繪畫應當同書法、詩文一樣，重視主體意趣的表達，而非僅求形似，若僅求刻鏤形似，則非眞畫，眞畫當在筆墨之外，即眼睛看不到的主體心境。這本是北宋蘇軾就曾提出的觀念〔註97〕，但若將這個觀念放在晚明環境中來考察，就顯得有其時代的意義，

　　　傳記叢刊》，台北：明文書局出版社，民國 80 年，第 11 冊頁 677。

〔註95〕《四庫全書總目提要》，台北：藝文印書館，民國 93 年，卷 130，頁 2582。清代官方對明代學風以及山人習氣的批評，亦可見《續說郛》下：「隆、萬以後，運趨末造，風氣日偷。道學侈稱卓老，務講禪宗。山人競述眉公，矯言幽尚。或清談誕放，學晉、宋而不成。或綺語浮華、沿齊、梁而加甚。」卷 132，頁 2603～2604。

〔註96〕擔當：〈同董玄宰先生持畫過眉公老是庵〉，《橋園集》卷 3 頁 45。

〔註97〕蘇軾：〈書鄢陵王主簿所畫折枝二首〉：「論畫以形似，見與兒童鄰。賦詩必此詩，定知非詩人。詩畫本一律，天工與清新。……」《全宋詩》，北京：北京大學出版社，1995 年，卷 807，頁 9352。

天啓年間黨禍酷烈環境，文人士子人人自危，他們將對政治熱情轉向閑適
的生活，日以書畫、焚香、盆景等文房清玩自娛，強調主體心靈的自由，
即率眞與自然，並以種種放逸的舉動來表達自我的個性。

　　擔當書畫得益自眉公處不只在書畫觀念上，更顯現在生活品味與人生情
趣上，曾擬文徵明〈前赤壁圖〉〔註98〕贈友人，擔當自己又在畫卷後面用書
法再謄寫了一次前赤壁賦，這段題記也是擔當在江南這段時間曾接觸吳中畫
派的明確線索：

> 余住在眉公山中，見文太史畫前赤壁。筆意生動，宛有鬱蒼之致，
> 而書法更遒勁可愛。適客菱水，坐雨窗，茶香甘淨。擬似振侯盟兄，
> 時一展之，當自有清風徐來也。〔註99〕

蘇軾的前、後〈赤壁賦〉因其文章的藝術性與思想性，成爲古今書畫家的絕佳
題材，明代文人非常喜歡前、後〈赤壁賦〉，文徵明一幅〈倣趙伯驌後赤壁圖〉
現藏台北國立故宮博物館，本卷就是以蘇軾〈後赤壁賦〉爲其文本，分爲八段，
描繪蘇軾與二友人攜酒與魚復遊赤壁。徐渭、董其昌也曾書前後赤壁賦，回顧
內文「惟江上之清風，與山間之明月，耳得之而爲聲，目遇之而成色；取之無
禁，用之不竭。是造物者之無盡藏也，而吾與子之所共適。」或許是蘇軾人格
的魅力，足以召喚千古千人，抑或是造物者之無盡藏，可供千古文人臥遊其中。
自適和暢神這個主體反覆地出現明代文人畫士的文化心理中。

　　陳繼儒曾說：「黃大癡九十而貌如童顏，米友仁八十餘神明不衰無疾而
逝，蓋畫中煙雲供養也。」〔註100〕。擔當這段題記中亦隱含著「以畫爲寄」、
「以畫爲樂」，這類強調暢神、臥游、適意的思想，與董、陳二人尊文人畫貶
宮廷畫的主張在同一脈絡。明代文人崇尚閒適生活觀念的背後，潛藏著不願
被當權著所圍，然又不願如平民腳踏實地躬耕自給的階級意識，也是自古至
今文人深藏的集體意識，但「士」這個階層，本就是爲輔佐統治者而誕生，

〔註98〕擔當：〈自題赤壁圖〉，現藏廣州美術館，絹本設色，27.5×376 cm，創作年代
　　　　崇禎戊辰（1628），見中國古代書畫鑑定組編：《中國古代書畫圖目》，北京：
　　　　文物出版社，1996年2月第一版，第14冊，圖粵2～167，頁61。

〔註99〕擔當：〈自題赤壁圖〉，見朱萬章編：《擔當》，石家莊：河北教育出版社，2006
　　　　年，頁87。

〔註100〕陳繼儒：《妮古錄》（《百部叢書集成》據明萬曆寶顏堂秘笈本影印），卷3葉
　　　　3，台北：藝文印書館，民國54年。董其昌也有類似的看法：「畫之道，所謂
　　　　宇宙在乎手者，眼前無非生機，故其人往往多壽。至如刻畫細僅，爲造物役
　　　　者，乃能損壽。……寄樂於畫，自黃公望始開此門庭耳。」

故難以切斷與政治的紐帶，尤其是像陳繼儒，這樣名動朝野的山人，始終與政治保持若即若離的關係。

　　觀察擔當詩集中，贈送及懷念陳眉公的詩共有二十首〔註101〕，足見他對眉公的推崇，其一云：

> （前略）皋夔稷契雖足貴，一個巢父焉可無？況蒙恩詔非一次，早知已絕人間世。左則楊子右錢塘，兩江不渡曾有誓。至今元氣儼包藏，國家賴以爲禎祥……〔註102〕

陳眉公年未三十焚棄衣巾，履辭荐舉，但不拒絕與朝廷官員交遊往來，悠游於出世入世之間，從自我的生命出發去肯定自我的價值，眉公對出處的態度，對當時科場失意的擔當不啻是一劑解憂良方。

（三）李維楨

　　李維楨（1546～1626），字本寧，號大泌山人，湖廣京山人，隆慶二年進士，選庶吉士，授編修，萬曆初修撰《穆宗實錄》，因得罪張居正浮沉外僚幾三十年，天啓初朝議登用耆舊，召爲南京太僕卿，旋改太常，不赴，天啓四年四月董其昌採輯先朝遺事章疏歸來，推薦李維楨任南京禮部右侍郎，兩人一同編修《神廟留中奏疏彙要》，天啓五年正月乞骸骨歸，天啓六年（1626）八十歲卒於家，著有《大泌山房集》，與屠隆、胡應麟、魏允中、趙用賢同被王世貞視作「末五子」，爲復古派的繼承者。

　　李維楨身爲末五子之一，他對詩文的看法散見在爲他人寫的序跋之中，面對復古派格調理論已成強弩之末的局勢，有鑒於前後七子的復古運動造成的模擬之弊，對復古派的格調論再作了一番修正〔註103〕。他論詩與謝肇淛一樣，強調作詩必須「取材於古而不以模擬傷質，緣情於今而不以率易病格」〔註104〕，詩人根質於生活的情感與作爲詩學傳統的規律法則，必須並行不廢，可

〔註101〕擔當：〈同董玄宰先生持畫過眉公老是庵〉，《翛園集》卷 3 頁 44。〈贈陳眉公先生〉，《翛園集》卷 3 頁 45。〈贈陳眉公先生山居八首〉，《翛園集》卷 4 頁 59。〈趙元一署中題陳眉公話梅〉，《橛庵草》卷 3 頁 13。〈和陳眉公晚香堂小品十詠〉，《橛庵草》卷 6 頁 23。

〔註102〕擔當：〈贈陳眉公先生〉，《翛園集》卷 3 頁 45。

〔註103〕參見史小軍：〈論末五子對前後七子格調理論的發展與突破〉，《學術研究》，1998 年第 11 期。

〔註104〕李維楨：〈方于魯詩序〉，《大泌山房集》，《四庫存目叢書》影印北京師範大學圖書館藏明萬曆 39 年刻本，濟南：齊魯書社，1997 年，第 150 冊，卷 21 頁 766。

以取材於古但必須有根質於現實生活的眞情實感做爲基礎，若僅在古人的字句上下功夫，而非「情動中而形於言」，則容易有言不由衷之弊，更甚者淪爲剽竊字句。

他在《餚園集‧序》稱擔當：「子獨能作開元、大歷以前人語，清而不薄，婉而不傷，法古而不襲迹，卑今而不弔詭。後來之彥，如子詩典雅溫淳，指不數僂也。」〔註105〕，對擔當的詩能「法古而不襲迹」深表讚賞，由此看來，擔當早年學詩受到復古派理論的影響，在創作的時候能以盛唐詩歌爲典範，融入自己生活的經歷，而無剽竊古人字句之弊。

（四）趙宧光

趙宧光（1559～1625），字凡夫，又字水臣，號廣平、寒山長，太倉人，家富於財，少年入貲爲國子生，晚年隱於寒山，通六書，精篆籀，亦會篆刻，與陳繼儒、沈顥互相唱和，著有《說文長箋》、《寒山帚談》、《牒草》等。

趙宧光不只是一位傑出的書家，同時也是一位優秀的造園者，與妻子隱居寒山，建造寒山別業，自闢丘壑，鑿山啄石，如洞天仙源。前爲小宛堂，茗碗几榻，超然塵表，常有文人慕名而來，擔當在江南時亦曾造訪，讚賞趙宧光是一位奇士，而所闢寒山別業亦奇險，曾寄趙凡夫：

> 此地還相隔，前村一徑懸。人間有缺陷，世外少迍邅。守黑從吾分，
> 垂青得爾憐。幾時同抱甕，潦倒在籬邊。〔註106〕

一個人形單影隻漂泊在異鄉，幸得趙宧光的垂青與接納，詩中傾訴世局險惡，雖是丈夫但不得不退處山林，有同爲天涯淪落人的感慨。

趙宧光的篆書中加入草書的意味，在晚明書法史上亦自成一家。在明代崇帖的風氣中，趙宧光以他獨創的慧眼，融合大篆的點畫，以及眞草的波折，自創草篆。他論書的思想，主要在《寒山帚談》此書中，主張篆、隸、楷、行、草，各種字體皆須擇優學習，博採眾長，勿死守一家作書奴，與一味崇王，一味追求筆畫妍媚的人不同。他的草篆取法篆書的圓筆，以及行、草方整的體裁，遒逸而不俗媚。

〔註105〕李維楨：《餚園集‧序》，收入《擔當詩文全集》，昆明：雲南人民、雲南美術出版社，2003 年 11 月，頁 3。
〔註106〕擔當：〈村居寄趙凡夫〉，《餚園集》卷 4 頁 61。

二、宦遊至雲南的文人

（一）謝肇淛

謝肇淛（1567～1624），字在杭，號武林，小草齋主人，晚號山水勞人，福建長樂人，萬曆二十年（1592）進士，萬曆四十六年（1618），任雲南布政使司左參政，分巡金滄道，掌大理、蒙化、鶴慶、麗江、永寧五郡，擔當與之結識當在謝肇淛任職雲南時，當時謝肇淛已五十一歲，而擔當才二十六歲，結爲忘年之交，天啓元年（1621）謝肇淛擢廣西按察使離滇，擔當以詩相贈並致思念之情：

> 歲晚千山競鼓鼙，雪深翻恨雁來遲。衰秋草暗越王冢，太古雲封虞帝祠。作宦已驚身似葉，懷人又值鬢成絲。慢亭隔斷相思路，枉使曾孫共別離。〔註107〕

李本寧《翛園集・序》稱：「宦子之鄉，能賞識子者數輩，謝武林大雅不群，余所服膺，爲子玄晏足矣。」〔註108〕亦提及謝肇淛對擔當的賞識。

天啓元年（1621），貴州水目土司安邦彥起兵，當地土司亦蠢蠢欲動，謝肇淛臨危不亂，安定民心，使廣西百姓免於兵燹之禍，擔當歲貢欲入京廷試時，貴州道阻，自廣南出滇，取道粵西曾訪謝肇淛，與之同遊桂林〔註109〕。天啓三年（1623），謝肇淛 56 歲，屢次上書希望辭職安養天年，卻再遷廣西右布政使，尋晉左布政使，病愈劇，遂於天啓四年（1624）十月二十三日，卒於官邸。從李本寧《翛園集・序》可得知，擔當與李本寧見面，序中提及謝肇淛時，稱字號，當時謝肇淛尚在，據此以及董其昌《翛園集・引》，則擔當入京當在天啓四年四月以前。

謝肇淛，博通經史，工詩善文，亦精諸子百家，水利河工、地理方志、小說皆有所涉略，詩集有《下菰集》、《蠻江集》、《居東集》、《小草齋詩集》、《小草齋文集》，《北河紀略》爲任水司郎中督理北河時所作，詳載河流源委及歷代治河利病，編輯過的方志有《滇略》、《萬曆永福縣志》，《五雜俎》爲筆記體閒雜小說家言，與李本寧、曹學佺、林古度互相唱和。

《明史・文苑》稱：「閩中詩文，自林鴻、高棅後，閱百餘年，善夫繼之。迨萬曆中年，曹學佺、徐𤊹輩繼起，謝肇淛、鄧原岳和之，風雅復振焉。」

〔註107〕擔當：〈謝在杭先生由閩之任粵中寄懷作〉，《翛園集》卷5頁99。
〔註108〕李本寧：《翛園集・序》，收入《擔當詩文全集》，
〔註109〕擔當：〈游桂林山水同謝武林先生賦〉，《翛園集》卷2頁3。

〔註110〕在晚明閩中詩壇佔有一席之地，他的詩文主張集中於《小草齋詩話》和《文海披沙》中，他的詩文受嚴羽和高棅的影響甚深，宗盛唐而上追三百篇，其〈重與李本寧論詩書〉言：「論詩者當以風韻婉逸，使人感發興起爲第一義，而法度、氣格、才力、體裁兼而佐之，不可廢也。」〔註111〕論詩的創作當源出於性情，因外在景物觸動，感發興起而辭現，而法度、氣格、才力、體裁輔之，不可偏廢，他的詩風韻婉逸，而無剽竊模擬之弊，與李本寧對詩文的看法相合。

三、禪門師友

（一）湛然圓澄

擔當於八十一歲，中秋月時撰《拈花頌百韻‧序》自云：

> 余乃浙江嚴州人，雖久居天末，頗有不染風土之癖。性喜薄游，至紹興，拜爲顯聖寺湛然大師之徒，後以書生薙髮，從無上堂小奉等語。自揣猶有理障，未敢唐突示人。竊嘗以拈花頌一則，辨驗禪德。……今用以灾木，望海內大老，以涂抹唾咳，爲我指迷。使余借此爲佛法吐氣，實厚幸矣。自此以往，余還有幾個八十一？是以不惜身命，以觸天下禪和之忌。〔註112〕

本來禪宗是不立文字，教外別傳。擔當作《拈花頌百韻》，主要有兩個目的，1.說明自己嗣法自浙江會稽雲門顯聖寺湛然圓澄禪師 2.爲了讓海內大老能辨證自己禪德，印證自己的禪境。明末叢林流弊，假佛法之名，欺世盜名者眾。因此引發法脈諍議，有主張應重視法脈傳承者，師師相承，心心相印。也有主張證悟乃是自家心中事，有師印證固好，無師印證亦無妨證悟，湛然圓澄禪師意見就屬於後者。〔註113〕據方樹梅〈擔當年譜〉，擔當往會稽顯聖寺謁見湛然禪師在崇禎三年（1630），但依〈會稽雲門湛然澄禪師塔銘〉、〈會稽雲門湛然澄禪師行狀〉，湛然禪師早已於天啓六年（1626）坐化，則擔當謁見湛然

〔註110〕〔清〕張廷玉：《新校本明史》卷286，列傳174，文苑二，台北市：鼎文書局，民國68年。

〔註111〕謝肇淛：〈重與李本寧論詩書〉，《小草齋文集》（《四庫存目叢書》據明天啓刻本景印），卷21葉19，濟南：齊魯書社，1997年7月。

〔註112〕擔當：《拈花頌百韻‧序》，收入《擔當詩文全集》，昆明：雲南人民、雲南美術出版社，2003年11月，頁377。

〔註113〕有關明末禪者的法派諍議，參見釋聖嚴：《明末佛教研究》，台北：法鼓文化事業，1999年，頁56～66。

禪師的時間，當在天啓四年到天啓六年之間（1624～1626）。

圓澄（1561～1626），字湛然，別號散木道人，俗姓夏，在出家之前，本是一名投遞公牒郵卒，目不識丁，因錯投公牒，被攝懼辱，自投於江，被漁者救起後，求度出世，三年充圊頭行苦行，負責廁內清潔，訪南宗師，宗師問：「海底泥牛啣月走，是什麼意？」宗師一喝，圓澄不能答，遂發憤不悟不休，三十歲悟道。〔註114〕，萬曆十九年（1591），謁見當時曹洞宗 34 世大覺慈舟方念禪師，大覺方念視其為當家種草，授為曹洞宗傳人。天啓六年秋（1626），講法華於華嚴寺，十二月四日示疾。

悟道之後的圓澄，在因緣際會之下，結識在陶望齡、袁中郎等名士，並在他們的幫助之下，贖回浙江雲門顯聖寺，在此弘法，圓澄十分注重經典的註解，涉及範圍有《法華經》、《涅槃經》《楞嚴經》、《金剛三昧經》、《思益梵天所問經》五種經典，希望透過註解並出版經典，提高大眾對佛法的興趣亦與當時禪門大師如達觀真可等交遊往來，並著有《宗門或問》說明修行鍛鍊的方法，並糾正時人對參禪的一些錯誤觀念，曾對參禪者說：「古人云：欲參禪者，須發三種大心，必獲妙悟，成就不疑。三種者何？一者發大信心，二者發大勇猛不退心，三者發大疑情。」〔註115〕又云：「子如肯信，不必他餘，但向一機一語思解不行處，著實參叩，行也如是，坐也如是，著衣吃飯亦如是，阿屎放尿亦如是，迎賓待客亦如是……驀忽地腳根斷線，八字打開，則知從前奇言妙句，檢點將來，是什麼乾屎橛、破草鞋！古人云：『絕後再甦，方始欺君不得。』其言可信也。」〔註116〕圓澄認為禪者當事理兼修，日常生活的平常心也是一種修行，豈有一味避喧求靜，離群索居，不事人間服務的道理。擔當將自己的詩集命名為《橛菴草》，自跋：「禪若分淨穢，將乾屎橛、布袋里豬頭，置於何處？非禪也！」〔註117〕，從這個地方可以看到擔當曾受湛然圓澄禪師的思想所影響。

〔註114〕丁元公：〈會稽雲門湛然澄禪師行狀〉，《湛然澄禪師語錄》附錄，收入《卍新纂大日本續藏經》第 72 冊，經號 1444，卷 8 頁 841 a12。

〔註115〕湛然圓澄：《宗門或問》，收入《卍新纂大日本續藏經》第 72 冊，經號 1444，卷 8 頁 856b21。

〔註116〕湛然圓澄：《宗門或問》，收入《卍新纂大日本續藏經》第 72 冊，經號 1444，卷 8 頁 857b19。

〔註117〕擔當，《橛庵草・跋》，收入《擔當詩文全集》，昆明：雲南人民、雲南美術出版社，2003 年 11 月，頁 372。

（二）讀徹蒼雪

讀徹（1587～1656），字蒼雪，號南來，雲南呈貢趙氏子，幼年出世於昆明妙湛寺，11 歲至滇西雞足山寂光寺為水月禪師侍者，管書記。萬曆 34 年（1606），19 歲慨然遠遊，由滇至蜀，與屺芷偕行達金陵，先後師事古心、雪浪洪恩、巢松慧浸、一雨通潤，與汰如明河禪師同為一雨禪師的入室弟子，汰如住華山，精於著述，讀徹住中峰，善於講說，工詩文，著有《南來堂詩集》，王漁洋：《帶經堂詩話》稱：「近日釋子詩，以滇南蒼雪為第一。」讀徹自滇南來，於吳傳法 40 年，以精研佛典，詩歌創作，見重於董玄宰、陳眉公、錢牧齋、吳梅村諸人。

讀徹師事於巢松、一雨，當屬華嚴宗，錢謙益〈蘇州府中峰山蒼雪法師塔銘〉云：「清涼一宗，自長水晉水，不絕如線。……萬曆中，蒼雪法師自滇適吳，得法巢、雨，為雪浪玄孫，一燈再焰。……」〔註118〕曾謂《華嚴》一經，經王法海，非精研疏鈔，不能涉其津涯，于《清涼》、《賢首》諸書講演純熟，順治十三年（1656），病篤，講《楞嚴》於寶華山，不久示寂。

讀徹一生心繫滇南，卻因時危勢阻，不能完成心願，對從滇到吳中的擔當，有一份同鄉之情，天啓六年（1626）入秋不久，讀徹邀請擔當同游虎丘，擔當前往相聚，並賦〈同蒼雪大師游虎丘〉詩一首，隨後擔當從白門欲北上，讀徹在白門送行並賦詩以贈，讀徹〈同陳百史分韻懷滇中唐大來〉云：「獻策南歸去，名山到處登。」〔註119〕，安慰擔當應試落第的心情，擔當四處遊覽山水以排遣不平，欲返滇時，讀徹以詩贈之：

> 小艇難禁五兩風，雞山有路幾時通，殷勤為我傳鄉信，結個茅團在雪中。〔註120〕

兩人同在他鄉為異客，對彼此惺惺相惜，但時局艱危，此次分離再見恐無期，擔當回滇之後曾托友人傳書給讀徹，讀徹遂概：「數字隨風傳萬里，兩心相見只孤燈。」〔註121〕，這段亂世中的文人與釋子的友情，為雲南文學史

〔註118〕錢謙益：〈蘇州府中峰山蒼雪法師塔銘〉，《南來堂詩集》（雲南叢書本）附錄葉 21，收入《叢書集成續編》172 冊，台北，新文豐出版社，民國 78年。

〔註119〕讀徹：〈同陳百史分韻懷滇中唐大來〉，《南來堂詩集》卷 2 葉 18，收入《叢書集成續編》，台北，新文豐出版社，民國 78 年。

〔註120〕讀徹：〈送唐大來還滇〉，《南來堂詩集》卷 4 葉 17，收入《叢書集成續編》，台北，新文豐出版社，民國 78 年。

〔註121〕讀徹：〈王公子升如自滇至吳得唐大來書問〉，《南來堂詩集》卷 3 葉 32，收

上的一段佳話，陳榮昌《滇時拾遺》曾評：「蒼公涵養性靈，故其詩活潑，擔公帶氣負性，故其詩生峭，二公殊詣如此。」〔註122〕

（三）無住洪如

無住（1589～1664），字洪如，雲南定遠人，俗姓鄧，幼慕宗學，二十八歲剃染於大千大師，後參叩於徹庸，徹庸命其參狗子無佛性話，入白雲窩，苦參三年無所得，一日隨徹庸入城赴供，夜坐高樓，忽聞鐃鈸聲，大悟，遂有「通身是，遍身是」之偈，舉似徹庸，徹庸許之，與師徹庸同在雞山妙峰開堂說法，崇禎七年（1634），偕同徹庸往參天童密雲圓悟禪師，嗣臨濟三十六世，齎藏南歸。康熙三年（1664）六月十二日示寂，世壽74，僧臘46，著有《空明集》、《蒼山集》、《室中問答》、《拈頌舉古》、《雞山語錄》、《苦海慈航集》等書，善行草。

楊士宗〈無住如禪師塔銘〉云：「師每歎學人稍具一知半解，輒以擔板陋見。排斥因果，滯足行門。師乃以解行齊備，宗說兼暢，於是圓修萬善，普被群機。…因兼弘儀行，以戒名堂俾之嚴淨。毗尼不失入道根本，而從受皈戒者四方雲至。……」〔註123〕則擔當從無住，不僅只有受戒之意，亦有重視戒律、參禪，兩相輔佐，不宜偏廢的自我期許。

（四）學蘊知空

學蘊（1613～1689），號知空，雲南洱海人，俗姓王，14歲入雞足山寂光寺，投水月和尚剃度為僧，先後師事大力、野愚、徹庸、西蜀了凡諸宿，後建玉霖軒，閉關靜修數年，戒行精嚴，博極群書，《滇南書畫錄》稱其：「慨然曰文字之學不能洞達性宗，乃往參無住和尚，無住示以寰要，久之苦無入處，後至寶靈軒禮萬佛名經，忽大悟，覺身心脫落，內外圓明，如一輪皎月，自謂快爽，難以喻人，……」〔註124〕，國變之後，入楚雄九臺山，居士姚泰鉅資幫助下興建大方廣寺，《滇釋記》云其受開峯密行寂忍禪師法嗣，是為臨濟宗33世。〔註125〕著有《草堂集》、《知空蘊禪師語錄》，善書畫，陳佐才《天

入《叢書集成續編》，台北，新文豐出版社，民國78年。

〔註122〕陳榮昌：《滇詩拾遺》（雲南叢書本），卷5葉27，收入《叢書集成續編》118冊，台北，新文豐出版社，民國78年。

〔註123〕楊士宗：〈水目山諸祖緣起碑記〉，楊世鈺、張樹芳主編：《大理叢書・金石篇》第10冊頁141，北京：中國社會科學院，1993年。

〔註124〕方樹梅：《滇南書畫錄》（晉寧方氏南荔草堂藏板），卷4葉11。

〔註125〕〔清〕釋圓鼎：《滇釋記》（雲南叢書本），卷之3葉6，收入《中華佛教人物

叫集》避亂深山時，攜其寫意山水十二峽，稱其「筆墨縱橫，氣韻生動，有空房而無人物，恍然此時流離境也。」〔註126〕

擔當與知空皆曾師事水目山無住禪師，有同門之誼，《勵耕書屋舊藏山水冊》留有兩人於書畫上交流的痕跡，此冊除了有擔當的自題畫詩之外，冊後有知空學蘊跋：

> 北海雖奢，扶搖可接，赤水之珠，罔象得之，故祖師受用心空者，得乾坤浩氣；無我者，親至此，正好懸崖撒手，竿頭進步，始解轉身吐氣。便道：得無所得，親無所親，信手拈來，頭頭是道。惟我兄擔當大師是其人也，無何卻被水心禪兄覷破了也。偈曰：展閱擔師詩字畫，片言枝樹難酬價，雲空評處不留情，扯破將來再說話。己酉春于白鹿群中跋。〔註127〕

知空此跋，點明擔當創造時，「懸崖撒手」〔註128〕，直觀的創造過程，知空同樣直觀地看擔當的畫，如果再加以說明、解釋，就絕對不完整。這正是研究擔當繪畫最困難之處。

四、遺民之友

（一）陳佐才

陳佐才（1627～1692 年），字翼叔，號睡隱子，雲南蒙化人，少倜儻不羈，世亂習才技，隸黔國公沐天波之下，受弁職，明鼎革之後，永曆帝入滇，佐才奉命赴川催餉，及歸永曆已逃至緬甸，遂隱居於山。《蒙化縣志稿》云：「順治辛丑，滇版圖入清三載矣，時無不清制是遵者，佐才獨蓄髮加冠，裘裘仍漢威儀……」〔註129〕自謂行年五十，鑿破渾沌始讀書，從擔當學詩，著有《寧瘦居集》、《天叫集》、《是何庵集》。暮年鑿石為棺，作詩自挽：明末孤臣，死不改節，埋在石中，日煉精魄，雨泣風號，常為吊客。陳佐才鑿石為棺的行為，是一種政治性的

傳記文獻全書》，北京：線裝書局，2005 年。

〔註126〕陳佐才：《陳翼叔詩集》，叢書集成續編影印雲南叢書本，台北：新文豐，民國 77 年，第 171 冊，卷 4 頁 406。

〔註127〕轉引自邢文：〈擔當生卒年及其山水——勵耕書屋舊藏山水冊研究〉，《清華漢學研究》頁 51，1997 年 11 月。

〔註128〕《圓悟佛果禪師語錄》：「直下如懸崖撒手，放身捨命，捨卻見聞覺知，捨卻菩提涅槃真如解脫。若淨若穢一時捨卻，令教淨裸裸赤灑灑，自然一聞千悟。」，《大正藏》，第 47 冊，卷 13 頁 773。

〔註129〕《蒙化縣志稿》（雲南崇文書館代印）卷八頁 464。

表達，同時也是遺民對自我形象的塑造，擔當《寧瘦居集·序》云：

> （前略）余與翼叔交以俠，而不以詩。一日出其詩以示余，詩乃從
> 俠來。俠以氣勝不事穿鑿，自成一家言。……惟有不屈不平之傲骨
> 一具，謂非擔老人，不能描其崚嶒崒嵂之態……〔註130〕

從擔當序言可知陳翼叔亦為狂者氣象的人物，兩人的性情相近，陳翼叔詩不
事雕琢，多血性語，因而得到擔當的賞識。擔當辭世之後，陳佐才曾多次親
謁班山憑弔，對這段忘年之交緬懷不已，其〈暮春日至班山為擔當老和尚掃
塔並閱所刊詩集〉：

> 何去教人無處尋，形容不見到如今。惟餘黑黑篇中字，知是先生白
> 白心〔註131〕

陳佐才此詩，對擔當超逸山水中的筆墨，以及的奇特的構思立意皆有所識，
實為擔當在世的知音，對擔當身前的不得志以及身後的寂寞，欷歔不已。

（二）何蔚文

何蔚文（1625～1699），字稚玄，號浪仙，雲南浪穹人，永曆丁酉（1657）
舉人，何鳴鳳（何巢阿）第五子，是雲南崑曲劇作家，詩集有《浪槎稿》，他
的劇作有《緬瓦十四片》、《攝身光》，《插一腳》，《吹更彈》，《筆花夢》五種。
明代雲南當地的戲曲活動，有名家大姓的支持，沐氏王府與當地官紳皆有家
庭戲班，明代中葉楊慎（1488～1559）被謫遷雲南，亦撰有《洞天玄記》等
雜劇，清順治十三（1656）年春，李定國等迎明永曆帝到雲南繼續抗清，把
昆明改為「滇都」。第二年開科取士，何氏中舉。順治十六年永曆奔緬甸後，
與兄何星文（字伯闇）隱居浪穹茈碧湖，詠歌自適，與汪蛟（字辰初）、許鴻
（字子羽）、擔當詩筒往來。〔註132〕擔當與何氏兄弟，何伯闇、何質虎、何蔚
文相善，也因為何蔚文喜愛崑曲，創作崑曲，擔當曾作戲語奚落他「為袁中
郎入心拔不出來」，〈浪槎集評語〉云：

> 稚翁才高貌古，為袁中郎入心拔不出來。今喜望見古涯際，知鍾、
> 譚為時文風雅，而何事略有生氣？老僧不敢謬云好好。然力量佳
> 甚奇甚，都是絕頂聰明。從無有人說過，他人不能道一字，慣作

〔註130〕擔當：《寧瘦居集·序》，《擔當詩文全集》，昆明：雲南人民、雲南美術出版
　　　　社，2003 年 11 月，頁 374。

〔註131〕陳佐才：〈暮春日至班山為擔當老和尚掃塔並閱所刊詩集〉，收入《擔當詩文
　　　　全集》，昆明：雲南人民、雲南美術出版社，2003 年 11 月，頁 462。

〔註132〕參見洪惟助：《崑曲辭典》，宜蘭：國立傳統藝術中心，2002 年，頁 376

鬼譜，遂拿獨行，怪想異想，俱見大乎？不久當與李、杜齊名。

但既鬼矣，還禁得學李賀說鬼，鬼鬼開口即閉，急急如律令，敕

杜。〔註133〕

在擔當眼中，何蔚文是一位鬼才、怪才，稱他是「慣作鬼譜，遂拿獨行」、「怪想異想，俱見大乎。」不只有劇作的才華，尚能學習唐代的李賀作詩。

徐霞客行經浪穹時曾拜訪何鳴鳳（何蔚文之父），一路與何氏父子相交遊往來，滇遊日記記述霞客於何家欣賞黃山谷眞跡與楊慎手卷一事。擔當亦記述自己於何貿虎家欣賞楊慎手跡，而何蔚文則曾作詩向擔當索畫瀟湘。何氏兄弟學詩，一開始是學習公安與竟陵體，擔當曾作詩與何氏兄弟論詩，認爲學詩不能只學近人作品，更要學習古人，〈贈何伯闇五弟稚玄〉：「伯闇學古更悲今，擔翁用今即是古，勸君屏卻古與今，蟋蟀上藏鸞鳳音。」〔註134〕又云：「可知遵古是吾師，公安竟陵烏知之？孩提欲與期頤角，野草凭凌松柏枝。」〔註135〕「豈爲漸與古爲鄰，將棄袁鍾爲糞草。」〔註136〕擔當所指的古人，並不是指特定一兩位詩人或一個朝代，而是指漢、魏樂府與古詩以及詩三百篇，都有值得學習的地方。

（三）杜錦里

杜錦里，自號浣溪翁、生卒年不詳，疑爲蜀人，隱居芘碧湖，從擔當〈仲夏小集葉仁樞十九峰下課山園，時送何文叔他往，杜錦里好手談，下榻於此〉一詩可以大概描繪出杜錦里的形象，杜錦里好「手談」，「手談」指圍棋，難得棋逢敵手，怎能放過這機會呢？故下榻於擔當住處與之對奕，詩云：「鬢以離群白，峰因缺一蒼。閑中有剩局，憨睡得清涼。」〔註137〕，兩人不談時政，而是透過棋局的方式彼此交流。由此事推想杜錦里的性格，亦是有「癖」的人物，更酷好畫竹，深得擔當賞識，擔當曾拿杜錦里與宋代文同相比：「與可之筆不可得，天下爭傳杜公墨。」〔註138〕從擔當題杜錦里畫竹詩裡，可以得

〔註133〕擔當：〈浪槎集評語〉，收入《擔當詩文全集》，昆明：雲南人民、雲南美術出版社，2003年11月，頁378。
〔註134〕擔當：〈贈何伯闇五弟稚玄〉，《橛庵草》卷3頁187。
〔註135〕同註194
〔註136〕同註194
〔註137〕擔當：〈仲夏小集葉仁樞十九峰下課山園，時送何文叔他往，杜錦里好手談，下榻於此〉，《橛庵草》卷4頁195。
〔註138〕擔當：〈題杜錦里畫竹〉，《橛庵草》卷3頁172。

知杜錦里寫竹的形象是「突出兩三枝，清風颯然起。」〔註139〕筆法上則尚骨幹，勁如鐵。杜錦里寫竹構思時，「運想常在青雲端」〔註140〕取竹有節勁直的涵意，擔當寫竹的意趣則與杜錦里不同，擔當〈畫竹歌〉云：「老僧畫竹不畫直，畫直參天人不識。惟其屈曲肆橫行，盡覆煙雲穿石壁。……幸不畫直徑衝霄。免使駝人空想望。」〔註141〕兩人不僅寫竹筆法的不同，構思亦不同，是因爲性格、思想、氣質的差異，彼此的性格、思想透過繪畫互相激盪交流，也由於這份書畫的緣分，讓擔當視他爲知己，以《毗山對酒和陶詩畫冊》相贈，冊後跋：

> 錦里先生，與余善。不僅爲筆墨交，有筆墨徵余，必盡其伎倆以應
> 之。爲先生久在簡中，余亦幸逢知己。雞山坐雨，費半月之清閑，
> 寫此冊以似之。爲其同好，紙裱有所不願也。〔註142〕

自言此冊費半月之清閑，也不難看出擔當對他的看重。

　　擔當稱自己有遊癖，爲人爽快，性好旅遊和結交不同人物，旅途中往往以詩文書畫會友，因此他有許多文友、畫友，這些文友、畫友，有些僅一面之緣，有些則生平未識面，即使擔當回雲南定居之後，仍與這些文友以詩文和書畫互相往來，彼此互通聲氣，雖然在詩文中，不會去談論時下所發生的事件，但會表達自己的處境以及對整體時局的觀感，或者對詩文和書畫的見解。因爲他自身的名氣，常會有仕紳來拜訪他，他也並沒有藝術家的古怪脾氣，胸襟開闊，容易親近，大方地接待這些人。但眞正能與擔當深交者，通常是帶有「俠氣」或是有「癖好」的人物，比如陳佐才有俠氣膽識，何蔚文喜愛崑曲，創作崑曲，杜錦里愛竹也寫竹，也因爲這些友人與擔當的氣質較爲接近，他才會主動親贈詩畫。

　　在這些人際關係之中，如果要談對擔當的創作具有影響人物，以董其昌、陳繼儒爲首，這兩人結識許多收藏家自身也收藏許多宋、元名畫，大大開拓擔當的眼界，董、陳二人以禪論畫，認爲畫分「南北宗論」的觀點也影響了擔當。在書法上面，擔當接觸過的吳、浙文人，帖學系統以董其昌爲代表，尚有融草書筆意入篆書，自創「草篆體」的趙宧光，但從擔當的書法作品而論，主要還是受董其昌的影響較深。

〔註139〕擔當：〈題杜錦里畫竹〉2首之1，《橛庵草》卷2頁154。
〔註140〕擔當：〈題杜錦里畫竹〉，《橛庵草》卷3頁178。
〔註141〕擔當：〈畫竹歌〉，《橛庵草》卷3頁181。
〔註142〕方樹梅：〈擔當年譜〉，《雲南文史叢刊》，1985年第一期，頁73。

擔當與宦遊於雲南的文人互動，以擔當與謝肇淛的交往爲例，因爲有謝肇淛的薦引，得以順利拜見當時在朝爲官的李維楨，也因爲李維楨的薦引，得以拜見董其昌，因爲董其昌結識陳眉公，因爲陳眉公的書信得以結識徐霞客，因友及友，擔當亦幫助徐霞客完成他的游滇旅程。這份人與人之間的連結，出自於互相幫助的善意，透過結交這些名士，開拓另一個讓自己可以自由揮灑的畫布。

禪門師友的關係上，擔當最推崇的人物是明末曹洞宗傳人湛然圓澄，湛然圓澄在《宗門或問》一書裡，教人修持方法，他認爲念佛不及參禪，口中念佛，但是心中無佛，經教有所未聞，知識未能親近，不知自己缺於師法，這不是正確的修持之道，依據湛然圓澄的悟道體驗，眞正的禪者，必先起大疑情，經過一段時間的參禪養悟，才能夠成爲一名眞正的禪者。我們可以從擔當的《橛庵草・跋》以及《拈花頌百韻・序》中，看到他強調自己拜爲湛然大師之徒，重視心燈以及自作拈花頌一則，讓人辨驗禪德兩點中，看到他的觀念深受湛然圓澄的影響。

由於擔當重視自我不隨流俗，這一點吸引雲南遺民群體與之親近，本來會選擇成爲遺民亦是帶氣負性之人，雖然這四個群體中，皆有能詩善書畫之人，但在四個群體的性格上，以雲南遺民群體與擔當最爲投契，擔當自稱「擔當是僧無僧氣」，他與雲南遺民群體聲氣相通，以詩、酒、棋、書、畫互相交流，相約一起登山、泛舟、拜訪佛寺以及彼此的幽居之處，或是交換個人對繪畫、文學的見解。在這層人與人的關係中，擔當與雲南遺民群體互動的場域，集中在點蒼山、雞足山這兩個地區，足跡少涉城市。如果不是有這麼一群知心好友，擔當終鮮兄弟，女兒又皆出嫁，隱居於山中佛寺，豈不是很孤獨嗎？修持的道路上，這些良師益友無疑地給他許多支持與鼓勵。

第三章　擔當詩歌中的遺民情境

　　劫，梵語 kalpak，音譯爲劫波、劫簸，意譯爲長時、大時，原本是古代印度原始佛教計算世間生滅的時間單位，相沿成爲中國佛教計算時間的單位。《隋書・經籍志》云：「佛經所説，天地之外，四維上下，更有天地，亦無終極，然皆有成敗。一成一敗，謂之一劫。」〔註1〕在佛教的時空理論中，過去、現在與未來三世循環不已，而「劫」構成世界生成與毀滅的基礎，劫，又有小劫、中劫、大劫之分，八十中劫成爲一個大劫，在八十中劫的期間裏，我們的世界經歷了成、住、壞、空四個階段。成劫有二十增減，從初禪天至地獄界次第成立，是器世間與有情世間的成立時期。住劫是器世間與有情世間眾生安穩存住的時期，其中亦經歷了二十增減。壞劫，亦有二十增減，前十九增減，從初禪天到地獄界各隨其業因，或移於他界，至不留一人，第二十增減，發大火災，風吹猛焰燒上天宮，乃至梵宮無遺灰燼，是世間毀壞的時期〔註2〕。空劫則指壞劫之後，虛空無一物。上述只是針對「劫」，這個語詞作簡略的説法，事實上佛教時空觀沒有這麼簡單，《阿毗達磨俱舍論》詳細周密地説明這個體系〔註3〕，佛家劫的觀念，本欲使人勘破有形，明白天地非亙古存在持久不變，以激發人的超世離俗之志。

　　《梁高僧傳》記載武帝鑿昆池得劫灰。〔註4〕所謂的劫灰，指得正是火災

〔註1〕〔唐〕魏徵：《隋書・經籍志》，卷35頁1095，台北：樂天出版社，民國61年。

〔註2〕參見《阿毗達磨俱舍論》，收入《大正藏》，第29冊，經號1558，卷12頁62c07。

〔註3〕水野弘元著，譯叢編委會譯：《佛教要語的基礎知識》，台北：華宇出版社，民國73年，頁8。

〔註4〕〔梁〕釋慧皎：《高僧傳》：「昔漢武穿昆明池底黑灰。問東方朔，朔云不委，可問西域人。後法蘭既至，眾人追以問之，蘭云：世界終盡劫火洞燒，此灰

之後的灰燼。後世詩中運用此典，卻多在表達世事滄桑、瞬間陵夷的感慨。對承平時的文人而言，漢武帝穿昆池得劫灰不過是個傳聞，但對處於歷史的特定時刻，尤其是明清之際的滇南遺民而言，昆池劫灰此一典故，不僅只是表達世事滄桑的感受，而是眞實的生活體驗，遊覽池畔時，此一時空，此一典故，也就具有獨特的意義。

明末遺民處在由「成」而「毀」的劫餘時刻，目睹戰火的酷烈與生命的微賤，產生心理創傷，這種創傷表現爲兩點，生存的焦慮與自我認同的危機。如何在異族統治下，重新構築自我的時空，尋求生存的意義，就成了遺民的生命課題。這樣一種置身於特殊時間、空間與社群等多重脈絡的存在關係中，既爲表達的主體，又爲所有人文藝術活動生發的場域，稱之爲「遺民情境」。趙園《明清之際士大夫研究》論明代遺民特別強調：

> 遺民不但是一種政治態度，而且是價值立場、生活方式、情感狀態，甚至是時空知覺。是遺民對故國、對新朝、對官府、對城市各種關係的自我界定，同時也是一套語意系統，一系列精心設置的符號、語彙、表達方式。〔註5〕

身處此一情境中，所要面對的不只是外在環境的變化，勢必碰到人間秩序與道德價值的問題，這種價值立場畢竟是來自於自己，那爲何內心爲何又這麼多的掙扎和困惑？

第一節　昆池劫灰與漢唐想像

擔當晚年寓居在班山感通寺寫韻樓。班山本名蕩山，有一段與明太祖相關的歷史典故。《萬曆野獲編》記載：

> 雲南大理府城南十裏有感通寺，一名蕩山，漢摩騰竺法蘭由西天竺入中國時建，唐時南詔重新之，山徑曲折數十里，林樾蔽虧，佛堂之外，有僧院三十六。洪武十六年，寺僧無極入覲，獻白駒一、山茶一。上臨軒之頃，山茶忽發一花，上異之，賜御制詩十八章，敘其水陸往返之勞，仍敕撰記，略曰：「此寺落成之時，住持者焚香默禱，一夕有佛像自城中飛來，而奠位於此，今大雄殿未燔像是也」。以上俱出太祖聖制，其爲傳信無疑。佛法之靈異如此，宜開天聖人

是也。」卷 1 頁 2，北京：中華書局，1992 年。

〔註 5〕參見趙園：《明清之際士大夫研究》，北京：北京大學出版社，1999 年，頁 244。

之表彰尊信，後世崇奉不衰也。楊用修戍滇中，寓此寺最久，寫韻
樓即其臥室，寺產茶甚佳〔註6〕

無極一干人等歸來，本山僧眾排班迎師之處，又稱班山。班山的過去，在明
太祖開國論述之中，對不忘故國的擔當自有其意義與價值，從而產生情感的
依附。寫韻樓本名班山樓，是楊慎謫滇時曾寓居之處，擔當對楊慎的氣節、
學問十分推崇，曾作〈楊升庵太史寫韻樓〉：「思歸無策欲何如，望斷長安涕
淚余。向日蜀葵雖慘淡，經霜滇柳尚扶疏。狀元樓閣文章府，隱者家風木石
居。可那今秋寒更早，不吹橫笛也愁余。」〔註7〕欽佩楊慎忠君憂國的精神，
這也是擔當選擇定居在此的另一原因。對身處異族統治下的擔當而言，班山
感通寺是一個享有共同國族記憶和價值的地方。但有些地方上的景物，本身
沒有與與明朝相關的歷史典故，比如「昆池」與「唐梅」，卻讓擔當反覆遊覽
和吟詠，這是本章想要討論的論題。

　　擔當出身於雲南晉寧（今雲南省晉寧縣），位於滇池的西南岸，煙波浩渺
的滇池，空闊無邊的洱海，與滇南大大小小的佛寺，陪伴擔當的成長，成長
過程中從自然與人文環境得到的生活經驗和價值觀，對擔當成人後行為取向
有重大的影響。他在 20 歲時，就到昆明池上息蔭軒，參釋本無禪師〔註8〕，
此次的參禪，使他開始接觸雲南的禪宗。而他這一生遍踏大理大小佛寺留下
許多楹聯，不難想見他對大理的熱愛。

　　擔當十分關懷故土的自然與人文環境，他曾經向自己的朋友說過：「聲教
南來萬里遙，難將疏越向人調。」〔註9〕覺得滇南的詩歌教育推廣得還不夠，
難與他人論詩。又云：「下國綴旒同負載，中原樹幟渺雲霄。」〔註10〕表示自

〔註6〕 沈德符：《萬曆野獲編》，北京：中華書局，1959 年，民 86 年初版三刷，卷
　　　　27 頁 681。又見釋圓鼎：《滇釋紀》（雲南叢書本）卷之 2 葉 3，收入《中國少
　　　　數民族古籍集成》第 87 冊頁 478，成都：四川民族出版社，2002 年；汪蛟：
　　　　〈王公置買班山碑記〉，楊世鈺、張樹芳主編：《大理叢書・金石篇》第 10 冊
　　　　頁 140，北京：中國社會科學出版社，1993 年。
〔註7〕 擔當：〈楊升庵太史寫韻樓〉，《橛庵草》卷 5 頁 228。
〔註8〕 釋禪，號本無，昆明人，俗姓張，博學有道行。初，憲副馮時可擇雞足山勝
　　　　處，建息陰軒居之。後麗江土知府木增復延建悉檀寺，並開牟尼山。所著有
　　　　《風響集》、《老子注》2 卷、《楞嚴懺》、《禪宗頌古》。見高奣映：《雞足山志》，
　　　　頁 342，昆明：雲南人民出版社，2003 年；擔當：《風響集・序》，收入《擔
　　　　當詩文全集》，頁 373，昆明：雲南人民、雲南美術出版社，2003 年 11 月。
〔註9〕 擔當：〈索居滇末欲與王升如廣其聲調感賦〉，《餬園集》卷 5 頁 91。
〔註10〕同前註。

己雖處「下國」，意即諸侯國，但仍以中原文化爲楷模，以天子所在爲歸向。
當他深深地浸潤在漢文化時，他覺得滇南是「下國」、是「邊緣」，離「中原」
即天子所在，非常遙遠。但他又對自己成長的家鄉，充滿了喜愛，曾經歌詠
過滇城：

> 當代聲靈率土從，貔貅千載守提封。一關東控輝金馬，雙塔中分掛
> 玉龍。地盡蠻荒有日月，天鄰佛國無秋冬。山河雖與長安遠，拜舞
> 歡同覲九重。〔註11〕

「金馬」指的是昆明城東的金馬關，「雙塔」指的是昆明東、西寺塔，此時，
他的感情和認知，往返於「邊緣」與「中心」，游離「滇城」與「長安」之間，
並不互相衝突，但隨著中原的局勢趨於動盪不安，他將滇南視作「蠻荒」、「邊
緣」的看法有了一些改變。

> 北面衣冠尊共球，昆明池水不東流。日星明滅黿鼉舞，風雨奔騰虎
> 豹愁。爲有列侯當巨鎮，雖非中土亦神州。幅員千載常如此，南顧
> 山河一統收。〔註12〕

擔當此首〈昆池曲〉，詩題雖像歌行體，但詩的形式是一首對仗工整的七律。
此詩不著眼於描繪客觀自然景色，重點在表達主體的感受。擔當見證明末的
殘局，表達自己對外在世界的觀感與認知，構築了一系列具有符號意味的語
彙，「北面」表達自己一顆忠君之心，「衣冠」象徵華夏衣冠，藉由衣冠、服
飾來表達自己的價值立場，以「池水不東流」，期許明祚能停留與恆久，眼前
是「日星明滅」、「風雨奔騰」，國家將亡未亡，苟延殘喘的景象，中土處處有
「黿鼉」、「虎豹」作亂，而昆明雖處於邊陲，卻是一個遠離喧囂的人間樂土，
不失爲朝廷重新振作恢復失土的好地方，期許朝廷能早日平定動亂，統一河
山。

詩作中所呈現出的「昆池」，不是一個可供瀏覽的自然景點，而是在一片
喧囂中僅剩的神州樂土。對照以往，擔當認爲滇城是「蠻荒」、「邊緣」，如今
則視「昆池」爲「神州」、「帝王州」〔註13〕，雖然滇城和昆池是不同的空間，
但在地理上仍可視爲擔當的鄉土，我們可以觀察到，在中原板蕩時，擔當對
鄉土的認同感增強了。

永曆十年（1656），永曆帝朱由榔逃奔至雲南，在雲南建立政權，改昆明

〔註11〕擔當：〈滇城曲〉，《橛園集》卷5頁98。
〔註12〕擔當：〈昆池曲〉，《橛園集》卷5頁94。
〔註13〕擔當：〈昆池曲〉，《橛菴草》卷4頁195。

為滇都。一時之間，昆明自地方的省會成為首府，成為中原正朔的象徵。擔當在得知永曆駐蹕於昆明後，寫下當時的心情：

> 聲靈南下太雄哉，式辟昆池萬里來。神馬有蹄能破浪，蠢蠻無膽怕聞雷。夜深織女搖星斗，秋老銅駝沒草萊。自有間關鑄金碧，誰諟池底劫成灰〔註14〕

從詩中可知，擔當對南明政權寄予重望，認為劫難未到，復興有望。

永曆十二年（1658）5月，永曆帝在雲南，封晉寧盤龍寺開山祖蓮峰禪師〔註15〕為大慧禪師，又敕封寂光寺為「護國興明之寺」。此時擔當66歲，隱居於雞足山寶蓮庵閟措齋中，遙望故鄉蓮峰祖師的法身舍利：

> 故鄉路斷老難歸，遙指盤龍憶翠微。欲扣死心焉可得，漫勞生面未全非。帝從日下頒新旨，誰在堂前捧舊衣？惹得靈山開口笑，人天百萬有光輝。〔註16〕

詩中言「欲扣死心焉可得」，也就是擔當認為不能「苟死」，懷著一顆拳拳忠愛之心，繫念著在故鄉盤龍寺的遺蛻和在昆明的永曆帝，佛門與人主成了他此時生命的支撐。以死心對生面，以新旨對舊衣，透露作者正在追究生死大事的本源，以及今後身分歸屬的問題。至今在盤龍寺，我們仍然可見擔當所寫的一副楹聯：「這個骨堆，是怕死的猛然見了皆道活；一團熱鐵，在咬破者即時嘔卻豈容吞。」〔註17〕一語道破，此時他憂生與灼熱的心情。

同年9月，他作了一幅《太平有象圖》，畫面中央是一名披緇的龍鍾老者，老者左側是一隻伏地的大象，右側是一株樹幹盤垣的老松。上題：「永曆戊戌九月，紹初壽圖，花甲再新，太平有象。」〔註18〕雲南自古有象馬國之稱。〔註19〕這裡不妨將此圖作為擔當的自我指陳，披緇的老者象徵了擔當此時的身分，然畫上的題識卻又透露他心向南明的政治態度，畫中的大象取其《法句

〔註14〕擔當：〈感懷八首之六〉，《橛菴草》卷5頁227。

〔註15〕釋圓鼎：《滇釋紀》：「蓮峰宗照禪師，會城晉寧段氏子。生而異質，天性越倫，年十八禮雲峰和尚薙染……至正間回滇遊晉寧東山，謂似曹溪風景，乃建盤龍寺。」（雲南叢書刊本）卷之1葉24。

〔註16〕擔當：〈在雞足山憶盤龍寺蓮峰祖師遺蛻〉，《橛菴草》卷5頁213。

〔註17〕擔當：《閟措齋聯語・盤龍寺》，收入《擔當詩文全集》，頁447，昆明：雲南人民、雲南美術出版社，2003年11月。

〔註18〕朱學望：《擔當》，頁139，河北：河北教育出版社，2006年。

〔註19〕《史記・大宛列傳》：「昆明之屬無君長，善寇盜，輒殺略漢使，終莫得通。然聞其西可千餘里有乘象國，名曰滇越。」

經‧象喻品》的涵義，同時表明了此刻他的情感狀態：

> 若得同行伴，善行富智慮，能服諸艱困，欣然共彼行；若無同行伴，
> 善行富智慮，應如王棄國，如象獨行林。寧一人獨行，不與愚為友，
> 獨行離欲惡，如象獨遊林。〔註20〕

在佛教中「象」是一種靈獸，兼具智慧與慈悲的品格，若能得到志同道合的同伴，則忍辱負重，欣然共彼行。若舉世滔滔，寧願一人獨步天下，吾心自潔，無欲無求，如林中之象。在藏傳佛教壁畫，調象圖是重要的修止喻圖〔註21〕，畫面是一條曲折蜿蜒的山路，一位修行者、一隻大象、一隻猴子往山頂前進，路上可見熾烈的火焰，修行者手中持著繩索和刺棒，兔子會中途加入蹲伏在象背，象、兔、猴身體的顏色隨著登山高度不同而逐漸變白，四川藏傳佛教昌列寺在講修院樓梯壁畫的調象圖，則是採用連環圖式，闡發九種不同的禪定修行境界，以黑色野象代表無拘無束的心境，趕象人使用繩索和刺棒調伏這頭野象，野象慢慢從頭部開始變白，譬喻修行過程，必須調伏妄心，使心境逐漸專一，感悟逐漸透徹，最後黑象轉變成白象，修行者跏趺坐在白象背上，象徵禪定境界達到「滅受想定」的狀態。

　　傳統的服飾制度中，本就包含了世間的倫理，明代遺民喜用衣冠來表達自我的政治態度與身分歸屬，如屈大均〈自作衣冠塚誌銘〉：「噫嘻！我有衣冠而我藏之，藏之於生，良為可悲，無髮可冠，無膚何衣，衣乎冠乎乃藏於斯。」〔註22〕哀嘆身體髮膚本受之父母，今遭毀棄，更命其所居為「死庵」，表達自己雖生猶死。又如陳確自作竹冠，「取竹節之短而扁者，截其半為冠，而留兩節為前後，前乾後坤，故稱為明冠」〔註23〕。擔當畫中老者的緇衣與髮式，亦可視為擔當表達自我身分歸屬的一種符號。表明自己為佛前弟子，視為此刻精神生命的寄託。

〔註20〕 釋了參譯：《南傳法句經》，台北：圓明出版社，民80年。法句經有南傳與北傳，北傳法句經偈文是：「若得賢能伴，具行行善悍，能伏諸所聞，至到不失意。不得賢能伴，俱行行惡悍，廣斷王邑里，寧獨不為惡。寧獨行為善，不與愚為侶，獨而不為惡，如象驚自護。」（《大正藏》，第4冊，經號210，第31，頁570b10）。本文以為了參法師所譯，南傳巴利文法句經，更貼近擔當此畫所要表達的意思，故採用南傳法句經。

〔註21〕 有關藏傳佛教的修止喻圖—調象圖。可以參考宗喀巴：《佛教瑜伽行思想的研究》，ツルティム‧ケサン、小谷信千代共譯，京都：文榮堂，1991年。

〔註22〕 屈大均：〈自作衣冠塚誌銘〉，《翁山文外》（清康熙刻本），卷9頁149。

〔註23〕 陳確：〈竹冠記〉，《乾初先生遺集》（清餐霞軒鈔本），文集，卷9葉1。

　　明清之際，評論者常將殉國者與遺民區分等第和流品〔註 24〕，屈大均就曾被羅學鵬批評：「忽而遁迹緇流，忽而改服黃冠，忽而棄墨歸儒，中無定見，其品不足稱也。」〔註 25〕當此之際，明遺民有關自我政治態度和身分宣告的言論，不容許有一絲一毫的苟且，然而遺民並非是一個同質性的群體，對身分認同的焦慮是他們共同的行為表現，他們的價值觀和生存需求之間出現衝突，其個別的選擇，受到環境背景、生活經驗、志趣、心路歷程等因素不同的影響，而有所差異，並不適合用某一外在的行為表現將之區分等第和流品，僅用個人外在行為表現去判斷，持論難以公平客觀。我們在描述遺民身心特性的時候，不應用儒、佛二元論思考的方式來看，因為這時候思潮變遷與觀念變更，個人的觀點與信念更應該受到尊重與了解，應該看個人和整個明末清初佛教之間的身心關係。而本文以為，擔當的《太平有象圖》，大象身體是黑色，但象頭已變白了，修行者沒有坐在象背上，但安然立在象旁，心中安住漸增，這時擔當與佛教之間的身心關係，已不在受外在環境的束縛，但仍被內心的煩惱所係縛，用來表明他雖然出家了，但此時心中仍未放下家國之思。

<hr />

〔註 24〕有關明清之際士大夫對殉國者的評價，可參見何冠彪：《生與死——明季士大夫的抉擇》，台北：聯經，1997 年，頁 161–頁 193。以及趙園：《明清之際士大夫研究》，北京：北京大學，1999 年。

〔註 25〕〔清〕羅雲山：《廣東文獻》（清同治二年春暉堂影本）4 集卷 19 葉 10，揚州：江蘇廣陵古籍刻印出版社，1994 年。

圖6：〈太平有象圖〉〔註26〕

〔註26〕擔當：〈太平有象圖〉，紙本、水墨，立軸，116×55.6 ㎝，現藏雲南省博物館。
（畫冊版本《擔當書畫全集》，雲南人民、雲南美術出版社，頁1）

康熙元年（1662），永曆帝被吳三桂絞殺於金蟬寺，擔當曾游金蟬寺望月有云：「也知月姊原無偶，肯把全身露與僧。」〔註27〕月字無偶，隱藏著對「明」的思念，當他再度遊覽昆池，已經是一個新的時代了。

> 想像焉能得似滇，昔人開鑿是何年。劫灰再見須史事，亭下依然繫
> 酒船。〔註28〕

擔當登臨昆池劫灰亭，受到歷史記憶的召喚，他想像漢武帝開鑿昆池時，盛世的輝煌與雄風，但在現實的時空裡，世界曾一度崩毀和瓦解在不久以前，眼前卻好像沒什麼事也沒發生過一樣。歷史記憶與個人的時空交疊在一起，雖然詩句的表面，只是在客觀的敘述，但家國的失落已盡在不言之中。

第二節　靈會寺、唐梅、南詔——歷史記憶的尋求

當外在的環境紛亂，族群遭遇重大的危機，或個人遇到挫折的時候，需要一些有價值的行為或事跡，來凝聚族群的情感和向心力，個人也藉由回溯地方的過去，來增強自我的認同感。平日不起眼的一些人、事、物，比如宗廟、祠堂、圖騰、古蹟、文物，原本只有在特定的節日或祭祀場合被注意，但若遇到天災或人禍的時候，這些擁有族群共同意義與價值的景物，將會自記憶的底層被挖掘出來，賦予重新的詮釋，有些地方上的景物，本身沒有清楚的歷史故事線索，價值是人所賦予的，就雲南這個地方來說，當擔當回溯地方的過去時，對他有意義的人物事蹟和景物，主要是大理的唐梅。

雲南的地區有許多古梅，楊慎謫戍雲南長達三十年，常歌詠他所見雲南花草以抒發自己的不平和政治熱情，其《南枝曲》有序言云：「會川五里坡玀玀哨邊，有古梅一株，婆娑蔭映形如曲蓋，封蘚班駁，文如篆籀，蓋數百年物也。予平生所見梅樹，此為冠絕，惜乎生於窮山絕域，而不得高人韻士之賞也，玩嘆之餘作此曲焉。」〔註29〕另外從方志中，可以得知大理有株唐梅。高奣映《雞

〔註27〕擔當：〈金蟬寺〉，《橛菴草》卷7頁345。
〔註28〕擔當：〈昆明池上劫灰亭〉，《橛菴草》卷7頁295。
〔註29〕楊慎：《南枝曲》：「我渡煙江來瘴國，毒草嵐叢愁菁黑，忽見新梅粲路傍。幽秀古豔空林色，絕世獨立誰相憐，解鞍藉草坐梅邊。芬葀香韻風能遞，綽約仙姿月與傳。根地錦苔迷蟻縫，樹梢黃昏搖鳥夢，飄英點綴似留人。顧影徘徊若相送。焦桐橡竹亦何心。中郎一見兩知音，誰謂南枝無北道，願譜金徽播玉琴。」張士佩編：《升庵集》（文淵閣四庫全書本），台北：商務印書館，1983年，卷25葉1。

足山志》：「孤山雪（梅的品種）在九蓮寺之寄寄齋後，年代越葉榆（漢代地名，即今大理）之唐梅，其古拙龐大邁倫，不以年深減花姿。」〔註30〕《大理府志》中亦收錄了幾篇有關唐梅的詩、賦，分別是李崇階〈靈會寺唐梅〉〔註31〕、張端孫〈唐梅賦并序〉〔註32〕、范承勳〈靈會寺唐梅作〉。〔註33〕楊慎《南紹野史》靈會寺條下敘述：

> 大理府城北喜州院旁村，蒙氏征摩些渡金沙江，一木自水中逆流，異而取之，造成千光如來佛，置於彼中藍婆寺，忽大雨決辰，村民煙火盡滅，唯此佛前燈不滅，軍中乃得火，因迎像邊大理建寺奉之。
>
> 寺有古梅一株，鐵幹橫撐，花千層作紅玉色，相傳蒙氏時所植，故人呼為唐梅寺。〔註34〕

大理唐梅，隸屬於靈會寺，而南詔又在靈會寺歷史記憶的脈絡中，要了解擔當對唐梅的情感，必須要先從唐王朝與南詔的關係開始說起。

唐朝初年，在雲南洱海地區部族眾多，主要有六個較大的部族，稱為六詔。各部族不相統攝，且判服無常，常侵擾川南邊境。唐太宗為開通往天竺的道路，於貞觀二十二年（643）發巴蜀十三州之兵伐巂州諸蠻，聲震六詔，六詔之一的蒙舍詔，即是種植唐梅的蒙氏一族，首長細奴羅在永徽四年（653）遣子入朝，奉唐為正朔，唐王朝敕封細奴邏為巍州刺史，從此確立蒙舍詔對唐王朝的臣屬關係。蒙舍詔一族，在唐的扶植之下，逐漸強大，四世首長皮羅閣，於開元十八年（730）統一六詔，自稱南詔王，並在開元二十六年（738）擊敗吐番，統一雲南全境，入朝唐玄宗，被冊封為雲南王、越國公，賜名蒙歸義。但在天寶八年，由於雲南太守張虔陀在稅收上多有徵求，導致五世首長閣羅鳳的不滿而起兵，在天寶十年（751），大敗劍南節度使鮮于仲通，唐軍死六萬人，南詔脫離唐朝，改臣屬於吐番。天寶十三年（754），唐將李宓再將兵七萬擊南詔，卻全軍覆沒，率使唐朝國力大傷。閣羅鳳死後，孫異牟尋於大曆十三年（778）即位，又因吐番連年入寇，改臣屬於唐。天復二年（902），末代南詔王舜化貞被弒，南詔滅亡。

南詔蒙氏共傳位十三代，歷經 250 餘年，幾乎與唐王朝相始終。南詔王

〔註30〕〔清〕高奣映：《雞足山志》，頁 393，昆明：雲南人民出版社，2003 年 1 月。
〔註31〕李斯仝、黃元治纂修：《大理府志》（康熙三十三年刻本）卷 29 葉 51。
〔註32〕李斯仝、黃元治纂修：《大理府志》（康熙三十三年刻本）卷 29 葉 35。
〔註33〕李斯仝、黃元治纂修：《大理府志》（康熙三十三年刻本）卷 29 葉 56。
〔註34〕楊慎：《南詔野史》（乾隆四十年石印本），下卷葉 41。

朝版圖最大，國力最盛時，正值唐朝的開元之治，南詔與唐朝在天寶年間的兩次戰役，使唐朝國力因此疲弊，國勢由盛而轉衰。南詔雖曾一度中斷與唐的臣屬關係，但隨著安史之亂的平息，唐德宗中興後，又改臣屬於唐。南詔不論在政治、軍事、宗教、商業上都與唐代息息相關，南詔文化則是華夏文化與西藏文化的交融後的成果。自漢代以來，大理一直都是各種族群意識流動撞擊的地域，到了盛唐，中國扮演著一個多元開放的文化宗主國角色，對擔當而言，盛唐有著泱泱大國的雍容氣度，以及近悅遠來的恢弘氣象。大理靈會寺的唐梅，正象徵著儒家內聖外王的理想。

　　追溯靈會寺建寺的緣由，將會發現，梅樹與唐朝，是大理段氏開國敘事中很重要的一部份，〈三靈廟記〉敘述大理國的祖靈，來源有三：一是南詔神武王的偏妃，二是吐蕃的酋長，三是唐朝的大將。梅樹則化育出大理國的懿慈聖母。

> （前略）院旁有一長者乏嗣，默禱其圍，種一李樹，結一大實，墜地現一女子，資稟非凡，長者愛育，號白姐阿妹。蒙清平官段寶童聘為夫人，浴濯霞移江，見木一段，逆流觸阿妹足，乃知元祖重光化為龍，感而有孕。將段木培於廟庭之右，吐木蓮兩枝，生思平、思胄等先帝先王。思平立酉歲立國，國號大理。建靈會寺，追祀母曰「天應景星懿慈聖母。」〔註35〕

　　據〈三靈廟記〉所述，靈會寺供奉的是開國祖段思平之母——白姐阿妹，她從李樹的果實中所誕生，而在《白國因由》中，則說她是從梅樹中誕生〔註36〕，李樹與梅樹年年開花結果，因此在大理國段氏開國的神話中，李樹、梅樹代表生育的力量，也象徵著先帝先王與國家的根源。本文以為，唐梅作為靈會寺歷史記憶系統中一部份，與開國神話中的李樹、梅樹的意義有密切的關係，可代表生育的力量，同時具有社樹的涵義，作為社稷的象徵。

　　靈會寺唐梅為蒙氏一族所植，具有社樹的涵義，但隨著南詔王權的覆滅，背後的意義漸漸被人群所淡忘，殘存在地方耆老的口傳之中，進入大理段氏

〔註35〕〈三靈廟記〉，收入《大理叢書・金石篇》第十冊頁49，北京：中國社會科學出版社，1991年。

〔註36〕《白國因由》：「梅樹結李，漸大如瓜，忽一夜，李墜，有娃啼聲。鄰夫婦起而視之，見一女子，彼因無嗣，乃收而育之。既長，鄉人求配，弗許。忽有三靈白帝與之偶，生思平、思良。」（康熙45年寂裕刊本）卷1葉27，收入《中國少數民族古籍集成》，成都：四川民族出版社，2002年。

時期，社樹的意義化成隱喻的形式，被納入段氏開國神話系統中，而漢族的文化自唐朝開始在洱海地區生根茁壯，宋、元兩代皆未能在此建立實質的政權，一直到明代，漢族才眞正開始在雲南建立實質的政權，將雲南收入版圖，明太祖對雲南採取積極的經營策略，封養子沐氏爲黔國公，子孫代代在此鎮守。漢族文化在明代，取得政治上的優勢，於是在人們的記憶中，靈會寺也就被稱作唐梅寺，靈會寺的梅樹，植根於唐，漸漸成爲唐代歷史的象徵物。

張端孫〈唐梅賦〉曾歌詠：

> （前略）有梅一本，封植自唐，表葉榆之勝壄，迥耀美於西南……當其敷榮擢秀，日映輝煌粲兮，則有元稹光射殿廊，當其北窗橫影，東閣含香幽兮，則有杜甫高吟草堂，至若歲晏山窒冰肌檀美，則宋廣平之高齋，雌黃莫擬。更若跨寒策筇，面山臨水，則孟浩然之灞橋，奇搜多致。此皆三唐之餘韻兮，莫不攄懷而蕩志。緬先朝之手澤，故歷舉而求其似，彼如玉案之竹，赤晟之芝，江川之樹，上苑之枝，雖誇譽於六詔，蓁芳菲於一時，曷若此木之亭亭，永眉壽於今茲。豈唐苑之羯鼓，尚聲施於邊陲，抑貞觀之雅化，禪品物之咸宜。……」〔註37〕

張端孫無疑是將唐梅視作唐代歷史的縮影，看似賦形象物，但實際上所歌詠的是「貞觀雅化」，認爲漢文化「聲施邊陲」。回頭檢視，《南詔野史》、〈三靈廟記〉，以及張端孫〈唐梅賦〉三者之後，本文以爲，靈會寺的歷史記憶系統，由蒙舍詔→大理段氏→朱明→滿清，本身就是一個由「夷」轉「夏」，再度淪爲由「夷」統「華」的過程。靈會寺唐梅與擔當的遺民情境的連結處有二：

一、靈會寺唐梅是南詔蒙氏所植的，具有社樹的意義，象徵國家所在。二、靈會寺的歷史記憶系統，本身就是一個「夷夏之辨」的結構。明社既屋後，雲南又改爲由滿清統治，身處明清易代之際，擔當親眼見證雲南再度陷虜，也就是以「夷」統「華」，此時此景正與唐梅作爲「貞觀雅化」的遺跡，形成一個反諷，也就不難理解，擔當對唐梅情感其來有自，是出於一種遺民情境，也就是「夷夏之辨」，正與靈會寺唐梅所承載的歷史文化記憶，在「夷夏之辨」這層意義上遇合了。擔當則在〈聽羅欠一與何文叔話點蒼山下唐梅〉一詩中讚美此株唐梅：

> 一豪於罷賈，一豪於去官。兩人同歇擔，自負如神仙。不說秦宮與漢苑，只說唐梅開未然。余曰二子之好眞可憐，說梅必到早梅邊，

〔註37〕張端孫：〈唐梅賦〉，《大理府志》（康熙三十三年）卷29葉35。

爾酌酒分我飲泉，一水一石相犄角，古貌古骨方連拳。想見開元大
歷年，梅魄爲杜甫，梅魂爲青蓮。區區何遜鳥足傳，不驅長耳便呼
船，買魚沽酒須趁小春前。〔註38〕

他從這兩位好友那裡聽聞點蒼下的唐梅，讚賞羅欠一罷賈與何文叔棄官，志行
高潔，並以唐梅起興，想像開元、大歷年間，太平與繁榮的景象，並將梅花的
魂魄，比作杜甫與李白。賦予點蒼山的唐梅，李白的剛健氣息，杜甫的忠貞品
格。盛唐的風度具體呈現在這兩位詩人的人格上，研究唐代文化的學者，曾將
盛唐詩人人格歸類爲剛性與柔性兩大範疇，剛性人格包括，仁者、悲士、狂者、
酒徒、游俠、義士。柔性的人格，包括隱者、佛徒、道士。〔註39〕盛唐詩人的
人格剛柔並濟，當個人理想與外在現實互相契合時，則展現出剛健的一面，
個人理想與外在現實衝突時，則展現出寬柔的一面，杜甫、李白，這兩位詩
人的品格則是剛柔並濟，杜甫寫梅有「未將梅蕊驚愁眼，要取椒花媚遠天。」
〔註40〕的惆悵，也有「岸容待臘將舒柳，山意衝寒欲放梅。」〔註41〕的一股頑
倔，李白寫梅既有「千金駿馬換小妾，笑坐雕鞍歌落梅。」〔註42〕的豪邁，亦
有「目極何悠悠，梅花南嶺頭。」〔註43〕的情深，兩位詩人的人格，並沒有隨
著時間而湮滅，反而隨著歷史的積澱，不斷地被後世文人擦拭和磨光。

在此，詩人在體物的同時，賦予了「唐梅」意義和價值。對擔當而言，「唐
梅」不只是個「物」，而具有李白、杜甫的品格，具有「風神」，可以用來砥
礪志節，自我期許，是他與社群，凝聚感情和價值的重要地方標記。後來擔
當屢次隻身前往玩賞大理的唐梅：

履賞殘梅頗耐寒，孤根植自古貞觀。

千年霜雪剪不折，一幹南橫色更丹。〔註44〕

其樹不大亦不皴，枝柯幾股如繩紐。

此物踞傲無朝代，此地呵護有鬼神。

〔註38〕擔當：〈聽羅欠一與何文叔話點蒼山下唐梅〉，《橛菴草》卷3頁173。

〔註39〕傅紹良：《盛唐文化精神與詩人人格》，台北：文津出版社，1999年，頁93～
頁100。

〔註40〕杜甫：〈十二月一日三首〉3首之1，《全唐詩》卷229頁2490。

〔註41〕杜甫：〈小至〉，《全唐詩》，卷231頁2537，北京：中華書局，1996年。

〔註42〕李白：〈襄陽歌〉，《全唐詩》，卷166頁1715，北京：中華書局，1996年。

〔註43〕李白：〈禪房懷友人岑倫〉，《全唐詩》，卷172頁1772，北京：中華書局，1996
年。

〔註44〕擔當：〈五賞唐梅〉，《橛菴草》卷7頁306。

幽賞只宜即時酒，何必感慨千載春。

但攜一壺在其下，想見開元大歷人。〔註45〕

他屢次所賞玩的不是一樹繁華的梅花，而是殘梅，他所關注的不是花的姿態，而是古貌、古骨與孤根，縱使一片光禿不見綠意，但「一幹南橫色更丹。」擔當眼中的唐梅不是幽靜恬適的，一股倔強凜然的精神和氣質，盤踞在紙上。梅花在南宋詠梅詞中，本就稱作「南枝」，正值鼎革之際，梅幹「南橫向日」的習性，在擔當的眼中就別有一番意味。他所體察玩味的主要有三層涵義，一、剛健忠貞的品格。二、此物此地跨越時空的特殊性。三、以此物和此地作為出發點，將歷史視野回歸盛唐的光輝。

首先就第一層涵義來說，詩人體物的同時也比德，欣賞玩味唐梅光禿的骨幹，以及倔強踞傲的性格，同時也是在說擔當自己，在世運的流轉中，撐天拄地，不畏風霜。擔當更在詩歌的對仗關係，暗暗地透露對自己生命的思考，以「一幹」對「千年」，「南橫」對「霜雪」，「剪不折」對「色更丹」，藉由詩歌的體物、言志、比德，去找到自己生存的一絲春意。梅樹一幹南橫，如同擔當心向朱明，在一片冰堅地凍中，堅持要吐露芬芳，堅持要繼續作詩，以詩歌作為遺民主體性的一種顯現。

梅樹象徵橫亙在天地之間穩定的生育力量，亦即「天地之元氣。」在寒冬中開花，在春回大地時結果，一次又一次循環，經歷了無數個生命週期，歷經了無量劫，而不衰竭。梅樹所在有鬼神呵護，是一個神聖的地方。此物和此地，超世而離俗，具有跨越時間的力量，見證著無數個朝代的遞嬗，這是第二層涵義。

在擔當詠唐梅的寓託中，唐梅是一種民族社稷的象徵，此是第三層涵義，同時也是擔當賦予唐梅最核心的價值。當他流連於飽經歲月風霜的唐梅下，將個人的歷史視野拋向盛唐的光輝時，所思考嗟嘆的是整個民族的命運與他個人生命的渺小，唐梅雖僻處滇南，幾經王權的更迭，仍深深植根於土壤中，開花結果，象徵漢文化的生命力強韌，處於蠻陌而歷時不衰，而縱觀擔當一生，生為滇人、再為布衣、後為衲子，竟成為遺民，不管是放棄舉業，還是放棄儒服儒冠，都是一種政治邊緣化的行為，它也表達了對新朝政權，一種不承認也不直接反抗的消極態度。擔當將眼前的梅樹以及他自己放置在宏大的歷史視野之中，所思考不只是一家一姓之覆滅，而是整個民族文化的存亡。

〔註45〕擔當：〈唐梅〉，《橛菴草》卷 3 頁 177。

第三節　詩歌、世運與遺民情境

　　唐大歷四年杜甫五十八歲，當時安、史之亂已平定，玄宗過世，代宗在位，他在明皇千秋節（玄宗生日）這天寫下：

> 自罷千秋節，頻傷八月來。
>
> 先朝常宴會，壯觀已塵埃。
>
> 鳳紀編生日，龍池漫劫灰。
>
> 湘川新涕淚，秦樹遠樓臺。
>
> 寶鏡群臣得，金吾萬國迴。
>
> 衢尊不重飲，白首獨餘哀。〔註46〕

唐玄宗在位時，每逢生日，會在花萼樓設宴招待王公大臣，並在各州縣賜父老宴飲，舉國上下為了慶祝皇帝的壽辰休假宴樂三日，還有各種表演活動，熱鬧繁華，自是一番盛唐氣象。但安、史之亂爆發後，明皇千秋節就此停擺，也改變唐代的世運，由盛轉衰，杜甫在大歷年間，回想開元的壯觀，如今具為塵埃，自己也已經白首，忍不住涕淚。此時距離杜甫去世，只有一年。詩風沉鬱頓挫，哀婉悲涼，不復見他青壯年時的剛健與自信。詩歌創作萌發於詩人內心的情感，受到個人身世際遇、社會治亂、國家盛衰的激盪，影響個人以及整個世代的詩歌創作。《文心雕龍》〈時序〉：「歌謠文理，與世推移，風動於上，而波震於下者。」歷代文學的轉變，在與時代與環境不斷地互動中展開，這裡所指的世運，意指世間盛衰冶亂的氣運，儒家在道統存續此一循環史觀之下，追求匡扶世運，匡扶世運則是儒家經世濟民的思想，孔子論詩的功能可以興、觀、群、怨，本節詩歌、世運與遺民情境，即從文學與現實以及時代的這層關係，去看遺民情境。

　　錢謙益論晚明詩歌，有以下的見解

> 余嘗論近代之詩，掘摘洗削，以淒聲寒魄為致，以鬼趣也；尖新割剝，以噍音促節為能，此兵象也。鬼氣幽，兵氣殺，著見於文章，而國運從之。〔註47〕

　　在這裡應將「鬼趣」和「兵象」視作文章風格，而錢謙益之所以將「鬼

〔註46〕杜甫：〈千秋節有感二首之一〉，《全唐詩》卷233
〔註47〕錢謙益：〈提學鍾惺〉，見《列朝詩集小傳‧丁集》臺北：明文書局，1991年，頁571。鍾惺的相關研究，可參見許璧如：《鍾惺詩學理論研究》，國立中山大學碩士論文，民國94年。

趣」和「兵象」這兩種風格並舉，是因爲感受到鍾惺詩作中秋墳鬼吟的情境。鍾惺詩作常以夜晚的孤寂爲主題，充滿了寒夜幽獨的意象，以及對死亡和傷逝弔亡的情感。將一種文學流派的風格，貼上會影響國運的標籤，這樣的文學批評當然是不夠公允和客觀的。

深究箇中原因，在於以鍾惺爲首的竟陵一派，繼承了庾信〈哀江南賦〉，鮑照〈代蒿里行〉、〈代輓歌〉，李賀「秋墳鬼唱鮑家詩，恨血千年土中碧。」此一脈相承，充滿鬼趣的詩學進路，在展現個人身世之感，家國之悲，以及鄉關之思時，不再以溫柔敦厚的方式去表達，脫離了儒家「詩可以興、觀、群、怨」的詩教觀，不再將詩歌視作一種個人與社會、家國聯繫的途徑和方式，取而代之的是對死亡與幽冥的耽溺，呈現一股亂世人鬼相雜，末世的氛圍。竟陵派選擇這樣的美學風格，背後固然包含著後創作者的氣質以及主觀喜好，之所以被晚明與清初詩論家所詬病，被認爲是亡國之音的主因，在於他們對當時文壇所造成的不良影響，和周遭文人未經思考的盲目模仿。

擔當在《橛庵草‧序》中提到

> 余從唐而概之，有初、盛、中、晚，繼唐而概之，宋元盛於律，而自成一家之言。繼宋、元而概之，明之高、楊，應運而興，尚帶宋元習氣。至何、李掘起，大雅正始，復環舊觀。至七子而再盛，有如長江始於岷嶓，而匯於洞庭。噫！壯則壯矣，安能截其流而使之不下注哉？於是有好庾、鮑而排擊七子者出，專以近體爲號召，使人易就。一旦輒登壇坫，天下靡然嚮風，而詩亡矣。世運得不隨之？

〔註48〕

「世運得不隨之？」這樣的論調，和錢謙益「國運從之」的說法，同出一氣，對任何一個文學流派都是不夠客觀公允的，甚至是指責。擔當認爲作詩需以大雅正始之音爲正，大雅即詩經大雅。《詩經‧大序》中提到〈周南〉、〈召南〉爲正始之道，王化之基。因此詩歌是正始之道，是王化之基，可以風天下，關乎王政所由興廢，可以反映一地的政治是否清明，禮制是否隆盛，百姓是否安居樂業。因此不論是〈小宛〉詩人之意，又或者是〈黍離〉之悲，詩歌在宣洩人民情感這一層意義上，是與世運相聯繫的。然而這樣的觀點並沒有脫離傳統儒家的詩教觀，在詩歌理論或文學批評理論上，並沒有新的創

〔註48〕擔當：《橛庵草‧序》，《擔當詩文全集》，昆明：雲南人民、雲南美術出版社，2003年，頁137。

發，擔當對竟陵派的指責，這樣的指責只能放在易代之際，天崩地解，痛之深，而責之切的時代氛圍中去看，正好反映出遺民內心存在著寂寞、不安全與無成就的感覺。

鼎革之後，擔當以個人的生命見證了江山易主，他反省家國覆滅的經驗，認爲到明代的文人大都「重才而輕養」、「自誤誤人」〔註 49〕，恃才逞能，少了一份均衡與博大。事實上，一個朝代的滅亡，自然不可能是單獨一個群體或單獨一個學派的問題，擔當此言，是面對整個家國的大不幸，痛之深而責之切。他清醒地意識到，有遠比個人去就以及一家一姓之存亡更重要的事，他說：

> 余滇人而布衣，而又衲子，而又亦在塵劫之中。處培塿而干霄漢，
> 則吾豈敢？惟是匡扶運會，大夫皆有其責。〔註 50〕

他強調自己是滇人遠離京畿，又是布衣，更是衲子，遠離政權中心，試圖將個人的生命獨立在政權運作之外，期許自己能盡匹夫之責，承擔起民族文化存亡續絕的大任，並以「擔當」爲號，確認自我生存的意義。這樣的表白與黃宗羲「遺民者，天地之元氣也。」〔註 51〕在同一歷史語境之中。然而擔當所謂的匡扶運會，實際內容究竟是什麼？

擔當在現實政治上已無法有所作爲，但既不能苟死亦不能苟生，他期許自己能這危難的時刻，成爲中流砥柱，以個人的生命爲載體，發揮士的承當精神，在國家危難時，擔當起保存民族歷史與文化的責任，也就是所謂的「存道」。「道」本身有許多的含義，但對明遺民而言，「道」主要是指扶持整個民族的文化，這遠比存一家一姓來得重要。〔註 52〕存道不僅是身爲遺民該肩負的職責，同時也是他個人生存的意義和價值所在。正因爲擔當有這樣強烈的自覺，如何把個人與世道連接起來，成爲他關注的課題。擔當找到的途徑是詩歌，他認爲詩歌創作與世運盛衰相維繫，因此個人詩歌創作必須要能培養

〔註 49〕擔當：《橛菴草・序》，《擔當詩文全集》，昆明：雲南人民、雲南美術出版社，2003 年，頁 137。

〔註 50〕同前註。

〔註 51〕黃宗羲：〈謝時符先生墓誌銘〉，《黃宗羲全集》，杭州：浙江古籍出版社，2005 年，第 10 冊，頁 411。

〔註 52〕顧炎武《日知錄・正始》言：「有亡國，有亡天下。亡國與亡天下奚辨？易姓改號，謂之亡國；仁義充塞，而至於率獸食人，人將相食，謂之亡天下。」卷 17，王夫之在《讀通鑑論。敘論》亦曾言「天下非一姓之私也。」可見這並不是擔當個人單獨的想法，而是被明末清初的遺民共同認同的。

天地之元氣。他在《橛庵草・序》中有言：

> 聊就我所學，就我一家言。……若捨大雅正始，謂不得不流而趨下
> 者，乃時爲之，則砥柱無人，黃虞終不復再見矣。其如世運何？是
> 編，志有餘而學力未逮，且薰染既久，自拔猶難。其中豈無妖淫瀰
> 漫，欲違時而不覺淪於時者。願海內大方，鑒余培養元氣之思，重
> 加涂置，雖覆瓿所不恤也。〔註53〕

遺民學者黃宗羲，也曾說過類似的話語，他說：「夫文章，天地之元氣也。元
氣在平時，崑崙磅礴，和聲順氣，發自廊廟，而暢浹於幽遐，無所見奇。逮
夫厄運危時，天地閉塞，元氣鼓盪而出，擁湧鬱遏，忿憤激訐，而後至文生
焉。」〔註54〕黃宗羲這番話把文章視作是天地元氣的顯現，擔當則認爲詩歌
正變與世運盛衰相維繫，雖然兩人立論的基礎不相同，但是他們的出發點是
相同的，一致肯定文學對社會風氣的作用。擔當更要以詩歌培養「元氣之思」，
將詩歌視作砥礪自我信念、實現生命價值的重要載體。詩歌的功能不外乎映
現宇宙的森羅萬象，包容社會人情，對憂生的明遺民而言，更迫切的是，必
須要能表現個人的主體性，正是在這個基礎上，詩歌、世運與遺民個人生存
意義的關係才能得到合理的解釋。這也是擔當在家國失落後，消解個人的生
存焦慮的一種方式。若要了解擔當如何以詩歌培養「元氣之思」，如何突顯個
人的主體性，必須要回到他的詠梅話語。

　　前面我們提到，擔當與梅花的對話，是出於對自己生命的思考。在體物
的同時，是出於自覺的，將自我（主體）的處境與梅花（客體）的處境相對
應，在品味梅花枝幹的同時也是在欣賞人的風骨，他在〈古忠廟賞梅〉一詩
中，苦心傾訴：

> 潦倒寒梅雪不侵，一枝藏隱在深林。游人要認花顏色，赤處方爲天
> 地心。〔註55〕

先賞梅樹的姿態，在風雪之中遺世而獨立，唯有擔當與它形影相弔。若無潦
倒的「寒梅」則無法凸顯這孤獨的「一枝」，擔當在詠梅的同時，是有意識的
在追求創作主體與審美客體之間的和諧統一。賞梅花的朱顏，「赤處方爲天地

〔註53〕擔當：《橛菴草・序》，《擔當詩文全集》，昆明：雲南人民、雲南美術出版社，
　　　　2003 年，頁 137。
〔註54〕黃宗羲：〈謝翱年譜游錄注序〉，《黃宗羲全集》第 10 冊頁 32，杭州：浙江古
　　　　籍出版社，2005 年。
〔註55〕擔當：〈古忠廟賞梅〉，《橛菴草》卷 7 頁 352。

心」，「天地心」即「天地之元氣」，是宇宙萬物的本源，是無往無復的時空向度，若呈現在實際的器物上，一國有一國之世運，一人有一人之命，不管個人也好，國家也好，都無法逃離這個時空的向度，而梅花作為天地之間的微物，卻能歷經朝代更迭，花開花落，生生不息，象徵元氣的一體萬殊。擔當在詠梅的同時，也以梅自我期許，雖一國之世運難挽，一人之命雖短，但仍要自強不息，培養天地之元氣。這是擔當的詩歌、與世運之間的連結。自覺的以詩歌體物、比德、言志的方式，來凸顯個人在易代之際，應以整個民族文化的存亡為念。

　　擔當是有意識的透過詩歌，思考自己在世運中的位置，並追求創作主體與客體之間的和諧統一，這不只能從他的詠梅話語中看到，甚至化作具體的訴求。他在《橛菴草・序》中開篇疾呼：

> 詩以代言，重復古也。爲世運關於聲歌者，代有明驗。苟聲歌流而
> 趨下，世運可知。由是操觚者，復古洵爲要務，非僅恣吟弄而已。
> 〔註56〕

詩以代言，詩以言志，一直以來都是古典詩學創作理論的基石，主要詩歌創作發乎情，本於詩人的情感與志向，但要止乎禮義，創作主體的情感必須受到理性的規範，最後所呈現詩作風格則含蓄蘊籍。在儒家的詩教觀中，這個「志」通常與修己治人緊密結合，但對明遺民而言，這個「志」決非就僅就個人的道德修持著眼，而是別有用心。舉擔當〈吊南園松間蛻蝶〉一詩為例：「紅紫都教薄雪侵，風吹病蝶入松林。香魂豈是無枝倚，越鳥才知遺蛻心。」〔註57〕顯然脫胎自張協〈雜詩〉「胡蝶飛南園，流波戀舊浦。」一詩〔註58〕，承接原詩的思鄉情思，但又不流於刻板地模仿文句。擔當以詩言志，表明自己對舊國的一顆拳拳忠愛之心，欲宣洩感情，但不能過於直露，或過於悲憤幽怨，否則容易爲自己招來殺身之禍，傳統溫柔敦厚的詩教觀，在這個時候具有協調個人情緒與社會群體的功能，使詩人可以宣洩自我，但

〔註56〕擔當：〈橛菴草序〉，《擔當詩文全集》，頁137，昆明：雲南人民、雲南美術出版社，2003年。

〔註57〕擔當：〈吊南園松間蛻蝶〉，《橛庵草》卷7頁353。

〔註58〕張協：〈雜詩〉：「述職投邊城，羈束戎旅間。下車如昨日，望舒四五圓。胡蝶飛南園，流波戀舊浦。行雲思故山，閩越衣文蚍，胡馬願度燕，土風安所習，由來有固然。」，收入〔梁〕昭明太子：《文選》，台北：藝文印書館景印宋淳熙本重雕鄱陽胡氏藏版，卷29頁430。

又不至於違逆新政權。面對明末清初的劇烈變動，擔當此時，重提「詩以代言，重復古也。」，意欲與遺民的情志結合，而不在搬演古人的字句，是有其積極的意義的。

站在遺民的生存處境來看，眼前族群遭遇重大危機，社會劇烈變動，如何鞏固凝聚族群的感情，保存族群的歷史與文化，並且重建秩序，成為明遺民群體的課題。明亡之後，擔當與滇南遺民結社唱酬，於池亭放歌玩月，有「霜老羈禽悲落木，水枯明月照殘荷。淒涼暗灑千家淚，睥睨高吟七子歌。」〔註 59〕之句，融自然山川與歷史人情於寫景之中，呈現無限枯寂之境。時值秋風蕭瑟，月光的照耀點破了自然的荒寒，眼前枯水、殘荷的淒涼景象，觸動了遺民內心家國的失落，於是流涕、高歌。玩月行為的背後，隱藏著遺民的家國之思，他們為避禍和逃難而遠離家鄉，只能藉由抬頭玩月，傳遞對家鄉的思念，以及紓發對「故明」的懷念，家國無君，明字無日，即月也。這才是遺民遊湖玩月的更深一層意味。

擔當強調「詩以代言，重復古也。」除了出於遺民的憂患意識之外，還出於他對創作主體與審美客體之間的和諧統一的追求。不論是躑躅梅下「但攜一壺在其下，想見開元大曆人。」或池亭玩月「水枯明月照殘荷」，他的詩篇始終出以冷靜的筆調，將自身的視野拋向那茫茫的宇宙洪荒之中，然而在這冷靜背後潛藏著一顆憂生灼熱的心，有著對族群存續的使命感，以及對故國的感情。擔當追求這種主客和諧的表達方式，也表現在他對杜甫的推崇上。

擔當十分推崇杜甫，他的七律也學杜甫，但他所推崇的杜甫作品，並不是具有紀實敘事功能的作品，而是含蓄婉轉的後期七律組詩〈秋興〉八首，尤其是第七首：「昆明池水漢時功，武帝旌旗在眼中。織女機絲虛夜月，石鱗秋甲動秋風。波漂菰米沈雲黑，露冷蓮房墜粉紅。關塞極天唯鳥道，江湖滿地一漁翁。」〔註 60〕

擔當在昆明池上讀杜甫秋興詩，並為詩四首：

兩地爭看夜月輝，漢家習戰事全非。

池幹烏鵲從何渡，滇柳愁梭織女機。

昆池兩見在西秦，好大成功可是真。

秋老石鯨雖有甲，旌旗從未恐滇人。

〔註 59〕擔當：〈仲冬同諸社友玩月品七子詩兼感時事〉，《橛菴草》卷 5 頁 203。
〔註 60〕葉佳瑩：《杜甫秋興八首集說》，頁 353，台北：國立編譯館，民國 55。

近日滇南有古風，猶漂菰米在波中。

何方雲黑滄桑改，穿鑿空勞漢武功。

彼一池來此一池，蓮開如粉是何時。

滇中露暖花如錦，蠻女猶歌弔古詩。〔註61〕

這四首詩來自杜甫〈秋興〉八首第七首中織女、石鯨、菰米、蓮房四個意象的聯想，歷來解杜詩者，多將織女、石鯨、菰米、蓮房二句，解作唐代長安昆明池的景象，但過於廣泛。明人楊愼解此四句，深得其意，他說：「杜詩此首中四句亦有所本乎？予曰：『有本，但變化極妙耳。』〔隋〕任希〈古昆明池應制〉詩曰：『回眺牽牛渚，激賞鏤鯨川。』便見太平宴樂氣象，今一變云：『織女機絲虛夜月，石鯨鱗甲動秋風。』讀之則荒煙野草之悲見於言外矣。」〔註62〕

　　《西京雜記》記漢武帝爲征剿昆明而鑿昆明池，習水軍。並在池東西兩岸立石刻牽牛織女以像天河。又刻石鯨魚長三丈，雷雨時常鳴吼，漢世禮之，祈雨有驗。織女、石鯨或許曾經是實物，但在杜甫的〈秋興〉第七首中，「織女機絲虛夜月，石鯨鱗甲動秋風。」指的並不是實景，而是杜甫想像神游漢時的武功輝煌與眼前的蕭瑟秋意相對照之下所產生的意象，盛衰今昔之感雜揉，誠如葉嘉瑩女士所說，詩人所欲表達的是一種超越現實的意象，以及藝術化的情感。杜甫〈秋興〉詩中的昆池，是憑虛構象，而擔當詩中的「昆池」是眞實存在的地方。前者於想像中神游昆池，而擔當則是用生命親身體驗「昆池」的盛衰，相隔千年的時空，與杜甫相互呼應，因此說「兩地爭看夜月輝，漢家習戰事全非。」「彼一池來此一池，蓮開如粉是何時。」這四首詩一貫相承，由第一首兩地起興，想見杜甫的爲人，以漢時昆明池畔的景物織女作結，下啓昆池兩見，一在漢、一在唐，皆歷劫而湮沒，下句言漢、唐武功之盛。末聯言以漢、唐的國勢之盛，皆未能將滇南收入版圖。第三首、第四首承「旌旗從未恐滇人」而來，將視野再度拉回眼前易代後昆池的局面。詩人的視野由杜甫秋興詩到漢、唐繁盛，再從漢、唐的湮沒，回到眼前劫灰之後的平和。

　　詩歌、世運與遺民的主體性，就在擔當的躑躅梅下，行吟澤畔，對地方

〔註61〕擔當：〈昆明池上讀杜子美秋興詩，忽動四想率爾成篇，錄之以壯滇南風景之勝〉，《橛菴草》卷6頁261。
〔註62〕楊愼：《升菴詩話》，卷6頁753，收入《歷代詩話續編》，北京：中華書局，1983年。

歷史記憶的尋求之中，他找到了自己應該要扮演什麼的一個角色，並期許自己能夠秉持此一承當的精神，成爲中流砥柱，如同唐梅一般，天行建，君子當自強以不息。

擔當在昆池岸成長，在昆池邊玩月，在昆池上讀杜甫秋興詩，「昆池」成爲擔當感情與價值的凝聚之所在，它既是一個客觀的自然環境，同時也是一個人文活動的中心，它的自然風光可供明遺民流連遊憩，它與漢代盛世的聯繫，使它成爲一個承載歷史記憶的重要地方，而在昆池之上，用個人生命去見證家國失落，由盛而衰的人，正是身爲遺民的擔當。如果沒有「人」的參與，那麼「昆池」只能是一個客觀的空間，無法具有歷史的意義和情感的價值，正是因爲人與「地方」有互動和連結，因爲有昆池作爲個人時空的中心，使身爲遺民的擔當的生存處境得以突顯。

與「昆池劫灰」相對，唐梅本身並沒有明確的歷史傳說線索，但隸屬於靈會寺歷史記憶的系統中，在以「夷」統「華」的這個時刻，象徵擔當的生命，歷劫而重生，是天地之元氣，撐天拄地而活。當他把個人的歷史視野，投向盛唐，無疑地亦將自我置放更爲渺茫的時間洪流之中，在此劫餘時刻，如此上下求索，無疑是在尋求自己在這世界的位置，意圖建立自我的主體性。

詩歌是擔當參與世運，表達自我的重要途徑，透過體物、比德與言志等方式，與地方的過去，昆池與唐梅對話，以冷靜的筆調去思考更重要的問題，也就是民族社稷的存續，當他將自身從家國失落的情緒中抽離的時候，劫灰早已不復見了，這也是遺民生存處境的艱難之處。

第四章　擔當詩畫中的時空意識

　　時間與空間構成人類生活的基本座標，但人類無法完全精確控制時間。時間它不斷地流逝，不是以物質的形式存在，感官無法直接察覺，人必須憑藉著日月升沈、草木凋零、四季轉換的經驗，才體認到時間流逝，年華不再。假若人只將時間視作一種「生活事實」，而不去認識它，今天、明天與後天似乎沒有什麼差別，時間將缺乏意義。

　　最開始的時候，人是從觀測宇宙星體的運動來領會時間的。隨著太陽起落，日出而作，日入而息。這種質樸而自然的時間觀，被視為河水川流不息一樣，與日月亙古長存，《淮南子‧原道訓》云：「時之反側，間不容息，先之則太過，後之則不逮。夫日回而月週，時不與人遊。」〔註1〕時間具有連續、循環與不可逆性，能被意識所察覺，但不可駕馭。西方物理學家牛頓（Isaac Newton 1643～1727 A.D.），則認為時間是絕對的——作為一種在我們之外的存在，如同無限延伸的 X 軸與 Y 軸，具有可被約定和測量的性質，可以被無限分割成細小單位，不隨任何事物改變或停止。在牛頓確立了時間的客觀存在性後，人類為了更進一步掌握時間，因而劃分出時、分、秒的概念，然而這種測量時間的單位，會隨著社會、文化的演進而有所差異，這種鐘錶時間，是計時器的時間，同時也是人類想要控制時間的主觀意識下的產物。哲學家海德格爾（Martin Heidegger 1889～1976 A.D.）則把「人」的存在與「時間」、「空間」聯繫在一起，認為時間與空間都不是科學知識可以度量，而是透過人的體驗而存在的一種「意識」，透過「死」的「憂思」來體驗「此在」的空間和時間〔註2〕。

〔註1〕〔漢〕劉安編著，陳麗桂注：《淮南子》，台北：國立編譯館，民國 91 年 4 月，頁 52。

〔註2〕海德格爾（Martin Heidegger）著，陳嘉映、王慶節譯：《存在與時間》，台北：

　　人類意識是一種覺醒的心理或精神狀態，在此狀態下，個體不僅對自己身體所處環境中的一切刺激，經由感覺與知覺而有所了解，而且對自己心理上所記憶、理解、思維、想像、憂慮以及計畫或進行中的行為活動，也有所覺知〔註3〕。如果將人類的時空知覺化為連續的時空向度，將之比喻為心智的時空圖軸，當攤開人類心智的時空圖軸時，歷史上各個朝代的興亡晨昏都在此畫面裡展開。文人憑據觀照人類心智的時空圖軸，一紙興亡看覆鹿，進一步思索和理解自己在世界中的位置。詩歌意識的時間與空間，有別於物理的時空和哲學的時空，雖與現實時空相關，但自成一個虛構而完整的世界〔註4〕，劉若愚〈中國詩中的時間、空間與自我〉云：

> 即使是個想像的世界也需要存在於想像的時空之中，則對一首詩中的發言者（speaker）朝向時間與空間之方式的考察，將能幫助我們更加熟悉詩中的世界……我們能在中國詩中辨認出三種時間的觀點：個人的、歷史的與宇宙的。每一種觀點可以單獨呈現，或是結合另一種或另兩種。〔註5〕

劉若愚同時也提到：1.中文的動詞雖然沒有時態的變化，但詩歌的發言者（表達的主體）如非面對著時間，就是順著時間的方向。2.詩歌呈現時間的「觀點」的同時，及運用了空間的意象，個人的時間觀點容易與屋、園、路的意象聯繫，歷史的觀點易被想像為都城、宮殿、廢墟，宇宙的觀點則連結星辰、山巒、河流。〔註6〕中國詩歌藝術的時間意識，不是經由現代計時器量化後的概念，而是詩人對自我生命省察之後的生命意識。詩人以生命的存在為起點，將目光投射向死亡為終點，一面以生命的存在作為辯證思考和訴諸情感的基

唐山出版社，1989。頁402、頁540。

〔註3〕張春興：《現代心理學》，台北市：東華書局，2009年6月，頁115。

〔註4〕蘇珊・朗格（Susanne K. Langer 1896～1985 A.D.）認為，詩人感受到內在生命的力量，務求創造此一經驗的外觀，語言形式則提供了框架的作用，讓詩歌的時間與空間有別於現實時空，又可被讀者視見。此一形式所表達的感情，不被詩人所獨有，不專屬於詩中主角，它不是個人的情緒而是人類深層情感的再現。詩歌此種的獨特性，蘇珊・朗格稱為「生活的幻象」。見氏著，劉大基等譯：《情感與形式》，台北：商鼎文化出版社，頁241。

〔註5〕劉若愚著，陳淑敏譯：〈中國詩中的時間、空間與自我〉，《書目季刊》第21卷第3期。關於詩歌藝術時間意識，可參考陳世襄：〈『詩的時間』的誕生〉，陳清俊：《盛唐詩的時空意識研究》，85年，台灣師範大學，國文研究所博士論文。李清筠：《時空情境中的自我影像》

〔註6〕據劉若愚著，陳淑敏譯：〈中國詩中的時間、空間與自我〉歸納。

礎，一面不停地對照著過去、現在與未來。

　　易代之際士人遷徙流亡的經驗，或是被迫離開家園，或是隨著職務流寓各地，或是棄家雲遊天下，在在引發他們對時空變異的敏感。不管是遷徙、流寓、雲遊、流浪，遊離的狀態成爲這些失意的文人生存的常態〔註7〕，漂泊感成爲他們最深的共鳴，擔當在與朋友的詩中深刻地表露，我輩懷才不遇飄零奔走的時代共感：

　　　　世事難堪共轉蓬，一朝失意在杯中。可憐待到春將半，相對愁人花

　　　　更紅〔註8〕

會產生這種漂泊感，是因爲遺民內心的時空意識與所處的現實時空之間存有連續或斷裂的現象，所經受到的是與一個時代共在的歷史和世界的喪失，不論是政治上的，或文化上的，記憶深處仍未停止對慾念主體的追尋，但此一追尋本身注定無法被完成。究竟是那個部分連續，那個部分斷裂，牽涉到遺民對過去、當下以及將來三種時間樣式的認識，以下將針對擔當對過去、當下、將來的感知將它們之間的關係逐一交代清楚。

第一節　擔當詩畫中的時間意識

一、歷史的裂變

　　個體生命本是宇宙秩序中循環的一部份，在明清之際，生死卻成爲士人爭論不休的話題，死節、死社稷、死君王、主辱臣死、城亡與亡的言論，散諸在當時的文集、史籍、筆記之中，雖然有些忍死守節的遺民，提出了不必殉國的說法，例如張岱：「罷職歸田，優遊林下，苟能以義衛志，以智衛身，托方外之棄跡，上可以見故主，下不辱先人，未爲不可。」〔註9〕這是一種理想的說法，但遺民在實際生活中仍然會爲自己不能殉國感到愧疚。

　　擔當就曾在詩中表達過：「腸斷好音無覓處，殉身未遂怯生還。」〔註10〕一方面因爲殉身不成覺得自己偷生，一方面又抱持著「有待」的心態，「待恢

〔註7〕有關明末清初士人遊走的經驗，可參考孔定芳：〈清初明遺民的雲游行爲及其意蘊〉，《人文雜誌》，2005年第3期。趙園：〈游走與播遷〉，《制度、言論、心態——明清之際士大夫研究》，北京：北京大學出版社，2006年11月。
〔註8〕擔當：〈有二客失意而欲他往留之〉，《橛庵草》卷7頁331。
〔註9〕張岱：〈鄉紳死義列傳總論〉，《石匱書後集》卷23頁153。
〔註10〕擔當：〈贈汪宸初〉，《橛庵草》卷5頁203。

復」、「待中興」，不願放棄永曆政權或義軍復明的一絲希望，直斥「誰諳池底劫成灰。」〔註11〕或自我安慰「暫時雖俯首，齪齪豈能久？」〔註12〕、「誰知世事那可定，丈夫有志在一番。」〔註13〕然而隨著時間推移，海氛已靖大局抵定，回首過去，遂有「半生一枕了無能，睡醒依然骨似冰。」〔註14〕的心寂，時間無情侵蝕著遺民的壯志，這之中的種種幽微心緒也都交付流水中了。由於易代的經歷，個人的生命意識與歷史凝視更緊密的結合。

在太平之時，人從少年、衰老至死亡過程是緩慢的，戰亂的時候，人們目睹到生命的脆弱，生死只在一瞬間，這變化太大、也太快，給人的刺激和震撼也越強，易代的經歷，引發士人對生死的焦慮，遺民目睹戰亂中的死亡，距離死亡越近，生存的焦慮也就越深，詩人的詩歌中也出現有關陵墓、鬼魂、燈燭等死亡的意象。

表一：

類別	擔當詩中有關日月明滅與死亡的意象：
阡陌、丘墟	「即滿百年期，難免生死厄。生者不盡歡，死者葬阡陌。」〔註15〕 「昨日東鄰少，未幾貌已癯。今日西鄰老，奄乎成丘墟。」〔註16〕
蓬蒿、冬青樹	「先隴蓬蒿雖塞滿，冬青曾發一枝無。」〔註17〕 「西冷倩女情樓小，南渡忠魂墓草長。」〔註18〕
塚、祠	「草沒初埋塚，火燒將倒松。」〔註19〕 「衰秋草暗越王家，太古雲封虞帝祠。」〔註20〕
九嶷	「野老歸來望九嶷，一層煙水一茅茨。」〔註21〕 「去來總在艱危裡，何處逢人不九嶷。」〔註22〕 「行藏自分同僧懶，不必懷椒問九嶷。」〔註23〕 「莫瞋蠢侄忘丘隴，不忍回首見九嶷。」〔註24〕

〔註11〕擔當：〈感懷八首之六〉，《橛菴草》卷5頁227。
〔註12〕擔當：〈轅下駒〉，《橛庵草》卷1頁145。
〔註13〕擔當：〈自鬻歌〉，《橛庵草》卷1頁144。
〔註14〕擔當：〈答陳潤之〉，《儵園集》卷7頁118。
〔註15〕擔當：〈柬汪符倩〉，《橛庵草》卷2頁159。
〔註16〕擔當：〈雜興〉4首之3，《橛庵草》卷2頁157。
〔註17〕擔當：〈夢拜先大夫墓有感〉，《橛庵草》卷7頁329。
〔註18〕擔當：〈西湖懷古〉，《儵園集》卷5頁98。
〔註19〕擔當：〈同友人游三塔寺有感〉，《橛庵草》卷4頁201。
〔註20〕擔當：〈謝在杭先生由閩之任粵中寄懷作〉，《儵園集》卷5頁99。
〔註21〕擔當：〈題畫〉22首之18，《橛庵草》卷7頁350。

類別	擔當詩中有關日月明滅與死亡的意象：
鬼魂、鴟鴉 磷火、骷髏	「豺虎晝驅悵鬼魄，鴟鴉夜叫活人名。」〔註25〕 「白日鴟鴉摧膽魄，黃昏磷火照驅馳。」〔註26〕 「骷髏眼如漆，夜半看星飛。」〔註27〕
燈殘 孤燈 寒檠	「孤舟莫往湘江去，最怕燈殘夜雨時。」〔註28〕 「孤燈照影不勝情，近水茅堂冷氣生。」〔註29〕 「睡醒江樓已二更，有懷清夜對寒檠。」〔註30〕 「白叟若今不衰朽，風燭當風豈能久。」〔註31〕

　　陵墓作為個人生命的終點，催促詩人的腳步，逼仄著詩人面對喚不回的時間，包括逝去的人與前朝繁華。擔當詩歌中陵墓、荒草的意象，不只意味著遺民個人生死的焦慮，也指向歷史的創傷。《史記‧五帝本紀》：「（舜）葬於江南九嶷，是為零陵。」傳說舜到南方巡狩時，死於蒼梧之野，暗示著帝王不尋常的死亡。與陵墓相關的典故，還有多青樹。元世祖至元15年（1278），蒙僧楊璉真伽掘南宋六帝陵墓，宋遺民冒死收集高宗、孝宗遺骸，歸葬於紹興，並種多青樹以為標誌。

　　傳統的儒家用「道統」的角度去理解朝代更替，認為「五百年必有王者興」，這是一種以天下為己任的態度，但並不是每一位遺民都能像顧炎武、黃宗羲、王夫之等遺民大儒一樣，秉持著天下非一姓之私的立場，更多的遺民以一種共進退、共存亡的心態，見證一個朝代的繁華與滅亡。當蒙古的鐵蹄踐踏君父的陵墓，他們不免戚戚惶惶，憂心著正統將絕。九嶷，作為舜的骸骨所在之處。多青樹，作為宋高宗、孝宗的重葬之處，象徵著歷史的裂變與創傷，從未停止，沒有終點，深植在文人的集體意識裡，凝凍成時代交替的符號。

〔註22〕擔當：〈感懷〉8首之3，《橛庵草》卷5頁226。

〔註23〕擔當：〈葉榆送羅二吉歸楚〉，《橛庵草》卷5頁218。

〔註24〕擔當：〈答一忍師叔〉，《橛庵草》卷3頁173。

〔註25〕擔當：〈送客游蜀〉，《橛庵草》卷5頁238。

〔註26〕擔當：〈寓榆城喜葉天依從夜郎省親歸來〉，《橛庵草》卷5頁209。

〔註27〕擔當：〈戰場〉，《橛庵草》卷6頁241。

〔註28〕擔當：〈竹〉，《橛庵草》卷5頁209。

〔註29〕擔當：〈題畫〉6首之2，《橛菴草》卷7頁293。

〔註30〕擔當：〈留別〉5首之4，《橛菴草》卷7頁331。

〔註31〕擔當：〈戒詩並恤友〉，《橛庵草》卷3頁173。

　　人死後靈魂轉化爲鬼魂，《爾雅·釋訓》：「鬼之爲言歸也。」意味著人死後靈魂當離開塵世，回歸大化，但當人的意念和需求沒有被完成或被滿足，鬼魂的去向就不是歸去來兮，而是魂兮歸來了。晚明一則話本小說〈楊思溫燕山逢故人〉反映了這幅景象：「太平之世，人鬼相分；今日之世，人鬼相雜。」〔註32〕小說勾勒北宋亡於金後，市井中人鬼穿梭往來的幻魅氣氛。北宋官員韓思壽偕同妻子鄭意娘南逃，途中遇到金人，韓思壽順利脫逃，意娘不幸落入金人之手，意娘爲了不被玷辱，選擇自殺以明志，但始終念念不忘失散的丈夫，魂兮歸來徘徊人間，期待能與丈夫重逢，遺民的處境十分貼近小說中的意娘，被遺棄拋下，陷入一個孤立兩難的困境。是要活下去，等待下一輪太平盛世？還是殉節？〔註33〕擔當的詩展現易代之際人鬼相雜，詭譎迷離的氛圍，當詩人放眼望去，所見不是秦、淮河岸的兒女柔情，不是虎丘的盛集，而是南荒的密林瘴煙，豺虎、鴟鴞、鼅鼄、孽龍等兇獸在白晝橫行，鬼魅遊蕩於人間，荒塚遍佈於山岡，那麼還活著人究竟要立足於何處？倖存者仍徘徊飄盪在過去的回憶裡，傷悼逝去的輝煌，直指亂世文人流離無所寄的心理特徵，竟也如眷戀不捨離去的鬼魅，人與鬼，生與死，相去無多。

　　唯一讓擔當稍感到欣慰的時刻，是與故人剪燭西窗之下，「不忍看明月，聯床更寂然。燈殘語未盡，正喜夜如年。」〔註34〕「明月樓中一回首，啼鵑聲死血猶鮮。」〔註35〕與友人夜話，他內心的愁緒得以暫時抒解，但依舊是不忍看「明」月。當蠟炬成灰，旭日東升，又將分離，然而生在亂世，是否還有重逢的那一天呢？死生契闊，彷彿就在這日升月落之中，沒有什麼分別了。在更多的漫漫長夜裡，他閉處僧齋獨對青燈黃卷，那在風中巍巍顫顫的燈火，一滴一滴地逝去，一寸一寸地短少，個人的生命也不斷地流逝，國破家亡已是個事實，生命的缺憾再也難以彌補。正是王船山〈搔首問〉：「有待者終無可待，到末處無收煞處。」〔註36〕的遺民心事。

〔註32〕〈楊思溫燕山逢故人〉，收入〔明〕馮夢龍：《喻世明言》，台北：桂冠圖書，2001年，卷24頁478。

〔註33〕有關〈楊思溫燕山逢故人〉的情節與論述，可參考，韓南著，伊慧珉譯：《中國白話小說史》頁38～頁41，浙江：浙江古籍出版社，1989年；以及王德威：《歷史與怪獸》，頁217～頁218，台北：：麥田出版社，2004年。

〔註34〕擔當：〈與友人夜話〉，《橛庵草》卷6頁243。

〔註35〕擔當：〈覽何質虎藏楊升庵太史遺跡〉，《橛庵草》卷7頁297。

〔註36〕王船山：《搔首問》，收入《船山全書》第12冊，長沙，嶽麓書社，1996年10月。

二、今與昔之同在

除了陵墓、鬼魅、燈燭等死亡的意象之外，擔當的詩中亦出現了大量的
「舊」。

表二：

類別	擔當詩中「舊」的意識：
舊朝簪履 舊朝簪履 舊鶡冠 舊衣	「只爲滇南山色好，舊朝簪履半披緇。」〔註37〕 「舊朝簪履已零丁，醉眼逢君擬再生。」〔註38〕 「但將荷葉遮吾頂，不是當年舊鶡冠。」〔註39〕 「帝從日下搬新旨，誰在堂前捧舊衣。」〔註40〕
舊巢 舊草堂 舊草亭 舊山居	「巷對烏衣草色新，舊巢棲冷趁家貧。」〔註41〕 「幸存石寶多情月，猶照民間舊草堂。」〔註42〕 「煙雲變幻總無形，墨汁模糊舊草亭。」〔註43〕 「快雪時晴興有餘，得梅歸向舊山居。」〔註44〕
舊廟 舊曆 舊時苔	「何處川原鋤舊廟，儂家聲調采新枝。」〔註45〕 「南北漂零有所思，懶翻舊曆說前期。」〔註46〕 「陵谷雖無前日影，老僧只點舊時苔。」〔註47〕
舊雨 舊燕	「舊雨夜丁丁，愁人隔水聽。」〔註48〕 「其如窟狐又穴鼠，不憐舊燕與新鶯。」〔註49〕
舊山丘 舊江南 舊山河	「阿誰盤薄舊山丘，望斷鄉關欲買舟。」〔註50〕 「却喜經霜彫未盡，風流仍是舊江南。」〔註51〕 「中秘一函新制作，左圖萬里舊山河。」〔註52〕

〔註37〕擔當：〈紀所見〉，《橛庵草》卷7頁317。

〔註38〕擔當：〈贈李少白〉，《橛庵草》卷5頁238。

〔註39〕擔當：〈雪中感懷〉，《橛庵草》卷7頁306。

〔註40〕擔當：〈在雞足山憶盤龍寺蓮峰祖師遺蛻〉，《橛庵草》卷5頁213。

〔註41〕擔當：〈漫興〉7首之7，《橛庵草》卷7頁305。

〔註42〕擔當：〈寄鶴陽太守李相如兼柬杜司訓〉，《橛庵草》卷5頁214。

〔註43〕擔當：〈題畫〉6首之6，《橛庵草》卷5頁98。

〔註44〕擔當：〈題雪晴後尋梅〉，《橛庵草》卷7頁339。

〔註45〕擔當：〈竹〉，《橛庵草》卷5頁209。

〔註46〕擔當：〈春日懷友〉，《橛庵草》卷7頁337。

〔註47〕擔當：〈題畫〉6首之5，《橛菴草》卷7頁293。

〔註48〕擔當：〈懷友〉，《橛庵草》卷6頁242。

〔註49〕擔當：〈寫韻樓歌〉，《橛庵草》卷3頁177。

〔註50〕擔當：〈題畫送徐交伯〉，《橛庵草》卷7頁309。

〔註51〕擔當：〈得許而足書〉，《橛庵草》卷7頁309。

擔當的時間知覺也表現在懷「舊」的意識上，小至個人的衣冠、住處、交遊，大到所見的山河與鳥獸，無一不「舊」，「舊」的意識同時指向著兩種不同的時間向度，一方面是懷舊與傷逝，一方面則是「傳衍與遺留」。越是揭示衣冠之舊、草堂之舊、交遊之舊、宗廟之舊、山河之舊，越是顯現擔當內心強烈的文化失落，包括自我影像的在內，「但將荷葉遮吾頂，不是當年舊鵰冠。」〔註53〕對照過去與今日的自我影像，否定過去世俗的生活方式，但又因為沒有頭髮〔註54〕感到焦慮不安，這種身分認同的不連續性，體現了鼎革對遺民所造成的文化創痛何其強烈。「舊」同時也是一種告別的儀式，區隔過去與當下，一方面強調逝者已矣，比如：「舊主」、「舊山河」、「舊廟」，一方面卻又繾綣不捨，想要留住什麼？比如：「舊雨」、「舊衣」、「舊草堂」、「舊江南」，然而這些遺留下來的「舊雨」、「舊衣」、「舊草堂」、「舊江南」，也只是暫時以有形的姿態存在世界上，終會隨著時間灰飛湮滅，顯示出遺民時間觀念的弔詭處。遺民卻只能藉由回顧過去，才能更瞭解自己在歷史上的位置，讓自己釋懷。遺民對自我生命的思考以及對自我價值的體認，就建立在這種對「舊」的意識一再地確認中，藉由回顧過往的不可逆性，確認一己正處在歷史的特定位置上，形影短暫而姿態蒼涼。〔註55〕

對於遺民來說，最愴痛的心理經驗，莫過於在永恆的自然中，目睹人世又再流轉一輪。擔當在〈昆明池上劫灰亭〉云：

想像焉能得似滇，昔人開鑿是何年。

劫灰再見須史事，亭下依然繫酒船。〔註56〕

詩人遙想漢武帝開鑿昆明池的輝煌，與目睹明代終結，感嘆著一個朝代一去不復返，劫〔註57〕灰的「再見」與亭下的「依然」，對照出人世的流轉與自然現象在天道中一再復現。在此，從詩中發言者的時間知覺切入，歷史是一去

〔註52〕擔當：〈感懷〉8首之4，《橛庵草》卷5頁226。

〔註53〕擔當：〈贈李少白〉，《橛庵草》卷5頁238。

〔註54〕頭髮、衣冠在明清易代之際，引起大規模的文化焦慮，頭髮於是成為一種文化符號。見葛兆光：〈大明衣冠今何在〉，《史學月刊》，2005年第10期。

〔註55〕王德威：〈後遺民寫作〉，收於《後遺民寫作》，台北：麥田，2007年，頁23～70。

〔註56〕擔當：〈昆明池上劫灰亭〉，《橛菴草》卷7頁295。

〔註57〕「劫」的時間觀念，出自於印度佛教的宇宙觀，在無限的時空之下，「成」、「住」、「壞」、「空」四劫，然後是大火災、大水災、大風災，不斷地循環再現。

不復返的線性時間，而宇宙的生成則是永恆的循環再現，發言者的時間知覺從歷史的線性時間出發向宇宙的循環時間妥協。之所以會如此，是因為在中國抒情詩中，被特別重視的時刻，並不在歷史中發生的某一事件，而在宇宙循環時間中一再復現的「片斷」。〔註58〕

　　易代的親身體驗，讓佇立在昆明池邊的擔當，回應此情此景嗟嘆「劫灰再見須臾事，亭下依然繫酒船。」〔註59〕，然而此類的當下，具有文化的負荷，既是引起晚唐韓偓表達「眼看朝市成陵谷，始信昆明是劫灰。」〔註60〕的當下，也是引發南宋陸游表達「盛衰自古無窮事，莫向昆明嘆劫灰。」〔註61〕的當下。浸潤在詩詞傳統中的詩人，佇足昆池邊時，固然可以遙想漢武帝開鑿昆池的盛景，但不是每一位詩人都會對韓偓和陸游這兩聯詩句產生深層的共鳴，對明遺民而言，此一創痛的心理經驗，雖是由明清鼎革的情勢觸發，卻早在文化深層的集體意識中根深蒂固。文化每產生一次裂變，文人就抒寫一次民族心靈的痛苦，這些在文本中被書寫過的「裂變片斷」，不會隨著一代煙雲而消逝，會在下一次文化結構發生劇烈改變時重現。

　　遺民的文化創痛，有一部分的原因是政治上想「有所為」的意念無法被完成的遺憾。有一部分的原因是個人心理對前朝的認知與記憶並未隨著鼎革而停止，這是因為人對時間的知覺與對文化的知覺是連續性的〔註62〕，過去的文化場景已被組織內化成生命的一部份，在場記憶依舊歷歷在目，但前朝的事物卻隨著易代一一退場，過去化成記憶與當下的體驗同在，無法切割。伽達默爾（Hans-Georg Gadamer 1990～2002 A.D.）解讀海德格爾（Martin

〔註58〕蕭馳稱為「程式化的當下」：「這類當下首先意味著某種特定的情勢，即特定的季節、地理和社會環境。譬如懷古詩中的荒臺廢墟就是一種特定的情勢。……在每一當下，自然或社會環境通常與某種人類姿勢相關：墳塚荒臺使人悵然細懷，重九菊開令人有詩酒之聚；汀渚帆檣催人下送別之淚，高塔長空引人作萬里之眺。」見氏著〈中國抒情傳統中的原型當下〉，《中國抒情傳統》頁122，台北：允晨文化，民國88年。

〔註59〕同註56。

〔註60〕韓偓：〈亂後春日途經野塘〉，收入《全唐詩》，北京：中華書局，第20冊，卷681，頁7814。

〔註61〕陸游：〈蜀苑賞梅〉，見錢仲聯校注：《劍南詩稿》，上海：上海古籍出版社，1985年9月，頁744。

〔註62〕時間知覺是有賴於意識的持續，意識的持續讓我們感受到時間的經過。蘇珊‧朗格在《情感與形式》在〈時間意象〉中說：「我們從經驗中感受的時間，本質是經過。」

Heidegger 1889～1976 A.D.) 存在的思想時曾舉例說明：「人在經受某種喪失之痛，并不是忍受，不是慢慢地減輕傷痛，而是在意識中承受這種傷痛，在這種自覺的承受中，傷痛不是不著痕跡的從旁過去，而是持續地且不可避免地規定著人們自己的存在。」〔註63〕

遺民文學的珍貴之處，就在於遺民以一己的生命與這些古老的傷痕重遇並再一次銘刻新的傷痕。歷史的裂變與創傷既然不可擺脫，也不可能改變，就只有把歷史的裂變與創傷消解在更大的文化視野中，承受這種傷痛並且經歷自己的生命，才能克服這個斷裂的傷痕。從此一角度出發，遺民舊的意識，不再是忠君愛國，封建思想的糟粕，具有承受並消解歷史傷痕的積極意義。

三、傷夕與悲秋

前述我們提到中國詩歌中有三種時間觀點，個人、歷史與宇宙。如果說詩人在歷史殘蹟中所目睹的是人類功業相對於自然天道的脆弱，那麼季節的推移，草木的變化，則是再再撩撥文人內心的地老天荒之感。詩歌中宇宙時間觀點，總是伴隨日月星辰、山河大地以及四季循環的意象，「悲秋」則是在談遺民詩歌中的宇宙時間意識時的重要主題。

草木凋零本是時間推移的自然變化，卻讓無數騷人墨客為之愁容神傷。宋玉〈九辯〉云：「悲哉秋之為氣也！蕭瑟兮草木搖落而變衰，憭慄兮若在遠行，登山臨水兮送將歸……時亹亹而過中兮，蹇淹留而無成。」〔註64〕宋玉拈出「秋」為人類深層的情感——比如：悲傷、憂鬱、酸楚、痛苦，賦予具體形象，在該賦中延展出人生種種情境，遠遊、登高臨水、離別、貧士坎壈與羈旅淹留，錢鍾書云：「凡與秋可相繫著之物態人事，莫非『戚』與『悲』，紛至沓來，匯合『一塗』，寫秋而悲即同氣一體。舉遠行、送歸、失職、羈旅者，以人當秋則感其事更深，亦人當其事而悲秋逾甚……」〔註65〕，悲秋主題對歷代文人的感召力，正是出於宇宙人生的深沈意識，「其行進如馳，而莫之能止，不亦悲乎！終身役役而不見其成功，茶然疲役而不知所歸，可不哀

〔註63〕黃裕生：《時間與永恆——論海德格爾哲學中的時間問題》，頁156，北京：社會科學文獻出版社，2002年2月。

〔註64〕宋玉：〈九辯〉5首之1，收入《文選》收入〔梁〕昭明太子：《文選》，台北：藝文印書館景印宋淳熙本重雕鄱陽胡氏藏版，卷33頁479。

〔註65〕錢鍾書：《楚辭洪興祖補注》18則之15：「詩之〈君子於役〉等篇，微逗其端，至《楚辭》等燦然明備，《九辯》首章尤便舉隅……」，收入《管錐篇》，北京：中華書局，1986年8月，第二冊，頁628。

邪！」〔註 66〕，任何人類功業相對於亙古宇宙則了無痕跡。時間的流逝對於大自然來說，是宇宙運行的循環規律，但是對擔當來說，草木再度變黃凋零，反而是一事無成的殘酷見證。他亡國後的作品中，出現了大量「日暮路迷」、「西風」與「黃葉」等意象。（見表三）

表三：

類別	擔當詩中的日暮路迷與黃葉枯樹意象
日將西、路迷	「一山絕頂日將西，松葉參差路欲迷。」〔註 67〕
日沈西、路迷	「一樽酒盡日沈西，冒雨聲寒路欲迷。」〔註 68〕
黃葉、路迷	「一林黃葉日將西，古寺雲深路欲迷。」〔註 69〕
披緇、日已晡	「到我披緇日已晡，枉勞行腳在前途。」〔註 70〕
黃葉、落日	「來時猶記回頭路，黃葉林邊落日西。」〔註 71〕
斜陽、樹葉黃	「掉頭此去猶瀟灑，古道斜陽樹葉黃。」〔註 72〕
斜陽、回頭	「須記殘陽後，回頭再顧時。」〔註 73〕
斜陽	「世事已隨流水去，壯心空自對斜陽。」〔註 74〕
枯柳、日斜	「瓊芝玉樹誰春色，枯柳殘荷我日斜。」〔註 75〕
明月、殘荷	「水枯明月照殘荷。」〔註 76〕
病竹、枯松	「除卻病竹枯松外，紅紫何曾在眼中。」〔註 77〕
敗茅、老樹	「除了敗茅一把，只有老樹三株。」〔註 78〕
枯藤、破琴	「懶將傲骨去投林，放下枯藤枕破琴。」〔註 79〕
西風、秋聲	「不待西風搖落盡，筆尖動處有秋聲。」〔註 80〕
秋山、枯枝	「是誰槃礴秋山影、留下枯枝待我添。」〔註 81〕

〔註 66〕陳鼓應：《莊子今注今釋》，頁 563，台北：中華書局，1983 年。
〔註 67〕擔當：〈題畫〉，《橛菴草》卷 7 頁 303。
〔註 68〕擔當：〈留別〉5 之 1，《橛菴草》卷 7 頁 331。
〔註 69〕擔當：〈題畫〉8 首之 8，《儵園集》卷 7 頁 124。
〔註 70〕擔當：〈寄盤龍寺一忍師叔〉，《橛菴草》卷 7 頁 311。
〔註 71〕擔當：〈訪沈朗倩〉，《儵園集》卷 7 頁 119。
〔註 72〕擔當：〈山居〉10 首之 10，《儵園集》卷 7 頁 122。
〔註 73〕擔當：〈瀑布二首〉，《橛菴草》卷 4 頁 192。
〔註 74〕擔當：〈有感〉2 首之 1，《橛庵草》卷 5 頁 98。
〔註 75〕擔當：〈山居〉15 首，《橛庵草》卷 5 頁 98。
〔註 76〕擔當：〈寄懷萬耜庵遊昆明〉，《橛庵草》卷 5 頁 217。
〔註 77〕擔當：〈看花吟〉8 首之 3，《橛庵草》卷 5 頁 98。
〔註 78〕擔當：〈題畫〉4 首之 1，《橛庵草》卷 6 頁 277。
〔註 79〕擔當：〈題畫〉22 首之 1，《橛庵草》卷 5 頁 98。
〔註 80〕擔當：〈題畫〉6 首之 1，《橛庵草》卷 7 頁 293。
〔註 81〕擔當：〈題畫〉11 首之 6，《橛庵草》卷 7 頁 361。

　　王立云：「悲秋主題是社會人生中現實感受與自然類屬的意象群融合……悲秋之作是客體意象、特定情致、具體的風格主調，形成多種多樣的排列組合，彼此交叉滲透……不斷深化中國文人的深層心理結構。」〔註 82〕秋的蕭瑟與肅殺之氣容易與戰亂的社會情景銜接聯繫，《小雅・四月》：「秋日淒淒，百卉具腓，亂離瘼矣，爰其適歸。」〔註 83〕人生之秋、故國之秋、時代之秋交相滲透，庾信遭逢亂離寫下〈枯樹賦〉：「昔年移柳，依依漢南。今看搖落，悽愴江潭。樹猶如此，人何以堪。」〔註 84〕以樹遭移植而搖落，隱喻自身與國族的飄零，從時間的倏忽與空間的移轉，加深了悲秋主題的內涵。

　　擔當將悲秋題材一再書寫，同樣源自對家國與自我的時空凝視，以及個人與家國花果飄零的感概，他的悲秋詩作，結合「路迷」、「斜陽」、「葉枯」的客觀意象，隱藏一個流離他鄉、關山路遠、失路之人的形象，身體的遷徙以及精神的流離，都是一種難以淡化的人類情感經驗，在他的〈樹倒藤枯圖〉中，卷首是一頭戴幅巾，身著深衣的士人形象，童子隨侍一旁，他站立在開闊水面的小橋上，穿過彎曲小徑，迎接他的是兩株老樹，從山石迸裂伸展而出，互依相倚，怪森森張牙舞爪，孤峭屹立。在〈樹倒藤枯圖〉〔註 85〕中，兩株並列互倚長松的意象出現了三次，分別在卷首、卷中、卷末。

　　畫面自此一轉，爲一河谷，兩岸勢如犬牙交錯，河中密佈堅硬巨岩，艱險難渡，水流抵谷口地勢漸低伏旁廣，曲折前流，徐行入隱密的山坳。雲南地區山勢崎嶇與水流湍急，山塢與山坳星羅棋布，這些靠山臨水的封閉區域，也就成了躲避盜賊的絕佳居處。徐霞客〈滇遊日記〉中記載：「由是村南山塢大開，西爲鳳羽，東爲啓始後山，夾成南北大塢，其勢甚開。三流貫其中……皆良田接塍，縮谷成村。曲峽通幽入，靈皋夾水居，古之朱陳村、桃花源，寥落已盡，而猶留此一奧，亦大奇事也！」〔註 86〕柳暗花明又一村，山坳內幾戶人家，儼如自給自足的小桃源。對岸坡上兩株長松，枝枒明顯地向左傾

〔註82〕王立：《中國古代文學中的十大主題》，頁 160～頁 163，台北：文史哲出版社，民國 83 年。

〔註83〕《詩經・小雅》，台北：新文豐出版公司，1977 年 1 月，影印清嘉慶二十年江西南昌府學本，卷 13 之 1，頁 442。

〔註84〕庾信：〈枯樹賦〉，見庾信撰，倪璠注：《庾子山集注》，北京：中華書局，2000年重印，卷 1 頁 53。

〔註85〕擔當：〈樹倒藤枯圖卷〉，紙本墨筆，28 mm×545 mm，四川博物館藏。

〔註86〕徐霞客著，朱惠榮譯注：《徐霞客遊記・滇遊日記八》，台北：台灣古籍，2001年，第九冊，頁 2475。

斜，靜立在無人的幽谷，松下是一寒潭，被懸崖與峭壁包圍。此處畫面前端坡巒交疊形成一個 V 字，向後推展的水面盡頭是懸橫著峭壁，右邊緩坡上的兩株長松，與左邊丘巒的三顆小樹，與峭壁上倒垂的小樹，力量向中央的水面凝聚，形成中間鬆靜，周圍充滿動勢的張力，鄧椿《畫繼》評李成：「其所作寒林多在巖穴中，栽箈俱露，以興君子之在野也。」〔註87〕擔當此處作松下寒潭，繼承李成一派寒林平野的傳統，亦有君子在野的意味。

　　畫卷中的寶殿與佛塔，隱匿在深山叢林中，忽隱忽現。此處讓人聯想到擔當詩中的傷夕悲秋之意，「一林黃葉日將西，古寺雲深路欲迷。」〔註88〕、「一山絕頂日將西，松葉參差路欲迷。」〔註89〕如果我們將悲秋的審美積澱視作宇宙人生的深沈憂患的理性昇華，那麼〈樹倒藤枯圖〉未嘗不是藉由傷夕悲秋爲媒介，引起一種更深邃的思考，寺外一僧人拄杖自山外歸來，則讓人聯想「到我披緇日已晡，枉勞行腳在前途。」〔註90〕正是擔當自身流離他鄉、關山路遠、失路之人的投射，與卷首戴幅巾著深衣的士人形象相對照，僧人爲回歸，後者則爲「歸去來兮，田園將蕪，胡不歸。」回歸與歸去之間，看似方向不同，實則殊途而同歸，皆出於一場身心的大剝離。〔註91〕樹與藤，本是枝葉錯結，互倚又互依，個人與家園也是如此，樹倒藤枯，家破而人亡，只有在深刻省悟身體的遷徙與精神的流離，乃是時空轉換的必然性，才能進而冷靜反思安頓自我的方法。

　　穿越幽澗，畫面再度開闊，兩株長松的意象再度出現，點出「昔年種柳，而依依漢南；今看搖落，悽愴江潭，樹猶如此，人何以堪。」人世多變的意旨，樹倒藤枯，看似兩皆枯槁，全無生意，卻又在卷末又埋下伏筆，有一空亭翼然，立於懸崖上，隨著畫卷將結，將目光與神思都指向一個渾沌的太虛，

〔註87〕鄧椿《畫繼》：「李營邱，多才足學之士也。少有大志，屢舉不第，竟無所成，故放意於畫。其所作寒林，多在巖穴中，栽箈俱露，以興君子之在野也，自餘窠植盡生於平地，亦以興小人在位，其意微矣。」百部叢書集成影印學津討原本，卷9葉3。

〔註88〕擔當：〈題畫〉8首之8，《翛園集》卷7頁124。

〔註89〕擔當：〈題畫〉，《橛菴草》卷7頁303。

〔註90〕擔當：〈寄盤龍寺一忍師叔〉，《橛菴草》卷7頁311。

〔註91〕傅道彬：〈黃昏與中國文學的日暮情思〉：「白日西沈日暮人歸的億萬次重複積澱於文化的結構深層，形成了日暮催歸的結構。這一結構的正題是歸，反題是不歸。正題的表現形式由漁樵晚歸、林中歸鳥、空中歸雲等意象組成，而反題的表現形式常常是黃昏閨怨、羈旅斜陽、日暮送別等表現形式。」收入《中國文化》（風雲時代）民國81年11月，第7期，頁124。

空亭可以是起點，也可以是終點，只有當一個人離開了追求個人目的，一個時代的紛擾成為過去，才能超越慾望私利的觀點，過渡到反省與理解，進入宇宙的永恆。

撫州踈山匡仁禪師（845～935）參問福州大潙安和尚（771～853），兩人之間有一段禪堂應答：

> 師聞福州大潙安和尚示眾曰：「有句、無句，如藤倚樹。」師特入嶺，到彼。值潙泥壁，便問：「承聞和尚道，有句、無句，如藤依樹，是否？」潙曰：「是。」師曰：「忽遇樹倒藤枯，句歸何處？」潙放下泥槃，呵呵大笑歸方丈。……招曰：「潙山可謂頭正尾正。祇是不遇知音。」師亦不省，復問：「忽遇樹倒藤枯。句歸何處。」招曰：「却使潙山笑轉新。」師於言下大悟，乃曰：「潙山元來笑裏有刀。」遙望禮拜。悔過。〔註92〕

潙山和尚示眾云，不管有字句，還是無字句，佛法都是無所不在的。禪宗是不立文字，直指人心，佛法不在字句片言之間，踈山匡仁禪師執迷於有無兩個字，入了文字的迷障，所以沒有聽懂潙山和尚真正的意思，反問潙山和尚，那萬一樹倒藤枯，句歸何處呢？實際上，「如藤倚樹」，這四個字只是形象思維的比喻罷了，大約過了兩百年左右，這段禪堂應答又再被提起一次，大慧宗杲（1089～1163）是一位臨濟宗的禪師，並且也是促進公案禪發展一位始祖性人物。大慧公杲十三歲就出家，並且遍閱禪宗語錄，雲遊四方，但都沒有一位禪師能夠讓他心服，後來成為圓悟克勤的弟子（1063年～1135年），圓悟克勤給了大慧宗杲兩則公案，第二則公案就是「有句無句，如藤倚樹。」這則公案，讓大慧宗杲矛盾煎熬好一陣子，圓悟克勤後來網開一面，給了大慧宗杲一些提示，告訴宗杲，他本人當初是如何在五祖前表達他對這則公案的體會：

> 我問：「有句無句，如藤倚樹時如何？」五祖云：「描也描不成，畫也畫不就。」又問：「如遇樹倒藤枯時如何？」五祖云：「相隨來也。」
> 〔註93〕

葛藤是佛教，尤其是禪宗文化裡，一種常用的象徵符號，因其為蔓生植物，花開時，大型下垂的花型排列整齊，經常有 20～30 朵的花排列在枝端，

〔註92〕《五燈會元》，收入《卍新纂大日本續藏經》，第 80 冊，經號 1565，卷 13 頁 0268a。

〔註93〕《卍續藏》，第 79 冊，no.1559，卷 15，頁 381。

常被種植在佛寺或園林中成為觀賞植物，日本九州吉祥寺，種有許多大藤，藤花滿開時非常壯觀，是賞藤的名所。但因其糾纏不清，纏繞能力強，對其他植物有絞殺作用，所以被佛家比喻為執著和煩惱，出曜經卷三，就有一段話以葛藤為喻：「其有眾生墮愛網者，必敗正道……猶如葛藤纏樹，至末遍則樹枯。」所以禪宗又有打葛藤的說法〔註94〕。大慧宗杲聽到老和尚的提示，當下大悟。答案是什麼一點也不重要。圓悟克勤讓大慧宗杲參這個公案，主要目的是要驗證大慧宗杲是否已突破俗見，瓦解了有意識的理智，截斷自我的思考慣性、行為慣性、人格慣性。描也描不成，畫也畫不就，意指證悟的境界，唯有心領神會，非言語所能描述。

　　打葛藤的目的，本來是要「直下截斷葛藤」，也就是掃除糾纏繁瑣的陳詞爛調，看公案本來是打葛藤的手法之一，但如果公案參不透，那不但掃除不了葛藤，反而陷入一個「葛藤窠」了。在佛教裡語言、文字、事相本空，但如果執著於曲解語言、文字、事相，語言、文字才會成為葛藤。在無窮無盡的時間面前，任何語言、文字、事相本質為空，描也描不成，畫也畫不就，登岸就必須捨筏，但如果起了執著心，就會陷入葛藤窠，陷入無明和煩惱，擔當〈樹倒藤枯圖〉，就是從疎山「樹倒藤枯」這四個字來，樹倒藤枯，該如何自處呢？當樹倒藤枯時，天地朗朗，一片空靈，任何事相本質都是空的，佛法還是在，心也還是在，就怕自己一顆心看樹婆娑，情何以堪，傷夕悲秋，庸人自擾。

圖 7：〈樹倒藤枯圖〉引首〔註95〕

〔註94〕雪竇禪師選錄了一百則公案，對這一百則公案作了「頌古」，圓悟克勤又「評唱」雪竇這一百則頌古成為《碧巖錄》，在《碧巖錄》裡，圓悟克勤即評唱達摩回應梁武帝的提問是「一等是打葛藤」《大正藏》，第48冊，no.2003，卷1，頁140。

〔註95〕擔當：〈樹倒藤枯圖〉，紙本墨筆，四川省博物館藏。(畫冊版本《擔當書畫全集》，雲南人民、雲南美術出版社，58～59。

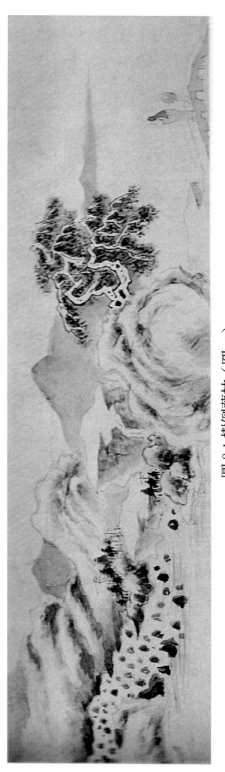

圖 8：樹倒藤枯（圖一）

圖 9：樹倒藤枯（圖二）

圖 10：樹倒藤枯（圖三）

圖 11：樹倒藤枯（圖四）

第二節　擔當詩畫中的空間意識

　　東西方對時空、宇宙和世界的認知和視角並不相同，使其哲學思想、藝術與語言的表達方式（如繪畫與詩歌）皆大異其趣。中國古代時空觀自始即認爲廣大無垠的宇宙中，充滿了氣，周遊流衍形成了萬物，本質是一渾沌而虛實相生的世界，《易‧繫辭》：「仰以觀天文，俯以察於地性，是故知幽明之狀」〔註96〕，中國文化基於這種對時空涵融相攝的不可分割性的認知，因此特別注重時空中，人的心理是處於流動狀態，就在左手收捲、右手開展之際，隨著視覺空間的流轉，經歷一場審美心理的時間旅程。這種長卷繪畫形式，成形於早期的竹簡，以韋穿過竹簡成卷，這是中國收卷與展開形式最早的起源。視線就在右手收卷左手展開中緩緩移動，在由右而左的瀏覽過程中，形成特有的移動視點。在敘事性文體成熟之後，長卷繪畫進一步與敘事性文本結合，產生人物故事的繪畫。兩件六朝長卷繪畫的摹本〈女史箴圖〉〔註97〕、〈洛神賦圖〉〔註98〕，都是以人物故事爲主題，內容來自兩個文本——張華〈女史箴〉、曹植〈洛神賦〉。

　　到了唐代，主流的文體不再是賦，而是詩。文體所發生的變化，也影響到繪畫的主題內容。〈輞川圖〉〔註99〕即是以王維〈輞川詩〉二十首爲文本，王維〈輞川詩〉歌詠輞川附近二十處勝景，描寫詩人於輞川別業中，可居可游的情趣，以及在其中息機養靜的心境。〈輞川圖〉吸收〈輞川詩〉的內涵，轉化爲圖像後，主題不再是人物，而是山水，全卷作二十景，此畫的重點主要在連結輞川二十處勝景，重覆用大山、巨石、流水或圍籬，隔出每一景成爲小單元，並在各景之上依次註明該景的名稱，山水樹木並置排列，沒有前後遠近的比例關係。此畫開拓新的山水畫形式，促使連景山水形成。

〔註96〕　《易‧繫辭》台北：新文豐出版公司，1977 年 1 月，影印清嘉慶二十年江西南昌府學本，卷 7 頁 143。

〔註97〕　〔晉〕顧愷之（摹本）：〈女史箴圖〉，絹本設色，24.8×348.5 ㎝，現藏英國大英博物館。

〔註98〕　〔晉〕顧愷之作（摹本）：〈洛神賦圖〉，絹本設色，27.1×572.8 ㎝，現藏北京故宮博物院。

〔註99〕　傳世的輞川圖臨本大約有三十件，此處所指的輞川圖，版本是 1617 年萬曆年間郭世元，依北宋郭忠恕摹本所刻的拓本，現存大阪市立美術館。參見石守謙等：《中國古代繪畫名品》，頁 18，台北：雄師圖書出版，2003 年 7 月。

連景山水的形式，影響日後文人畫作。喬仲常的〈後赤壁賦圖〉〔註100〕也採用連景長卷的形式，將蘇軾〈後赤壁賦〉的內容分作八段來表達，每段景物以山石、樹木相隔，旁邊都與文本互相對照。此畫的重點在於如何以圖解文，在於處理文本與圖像的互動，全卷的敘事結構分明，性質接近故事畫。但是文本中主人翁意圖超脫物外，高蹈遠遊的情感發展與變化，因爲受制於作畫目的在以圖解文，未能充分地被表達出來。

詩歌，作爲虛幻的情境，憑藉語言文字在時間中過渡來表達情志，繪畫，作爲虛幻的空間，透過圖像在空間中的展演來表達經歷，兩者都是一個客觀存在，但又是一個完全獨立的虛幻時空。繪畫與詩歌，是明遺民展現自我的最佳舞台。擔當繪畫的研究價值在於他十分注重觀者在瀏覽時的心理狀態，擔當的繪畫空間不僅是一視覺的空間，同時也是時空知覺與自我生命情境的空間，因此他在創作時，不採取以圖解文的策略，遠遊的「經驗結構」，在他畫作中一再重覆出現，將繪畫化作「追尋」與「失落」的情感形式，去詮釋內心中綿綿不絕的鄉愁。將遺民的「情感結構」〔註101〕化成爲「有意味的形式」。〔註102〕

一、登臨的空間意識

登臨的空間通常都位於高處，可以作爲遠眺他方的立足點。但登臨的目的，並不純然是爲了遊賞，更涉及「視角」轉換，觀察角度不同，心性也隨之轉移。登臨的過程，則具有自我實現的意味，藉由身體的移動，感受空間的移轉，以意志打破體力的限制，最後到達頂顛時，得到超越自我的快感。當佇立樓頭，或是在亭中休憩時，又是不同的趣味。心遊神往於千巖萬壑之中，達到一種自得自樂具有審美意趣的境界。

〔註100〕喬仲常〈後赤壁賦圖〉，紙本、水墨，長卷，29.3×560.3 ㎝，現藏美國納爾遜美術館。

〔註101〕情感結構（Structure of Feelings），最初是英國雷蒙・威廉斯（Raymond Williams）在《The Long Revolution》一文所提出的概念，他在書寫和藝術作品的研究裡使用這個概念，以經過選擇過的文本作爲分析的基礎，這些選擇過後的文本呈現出某種共通性，具有其特有的、固定的經驗模式，這些經驗模式可以變成較具普遍性的意識型態，用來描述特定時期人們對現實生活的普遍感受，這種感受飽含著人們共同的價值觀和社會心理，並能明顯體現在文學作品中。參見彼得・布魯克（Peter・Brooker）著，王志宏、李根芳譯：《文化理論詞彙》，台北：巨流圖書公司，2003 年，頁 363～364。

〔註102〕見李澤厚：《美的歷程》，台北，三民書局出版社，民國 85 年，頁 28。

登臨空間所能體驗的感受，是異於日常生活的：

> 手把白藤杖，方從谷中來。臨眺木末高，危巒鬱崔巍。
>
> 人迹迥不到，歸然聳僧齋。亭亭物之表，寥寥天之西。
>
> 豈惟小眾山，能令雲亦低。鷙鶴飛難過，猿狖望欲迷。
>
> 橫襟揮一嘯，開闔復重開。始知區中隘，此方闊絕哉。〔註103〕

詩人拄杖攀登從谷中而來，目的是爲了登臨遠眺。然而他所臨眺的，不是一望無際的平原廣陸，也不是沃流與長洲，而是木末與危巒。當人置身於在登臨空間時，能體驗到日常生活所沒有的「巨人的視角」，產生「豈惟小眾山，能令雲亦低」的豪邁情懷。詩人立於群峰之顛時，橫襟揮一嘯時，是一種睥睨人世的高蹈姿態。

登臨的行爲引起詩人心志的變化，藉由視角的綿延，照見空間的無盡，而空間的無垠打開原本鬱悶的心懷，觀察的視角亦隨之轉換，又引起新的、不同的心靈體驗，形成一個視角轉換與心靈變化的循環對話。明代文人對登山、朝山有極大熱情，對擔當來說，他們在登山臨水時，是一種自經驗中學習的態度，不僅只關注景物的形象美感，同時也可以觀察、思考、分析、感受自己內心與外在世界的關係。當他們反省登臨的經驗，觀照人在登臨空間中自我精神存在的變化，發現人在登臨空間中，暫時擱置已有的思維方式，忘卻日常生活的煩惱，體驗到精神的解放。到達頂顛之前的種種疲憊與苦惱，都好像在一瞬間消失了，產生解放感、滿足感。此時，人瞥見了一切東西在此所凝動的永遠性，並且「觀者」自己也好像在永遠之中。擔當筆下的山峰和草亭，也往往反映這種不畏艱險與孤獨的登山家精神。

〔註103〕擔當：〈贈訪〉6首之6，《橛庵草》卷2頁151。

圖 12：《千峰寒色冊頁》第二十一頁（局部）

右上角有題「仿范寬」三字

　　《千峰寒色冊頁》，紙本、24.8×29釐米。第二十一葉，瀑布在中國傳統畫論中稱爲飛泉，文人畫瀑布多以流暢的線條表現水的流動和流速，並將旁邊的山石渲染以襯托白練之美。此圖的構圖黑白分明又大膽，畫面中央，一道瀑布從山頭奔流而下，整個山頭雄峙盤據整個畫面，如同范寬〈谿山行旅圖〉的主峰一樣，右下角的懸崖立著一個小草亭。擔當此畫特別之處在於瀑布和山石都不用線條鉤輪廓，而是濃淡合宜的墨色渲染而成，利用黑白對比，突顯山的體積感與水的流動感。中央留白的部分是瀑布和白雲，瀑布的源頭被淡墨所勾勒出的白雲遮掩。讓視覺焦點集中在瀑布上，以雄踞的山石去襯托，而以白雲去相映，帶出飛動感，成爲一道靈動的飛泉，一紙斗方，卻氣勢磅礴。畫中的草亭孤立面臨飛泉，雖然是空亭，但只是人未至而已。《千峰寒色》第二十一頁，呈現出詩人登臨時「神與物遊」美感經驗，遺棄對自然山水顏色、形貌的捕捉，呈現人在登山臨水時，自闔自靜，自舒自卷的精神境界。

　　畫面中的空亭，象徵人的空間，只是人未到而已。懸峙山崖上的「亭」能夠提供一登臨的空間，由於居高臨下，處於俯瞰的角度，容易產生「會當凌絕頂，一覽眾山小」的崇高之感和豪壯之情。擔當〈題畫詩〉：「避影而今計已安，一亭壓破萬重巒。莫嫌此老猶多事，海闊須從高處看。」〔註104〕《千峰寒色》第二十一頁中的小草亭，實際上就是能夠壓破萬重巒的巨人，擔當筆下亭的意象，反映他孤特不群的人格精神以及拔地而起的大人意識。

　　登臨的空間與登臨的體驗，會引出人的藝術精神活動，也就是「神與物遊」。然而這種「遊」，並不僅止於對山水的審美觀照，也包含了一種「仰觀宇宙之大，俯察品類之盛。」的宇宙意識。這同時與明代心學標舉的個體意識覺醒，有互通之處。陳白沙：「宇宙內更有何事？天自信天，地自信地，吾自信吾。自動自靜，自闔自闢，自舒自卷。……人爭一個覺！纔覺便我大而物小，物盡而我無盡。」〔註105〕陳白沙認為，人的生命短暫無法窮盡宇宙之大，但可以透過良知的省察找到自我的位置，由自我生命情境的覺知進而達到自舒自卷的境界，明代心學對自我價值的肯定，也影響了繪畫。朱良志於《理學與中國畫學研究》云：

　　　　明代文人畫家對山峰非常感興趣，峰的意象實際上就是被放大了的
　　　　個體。……董其昌提出「丘壑內營」的觀點，更清晰地體現了心為
　　　　萬物主宰的心學思想。……「丘壑內營」與心隨物運、以期冥合是
　　　　完全不同的，後者並不是強調一切唯心造，而是強調忘我、忘物的
　　　　道家式的齊物，而丘壑內營是高高豎立主體意識，以一心去統領萬
　　　　物，將萬事萬物均統之於心，從而去營。〔註106〕

　　作為一個文學家與藝術家，擔當未必對陳白沙的哲學思維有深刻的了解，但他可以在登臨空間中體驗到相同的美感經驗，進一步引發對自我生命的省察。遼闊的天地與山水景象，除了可作為美感經驗的觀照對象與內涵之外，也可以引發一己生命情境的思索，登臨經驗可讓審美主體體察「天高地迥，覺宇宙之無窮」，在橫亙的時間長流中「識盈虛之有數，興盡悲來」。觀者在景物的「見」與「不見」的辯證中，覺知一己的生命存在，遺民在這種

〔註104〕擔當：〈題畫〉22 首之 3，《橛庵草》卷 7 頁 348。

〔註105〕陳白沙：〈與何時矩〉，《明儒學案》卷 5 頁 85，台北：華世出版社，民國 76
　　　　年。

〔註106〕朱良志：《扁舟一葉——理學與中國畫學研究》，合肥：安徽教育出版社，1999
　　　　年，頁 284。

登臨經驗中，觸動亡國的失落，「此地」與「舊鄉」之間的有著無法跨越的鴻溝，歸鄉之路何迢迢。〔註107〕

〈秋思〉

天涯不可問，終日上高樓。

誰識余懷抱，憑欄一片秋。〔註108〕

〈題畫送徐交伯〉

阿誰盤礴舊山丘，望斷鄉關欲買舟，

秋水長天人去遠，難將一色寫離愁。〔註109〕

「望斷鄉關欲買舟」，在這裡「鄉關」可以理解作地理意義上的鄉關，同時也是精神意義上的家園。此詩本是一首題畫詩，送給同是遺民的徐交伯。這首題畫詩，道出擔當讀畫的視角，是由高處往遠處延伸，與登樓的經驗相同，崔顥〈黃鶴樓〉：「日暮鄉關何處是，煙波江上使人愁。」一語道出鄉關的失落，這股失落讓詩人上下求索，終日上高樓，登樓似乎還不夠，更欲買舟，但終究是天涯不可問〔註110〕，在若有所失情緒之下的登樓眺望，所感受到的便是宇宙無盡的虛空，以及從這宇宙無盡的虛空中流溢而出的無盡孤獨。下聯「秋水長天人去遠，難將一色寫離愁。」〔註111〕典出〈滕王閣序〉：「落霞與孤鶩齊飛，秋水共長天一色。」〔註112〕，原句中王勃登滕王閣時，所見落霞與孤鶩拉高視覺的高度，再將把視線引領至水天相接之處，水天一色渾然一體，從空間的高度與深度，擴展出自然的和諧與宇宙的深遠。但擔

〔註107〕柯慶明〈從亭、臺、樓、閣說起──論一種另類遊觀美學與生命省察〉云：這類遊觀的作品，往往反映了一種如下的 「登臨」→「觀望」→「見」→「不見」→「情境的覺知」→「感傷」的這樣經驗結構。見氏著：《中國文學的美感》，頁295，台北：麥田出版社，2001年。

〔註108〕擔當：〈秋思〉，《橛庵草》卷6頁240。

〔註109〕擔當：〈題畫送徐交伯〉，《橛庵草》卷7頁309。

〔註110〕在這裡可以看到屈原嗟嘆昊旻形象，洪興祖《楚辭補注》解讀屈原的天道之問：「楚之興衰，天邪？人邪？吾之用舍，天邪？人邪？」，屈原的問天，舉其說是企圖得到答案，不如說是一種巨大的惶恐──任何人為意志行為與自然天道運行規律的相悖。擔當可以說在貧士坎廩，流離放逐這個層面上，繼承了屈騷的執著與宋玉的悲秋傳統。

〔註111〕同註332。

〔註112〕王勃：〈秋日登洪府滕王閣餞別序〉，收入《王子安集注》，上海：上海古籍出版社，1995年，《續修四庫全書》影印清光緒九年吳縣蔣氏刻本，1305冊，卷7頁368～369。

當的讀畫視角在「秋水長天」下接「人去遠」，「人去遠」是一股對人的執著，所思念的伊人，所眺望的鄉關，遠在視線不及之處。擔當讀畫中對「鄉關」產生的我執，使他深切體悟如同登樓體驗的「隔越空間」所造成的虛空感，這種虛空感來自遺民無法與時共進、停滯的時間感，卻引發無盡時間中深沈的孤獨，所有的覺知都指向「不見」的鄉關，卻以一種自我放逐的背離方式，精神上更無家可歸。

二、遠遊的空間意識

〈煙雲供養圖〉〔註113〕，全卷高 27 公分，長 469 公分，紙本、水墨。引首作者自題「煙雲供養」四字。擔當〈天遊曲〉云：「對爾青山面欲升，案頭殘墨盡成苔。不須更借王維手，自有煙雲供養來。」〔註114〕說明山水畫怡情養性的作用，使人達到審美境界的愉悅。

擔當在長卷繪畫中常用糾結的山脈、峭壁、或怪石來阻斷畫面，達到轉換時空的目的，看似完全中止，卻又運用水流或遠方山脈的方向暗示著未完待續，讓每段場景各自獨立卻又互相連結，整個畫卷由六段場景組成，完成「出發—追尋—城市—鄉村—深山—寺院—回歸」的空間移轉。

卷首從一片水域開始，水域中有樹石，岸邊有一茅舍，茅舍前兩株巨松參天聳立，一位拄杖的遊人，似乎在向隱居於此的隱者問路，圓顱斷髮的隱者，伸長左臂指引方向，遊人的視線卻回顧右方，似在回首來時路，畫面的時間就在這一回首與一指引中，取得短暫的停留，領導觀者，去想像他們的對話內容是什麼？路往前方蜿蜒崎嶇地延伸，穿越巨岩之後又開闊起來，兩座長廊橫亙在開放水域上，自右上往左下延伸，加強由右向左的行進方向，卻遇到一堵峭壁自左向右斜插，山體動勢的改變，造成一個空間轉折與時間停頓。（見圖 13，頁 108）

〔註113〕擔當：〈煙雲供養圖〉，（畫冊版本《榮寶齋畫譜》北京:榮寶齋出版，頁 36）
〔註114〕擔當：〈天游曲〉7 首之 5，《橛庵草》卷 8 頁 128。

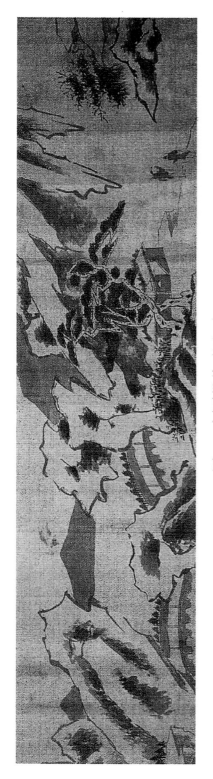

圖 13：煙雲供養（圖一）

圖 14：煙雲供養（圖二）

　　經過這一停頓，左邊再次出現居處的空間，三間草堂聚集在山腳下，更遠處遠山的用濃墨渲染，與近處留白水域呈現鮮明的對比。一戴笠扛鋤的村民正過橋朝草堂而來，身體往右手收卷的地方逝去，卻轉頭朝向展開的另一方揮手道別。擔當擅長以人物的手勢和姿態暗示讀者，時間不斷流逝，卻永無止盡。「逝者如斯，而未嘗往也。」〔註115〕兩塊突出水面的岩石呈三角形，頂點偏左，在視覺上，造成繼續向前的動感，但遇到一矗立的峭壁忽然嘎然而止，看似此路不通了，但水流繼續流向峭壁的後方。（見圖14，頁108）

　　越過峭壁來到後方，再度出現以兩人為一組的形象，一位戴笠的遊人與一位圓顱、斷髮、騎驢的隱者，兩人的身體朝同一方向，似在對話，騎驢的隱士伸長右手，指向遠方的山城，城牆裡有建築物與茂密的樹林，牆外是一片廣闊的水域，騎顱的隱者與遊人行走在通往城門的唯一小徑上，城門口是敞開的狀態。同一形象，再度出現就有了象徵意義。卷首拄杖遊人與戴笠的遊人，都朝著同一方向前進，都是為了追尋什麼，而圓顱斷髮的隱者擔任引路人的角色。兩人一組的形象，象徵著追尋者與引路人。（見圖15，頁109）

圖15：煙雲供養圖局部（圖三）

〔註115〕蘇軾：〈赤壁賦〉，收入《東坡全集》（文淵閣四庫全書本）卷33頁，台北：台灣商務印書館，民國72年，第1107冊，頁469。

圖 16：煙雲供養圖局部（圖四）

　　山城背倚高聳入雲的山峰，峰峰相連，在視覺上給人一種上下顛倒，渾沌未明的感覺。在山峰後則別有洞天，兩人一組的形象再度出現，（見圖 16，頁 110）與卷首的人物以及手勢相呼應（卷首人物，見圖 13，頁 108），兩株青松倒懸在他們頭上。一位伸長右壁指向前方，一位往右方收卷的方向而去，卻回首看他指引的方向。穿越矗立水中怪石與樹木，出現在眼前的是山腳下的山村。山村前有漁婆與童子撐蒿捕魚，山村後三座山呈三角形，底邊傾斜連成一斜線。最後一座山正面扭轉成圓弧形，後面就是峭壁，將畫面截成兩段。（見圖 17，頁 111）

　　一人戴笠挑著扁擔，背對畫面沿著懸崖從下方走來，身體朝右，即將消失在轉彎處，彷彿進入逝去的時間中去。（見圖 19，頁 112）這種角色與第二段場景中，正在過橋而背對畫面的村民形象相同（見圖 18，頁 112），具有轉換場景的作用，身體朝向右方承接上段場景，啓開下一個場景。但他們背對畫面，看不到表情，身在畫面之中，卻彷彿獨立於畫作的時空之外，好似傳統劇場的「撿場人」穿插交錯在舞台時空之中，他們是有意義地被置入畫面的時空中，提醒觀者：這是一個完整獨立卻虛幻時空，與現實的時空有別。

圖 17：煙雲供養（圖五）

圖 18：煙雲供養（圖六）

圖 19：煙雲供養（圖七）

　　在懸崖對岸的平臺上，六個人物為一組，才是此段場景中的主角，兩人戴頭巾，一人著幅巾深衣。一人戴方巾對坐童僕，童僕正在煮茶。一人圓顱斷髮在角落彈琴自娛，巾帽暗示他們的身分是文士，也象徵著漢族的文化傳統。（見圖 20，頁 113）這群文士不在城市中賞花飲酒，卻聚集在此封閉的深山之中，畫面雖然是無聲的，但從他們解衣盤礡席地而坐的肢體語言來看，雖身處幽僻，但能聆聽琴音，看煮茶的炊煙，過著與世無爭的生活。隔著廣闊水域的遠方，佇立著小草亭，「亭」象徵著心靈的休憩之所。

圖 20：煙雲供養圖局部（圖八）

　　畫卷往左推移，又是糾結的山脈，將畫面隔斷，在怪石的後面，是一座高聳入雲的寶塔，建築群以寶塔為中心，建築之間種植了松柏，一道圍牆將內外區隔開來，寶塔所在是神聖的空間，塔身周圍有彎曲扭轉的白色線條，象徵雲氣的流動。雲氣自寶塔底部上升到天空，聚集成濃密的雲層，然後化成雨水，再落入河川之中。煙、雲、雨，象徵生命的起源，落入土壤與河川之中，滋養天地萬物。（見圖 21，114）右方的圍牆外有一騎驢的文士與攜琴的童僕，正朝寶塔而來，用反方向的進行，造就一個頓挫，讓視覺再度回到寶塔之上。當畫卷再向前推進，雲層已經自山脈處飄過來，視覺焦點在江心一葉扁舟，扁舟中兩名文士對坐。與扁舟相對的是漁舟，漁舟上的漁夫身體朝向左方，回頭看著飄過來的雲層，正準備穿上蓑衣。遠處岸上楊柳依依，行人撐著傘，驢子馱著行囊，朝前趕路，加速時間進行的速度。水岸邊兀立的巨岩，幾乎要將畫面隔斷，但遠方用濃墨暈染的山不斷綿延，朝卷尾而去。（見圖 21，頁 114）

圖 21：煙雲供養圖局部（圖九）

　　進入了結尾，視覺頓時豁然開朗，呈現出「山隨平野盡，江入大荒流。」的景致，大量的留白中，並不是死寂，遠處山腳下三間茅舍聚集，還是有著生機。畫到卷尾，看似結束靜止了，但不要忘了，那煙雲正朝這飄過來。結束，只是另一個開始，「方生方死，方死方生。」（見圖22，頁115）

　　煙雲供養圖的構圖，就在「出發→追尋→城市→鄉村→深山→寺院→回歸」的空間移轉之中，標志著擔當個人經歷的生命周期。從卷首出發→追尋→城市，可視作擔當的青年時期，十三歲時補博士弟子員隨父到金陵，開始他求仕的經歷，懷抱著儒家積極入世的精神與經世濟民的抱負。天啓四年（1624）擔當入北京應試不第，轉而遊歷江南名山大川，結交吳下名士。青年的擔當，追尋以堯舜爲聖君典範的政治藍圖。城市→鄉村→深山，是擔當的中年，三十九歲，放棄生員的身分，從繁華的江南回到雲南家居養母，直到母親終老後，隱居鳳毛山下〔註116〕。中年的擔當，追尋著與世隔絕的桃花源。最後的階段，深山→寺院→回歸，是擔當的晚年，五十歲，因目睹末世的劫難，選擇皈依佛前，直到死亡。晚年的擔當，追尋著靈魂淨化之所，眞正的精神回歸之處。

〔註116〕高奣映：《雞足山志》：「鳳毛山，唐泰未剃染時，隱居其下。當朝旭射崖，其光若彩鳳之來儀。泰爲書香裔人，以鳳毛眂之。殆詩畫馳名天下，號擔當，構寶林庵於仙鶴山，即在此山之左巒上。」昆明：雲南人民出版社，2003年，頁103。

圖 22：煙雲供養圖（圖十）

由這種視野所呈現的空間結構，接近山水畫中的「深遠」法，郭熙《林泉高致》提到：「自山前而窺山後，謂之深遠……深遠之色重晦……深遠之意重疊……深遠者細碎。」〔註117〕〈煙雲供養圖〉用深遠視角，使觀者有山重水復，應接不暇之感，從出發→追尋→回歸的空間移轉中，感知人類心靈深處希求安樂治世的永恆願望。李豐楙〈六朝仙境傳說與道教之關係〉云：

> 從《楚辭》的〈離騷〉、〈遠遊〉的巫系文學系列，及由此發展形成的
> 遊仙文學，均以遊歷為其主題，六朝仙境傳說即基於同一母題，也遵
> 循著同一基型結構：出發→歷程→回歸。〔註118〕

大體而言，從《楚辭》以下，包含兩漢的士不遇賦，以及六朝文人的遊仙詩，共同的嗟嘆均源於生命的困頓與現實的迫阨，歸結為時間與空間的限制，促使中國文人採取一種超越時間與空間的模式——遠遊。錢鐘書分析〈遠遊〉云：「（前略）蓋視天地則人生甚促，而就人論，生有限而身有待，形役辛勞，仔肩難息，無時不在勤苦之中，自有長夜漫漫，長途僕僕之感，語含正反而觀兼主客焉。」〔註119〕〈遠遊〉：「悲時俗之迫阨兮，願輕舉而遠遊。」遠遊作為一個文學的基型，他的形式即出發→歷程→回歸的結構，它的情感正在「憂」與「遊」二字。

因罹憂而遠遊的代表人物——屈原，他不斷地鍛鍊自己的才能和品格，希望能成為輔佐君王的騏驥。這種對美政與理想人格的執著與堅持，卻與既得利益者產生抵觸，使他被棄逐於權力中心之外。憂鬱彷徨，無以逃脫，於是展開一系列的遠遊，叩天問閽上下求索，對宇宙洪荒發出了大哉問，企圖尋求解脫之道，但這一切質問與推理都無法扭轉他被棄逐的定局以及眼前的亡國危機，他寧願耽溺在〈山鬼〉與〈宓妃〉的迷離恍惚中，也不願離開故國，最終投向幽冥的懷抱。屈原「明知不可為而為之」的堅持與執著，對「士」這個階層有深遠的影響，明遺民堅持不戴青天，不履清土的氣節，與屈原這種深沈執著的精神一脈相承。

滿清入關，明王朝瞬間崩解，直接衝擊明末的文士，明清鼎革，不僅是政權的遞嬗，更是夷夏之辨，兩種不同文化強烈的衝突，明代以宗法禮教立國的價值體系面臨危機，擁有強烈道德勇氣，如：陳子壯、陳邦彥、張家玉，起兵抗清，捨生取義，名姓永垂青史。但有更多的文人被迫離開家園，終日悽悽惶惶、不知

〔註117〕〔宋〕郭熙撰，郭思編：《林泉高致・山水訓》（文淵閣四庫全書本）卷1葉
　　　　11，台北：台灣商務印書館，民國72年，第812冊，頁578。

〔註118〕李豐楙：《誤入與謫絳——六朝隨唐道教文學論集》，頁 295，台北：學生書
　　　　局，1996年。

〔註119〕錢鐘書：〈楚辭洪興祖補註〉第13則，見《管錐編》，北京：中華書局，1986
　　　　年，第2冊，頁622。

所措，徘徊在「出與處」、「政治認同與文化認同」之間。放棄儒生的身分，易服逃禪，變成一個不得已的選擇，但問題也隨著逃禪而產生。放棄儒生的身分後，就喪失社會身分的自我認同。社會身分是參與文化體系後，被賦予的身分與自我價值，不論之前是不是曾入仕，放棄原先的社會身分後，成為找不到自我定位的人。身分認同會帶來歸屬感，失去身分認同後，在心理上產生無處可去的漂泊感，迫使他們藉由「遠遊」、「瞻望」、等方式，展開對自我以及家的追尋。

〈煙雲供養圖〉作為擔當的心靈圖示，正是來自《楚辭》中遠遊系譜的深層結構，尺寸雖小卻變化莫測，隱喻人間情境如走馬遊觀，藉由連景山水的形式加以形象化。雖然圖象本身不利於敘述，但〈煙雲供養圖〉的深層結構本身就是一個隱喻，將遠遊文學中憂與遊並存的特質，轉移到圖象上，卷首，拄杖遊人的出發是藉由隱者的引導，遊走崎嶇蜿轉的丘壑、通過洞穴或橋樑，進入一個自給自足的人間樂土，而樂土的形式可能是靠河的漁村、堡壘式的山寨、或是藏隱在深山中的佛寺。這些不同形式的樂土都只能讓人的心靈得到暫時的安頓與歸屬，相對於宇宙時空，個人生命短促，家庭會離散，即使是體制龐大的國家也有滅亡的一天。〈煙雲供養圖〉以形象化的象徵方法，去解說人所居處的空間變化無常，讓詩人透過遠遊的過程中，看破人世間的滄桑，得到了啟蒙，洗滌心靈，讓自我的生命昇華到更高境界。擔當以〈煙雲供養圖〉訴說時間的悲情，空間的焦慮，寄喻遺民的生命情境，是一種天下之大，竟無可容身之處的淒涼。

三、瞻望的空間意識

〈陌上尋芳圖〉（圖23），立軸、紙本。山腳下同樣有追尋者與隱者的形象。近景的坡岸上，有兩人，頭戴荷葉帽的人伸長左臂指向白雲深處，身旁一人戴巾，攜帶童僕，伸長頸子探望所指之處，身後是兩株樹直立。中景左邊是高阜，右邊是緩坡，隔著水域相望，左阜斜峭，不見阜腳，右坡則平緩伸入水中，坡腳分明。遠景的部分，為了表現出山與山之間的距離感，先用淡墨勾勒兩塊長方形直立的主峰，再用濃墨暈染遠峰，峰腳沒入白色雲靄間。主峰淡，遠峰濃，間隔著雲靄，營造出距離感。從構圖來看，由於近景處有站立的兩人，直立的兩株樹，遠景處又有四座直立如削的主峰與遠峰，有強烈的上指效果，在所指與瞻望之間，路過的行人問松下戴荷葉帽的隱者，隱者指向天空，一片的渺渺，表示雲深不知處。

擔當不只在繪畫中表現瞻望遠方的意向，也常在詩中寄託意欲前往「他方」的情感：

> 高處誰能到，拳奇我欲探。濤翻新潑墨，雨洗舊堆藍。舍宅真無累，

買山亦是貪。拾將幾片雲，常在杖頭擔。〔註120〕

詩人有著強烈欲往他方的意向，但仍停留在假想的狀態，並未付出實際的行動，只能將視線的焦點置於飄渺的白雲深處。將那處要想要到達，卻又無法到達的，只存在所指與瞻望之間的，藉由水墨騰然紙上。〈陌上尋芳圖〉的空間結構，接近山水畫中的「高遠」法，郭熙《林泉高致》：「自山下而仰山巔，謂之高遠。……高遠之色清明……高遠之勢突兀。」山腳下行人與隱者瞻望的視野，所訴說的是一種現實生活中理想無法實現或不能實現的缺憾。

若只觀看畫面內容，這似乎是一幅「尋隱」主題的畫，但立軸上方留白處，有擔當自題的題畫詩：「尋芳陌上綺羅新，快雪時晴見早春。何處有情看指點，杏花遮掩玉樓人。」〔註121〕詩中未提及一個「隱」字，而畫中也不看出「芳」字，題畫詩描述的情景與畫中的情景未盡符合，無法以圖解詩，或以詩解圖，顯然此詩與此畫的「能指」與作者真正的「所指」中間還有很大一段距離。

從字句的表面來看，早春，冰雪消融，詩人穿上新衣欲遠遊尋芳，但四處不見春天的蹤影，於是問路上的行人，行人遙指遠方，抬頭一看，杏花正開得燦爛遮掩了駐足於玉樓上的美人。但若是深知典故與擔當生平經歷的人，或許能聯想到孟浩然的〈長安早春〉：「開國維東井，城池起北辰。咸歌太平日，共樂建寅春。雪盡青山樹，冰開黑水濱。草迎金埒馬，花伴玉樓人。鴻漸看無數，鶯歌聽欲頻。何當遂榮擢，歸及柳條新。」〔註122〕此詩是孟浩然四十歲之作，詩人在冰雪消融的早春來長安參加科舉考試，詩中透露出他躍躍欲試，捨我其誰的雄心，對前途充滿了信心和希望。但現實是，孟浩然與擔當，都因不被大環境允許，求仕無成，而閒居終老。明白這一點後，再看此畫與題畫詩真正的「所指」，不在追尋春花的美麗，而是再說心中有所求，然後卻尋不得、求不得的傷感，而他們念茲在茲的，正是那高樓之上被遮掩的「美人」。

想要真正了解這幅畫的意旨，就必須將與畫中「尋隱」而未知的情感，與詩中「尋芳」而不得的情感，詩畫互文互補，才能明白這幅畫真正想表達的，是一種進退失據，在出世與入世間徘徊的悵然失落感，這正是逃禪遺民擔當，內心最真切的寫照。擔當之所以想要前往白雲深處，是希望能解除現實中的困阨，也希望能夠逍遙自適，然而他的題畫詩卻隱微地透露，雖然理性上清楚地知道人世多累，僅供暫居，但在感性上他對自己未能用世仍有一絲缺憾。既然

〔註120〕擔當：〈山居〉12 首之 10，《橛庵草》卷 4 頁 190。

〔註121〕擔當：〈題畫二十二首〉，《橛菴草》卷 7 頁 350。

〔註122〕孟浩然：〈長安早春〉，《全唐詩》卷 160，北京：中華書局，1996 年，第五冊，頁 1658。

人世不能用，雲鄉亦不能至，上下求索的擔當跟屈原一樣，有著無處藏身的淒涼，但他並沒有選擇以死亡來解脫，而是選擇承擔並且超越自身生命的困局。

圖 23：〈陌上尋芳圖〉〔註 123〕

〔註 123〕 〈陌上尋芳圖〉，紙本、水墨、93×49 cm，雲南省文物總店藏。（畫冊版本朱萬章《擔當》頁 116）

第五章　擔當詩畫中的符號世界

　　明遺民由於神州陸沉、宗社丘墟的歷史境遇，產生複雜的生命感受：有時感慨滄桑替變，王室銅駝，有時因在政治、社會上失去優勢感到挫敗感，想要求助歷史人格，如：陶淵明、商山四皓，讓自己安於時命，但又擺脫不掉慚愧、懺悔、追憶等消極情緒〔註1〕，這些錯縱複雜的情感，時時在他們內心矛盾衝突。他們有表達情感的需要，但語言是屬於推論形式的符號系統，能使主體認識客體以及客體之間的關係，無法展現內在經驗的本質，更無法完整呈現不同情感間的發展、衝突與消逝。唯有將這些情感轉變爲可見的形式，運用非邏輯推論的表現符號系統——文學與圖像，才能將遺民的「情感結構」〔註2〕化成爲「有意味的形式」（significant form）〔註3〕，交流群體間的生命感受。

　　明遺民大多能詩善畫工篆草，如：陳洪授、傅山、徐枋，擔當以詩、書、畫三絕在滇南享有盛名，他的筆墨語言有強烈的個性與抒情性，不在傳統筆墨理論脈絡之中，畫作亦未廣傳於世，較少被傳統學者重視。他的畫沒有精

〔註1〕 王汎森：〈清初士人的悔罪心態與消極行爲〉頁405～451，《國史浮海開新錄》，台北：聯經，2002年。

〔註2〕 情感結構（Structure of Feelings），最初是英國雷蒙・威廉斯（Raymond Williams）所提出的術語，用來描述某一特定時期人們對現實生活的普遍感受，這種感受飽含著人們共用的價值觀和社會心理，並能明顯體現在文學作品中。

〔註3〕 李澤厚：《美的歷程》：「克乃夫・貝爾（Clive Bell）提出美是有意味的型式（significant form）的著名觀點，否定再現，強調純形式（如線條）的審美性質……純形式的幾何線條，實際是從寫實的形象演化而來，其内容意義已積澱在其中，於是才不同於一般的形式、線條，而成爲「有意味的形式」（significant form）。」頁28，台北：三民書局出版社，民國85年。

細的披麻皴、斧劈皴，卻用了更多心思在安排整個構圖的結構，以及人物的面孔、髮式、衣冠、棲所等符號表徵上，讓繪畫不只是視覺藝術，呈現人在時間與空間中的心靈歷程。

　　文學與圖像作為創作主體的情感結構和心靈世界的載體，所建構呈顯出的諸多象徵，背後都有其根源和文化的涵義。明遺民是如何運用文學與圖像來傳達、交流內在深層情感與其他主觀經驗的產生、發展與消失？本章節希望能從這個角度切入，達到對遺民的內心世界進一步的了解。

第一節　雲

一、人與宇宙的對話

　　西元 1661 年後，擔當對政治的態度由觀望、期待，轉而陷入絕望與黑暗，開始熱衷投入繪畫世界中。他作畫，基本上是托物寓性，遊戲遣興，藉由藝術來抒發他鬱悶的內在。宗炳〈畫山水序〉云：「聖賢暎於絕代，萬趣融其神奇。余復何為哉，暢神而已。神之所暢，孰有先焉！」〔註4〕古代中國的純粹詩人、藝術家並不多，每一位詩人與藝術家都具有士大夫身分，都是政治結構的一部份，宗炳暢神、臥游論滋衍於魏晉時代的高壓政治氛圍，文人的心靈俯仰於宇宙間物象流類，以無私的態度擁抱天地，將自己的精神寄託於所玩味的自然客體上，得到精神的自由解放。無論是文學還是圖象，他們的藝術創作不純粹是要感知、傳達事物的內容與意義，更需要將此種感知作一種外在的表現，這些自然客體便從現象界中被選取和孤立出來成為審美的對象，個人意念情思與這些審美的對象雙向交流，從一陣飄忽地情感，或是一幅未加剪裁安排的情境，由飄忽到落實，模糊到清晰，逐步地凝定在畫面上，成為表現、構築個人以及置身文化的方式。當作者賦予作品的意義是基於他所處的特定文化背景時，那麼生活在同樣文化背景或傳統中的觀眾，也可以在同一種圖式中，體會到集體的情感結構，引發共同的文化想像，若藝術創作只求個人情緒上的擺脫，不能將個人生命內蘊具象化呈放在所處的文化脈絡中，滿紙墨痕就只是個人的囈語罷了。問題在於，創作者從現象界中選取了哪些意象來建構圖像空間，進行安適其所或不得其所的思辯。

〔註4〕宗炳：〈畫山水序〉，收入《中國畫論類編》，台北：河洛圖書出版社，第一冊，頁 584。

在天津藝術博物館藏的《擔當山水人物冊頁》，六頁，李昆聲編《擔當書畫全集》刊出全部六頁，第一頁內容是一人舟中獨釣、第二頁內容是兩人相聚，一人持蕉扇一人戴巾，第三頁是三人品茗，第四頁是一人鳴琴，一人枕臂側耳聆聽，第五頁是一人閒步在一片虛無飄渺中，第六頁則是一幅山水小景，分別展示文人一方面徜徉在自然山水中，一方面寄情於漁樵、會友、品茗、知音的逸趣。畫幅的次序本身就可以引出非常有趣的理解可能性，在此將論述重點放在第五頁。

圖 24：《擔當山水人物冊頁》第五頁〔註5〕

第五頁的畫面內容沒有明確而完整的物象，籠罩在一片朦朧飄渺中，從上方天際的流水開始，盤旋的雲朵自然地將觀畫者的視線牽引至畫中人物，一位正在渡橋的文人。擔當以數筆快速的筆劃，簡率鉤出文人的形象，右上

〔註 5〕擔當：《山水人物冊頁》，天津藝術博物館藏，共六開，第五頁（畫冊版本《擔當書畫全集》雲南人民，雲南美術出版社，頁 117）

角向上牽引的雲霧，和左下角向下繚繞的雲霧，形成張力，平衡這兩股力量的是畫面中央那若斷若續的小橋，上下雲層的起伏感構成波浪形的構圖，由於中間夾著空白的水域，讓人不覺緊迫。這幅畫與其說是畫人物，不如說是他是在畫一個川流不息的時間之河，用遍佈畫面的繾綣雲氣鋪展了天空和水域，來自天際的水源，具生命起源的象徵意義。擔當將文人安置在溝通此岸與彼岸的小橋上，一個投射自我的人物「渡」的動作，是否也投射了心理狀態，他希望自我主體可以行止在這想像構築的空間中，涵有生命超升遠馳的意向，精神掙脫了塵世的樊籠，靈魂回歸氣化的宇宙中。在這裡，遍佈畫面引起觀者繾綣回旋感受的繪畫符號，為了敘述分析稱之為「雲」。〔註6〕

「雲」，作為籠罩第五頁整個畫面的繪畫符號，其來有自，追溯顧愷之〈洛神賦〉，可以看到大量對於雲和水的描繪，試將第五頁中雲的造型，與隋朝展子虔〈遊春圖〉〔註7〕以及李昭道〈明皇幸蜀圖〉〔註8〕的白雲造型比對，在〈明皇幸蜀圖〉中雲的造型，用細密線條勾畫出螺旋和渦卷的形態再敷彩，表達空氣的循環與渦流，這種藉由線條運動來表示煙雲的流動，並不是對眼睛視覺經驗的捕捉，來自生命所意識到的時間感，線條運動的本質指示時間的經過，而不是西方教堂壁畫中塊狀帶有體積感的雲朵，顯示中國的藝術特質重視時間意識，〈明皇幸蜀圖〉中的煙雲，並不是自然的再現，而是經過文化長期積澱的繪畫符號。在這個符號形式形成的過程中，時間的感知扮演重要地位。唐代畫雲的勾填技法，經過擔當的吸收與改良，先用細筆勾勒出雲的形狀再用淡墨暈染周遭，烘托出雲的潔白，整幅畫呈現玄遠的情調，是出於一種對太初混沌的嚮往。繪畫技法會與時具進，但雲的線條運動本質指示時間的經過，這一點，使「雲」這個繪畫符號具有時間性的意義。

我們可以回溯一下更古老的圖像意義，這已經從大多數人的讀畫體驗裡消失，甚至擔當本人也沒有意識到，卻存在中國文化脈絡的審美心理，神話相傳，從最初的渾沌中，盤古開天闢地，他的呼吸吐納化作雲氣。商周禮器上的雲雷紋，通常表現一種主觀地對天的信仰，出於先民對變幻莫測之自然現象的未知，以及植於崇敬的情感態度。敦煌石窟壁畫裡，菩薩說法與飛天

〔註6〕在這裡「雲」使用引號，使用引號是相對於分析過程才產生，而分析的過程含混了圖像的意義與文學的意義。

〔註7〕〔隋〕展子虔，絹本、設色，43×80.5 cm，現藏北京故宮博物院。

〔註8〕唐（傳），李昭道，〈明皇幸蜀圖〉，絹本、設色，55.9×81 cm，現藏台北故宮博物院。

舞蹈都腳踩雲澗，到了明代，傳統山水藝術，對於雲氣和水流的變化多端如何引起觀看者複雜的感受，已能自如地把握。有時舒展自如，有時蕩漾迴旋。此一符號在視覺感知裡，亦指向了「天」，當我們看到浮雲，我們不只想到具體存在的雲氣，也聯想到天空，甚至是天空之上迴盪不已的宇宙。白雲只是肉眼能察覺的一小部分，而空間是無窮的，不可定義的，這是將部分的視覺空間指向宇宙的空間比喻，「雲」這個題材一直是非常古老的宇宙象徵。此一象徵並非任意武斷，而是以甲骨文中「气」字之字形，以及易經與莊子思想中的「太極」為基礎。易經裡的泰卦，下乾天、上坤地，象曰：「由天地氣交而生養萬物，物得大通，故云泰也。」〔註9〕地氣受熱上蒸為雲，雲氣受冷下降為雨，此為古人所謂陰氣小往陽氣大來，天地交之理。在中國文化脈絡的審美心理，雲是氣的象形文字，是傳統象徵宇宙圖式的文化符碼。

　　當我們觀看擔當山水人物冊頁第五頁時，如果把視覺重心放在雲的圖形上，則圖形是幾筆流動的線條，而它所指向的茫茫太虛才是意義所在。擔當用簡單幾筆，在茫茫太虛中，劃出痕跡，畫中人悠遊於天地之間，回應宇宙的呼喚。宋明理學認為，天地萬物由一氣貫通，世界是一個龐大的氣場，萬物浮沈於一氣之中，而人也莫能逃避，朱子云：「天地之間，只是一氣耳。」〔註10〕陳白沙：「天地間，一氣而已矣。訑信相感，其變無窮。」〔註11〕這種氣化的宇宙論影響中國畫學甚巨，正是為了表現氣象萬千的世界，中國山水畫特別重視烟雲的處理，董其昌《畫禪室隨筆》云：「黃大癡九十而貌如童顏，米友仁八十餘神明不衰，無疾而逝，蓋畫中煙雲供養也。」〔註12〕畫中煙雲，並不僅只是自然現象的雲，而是生機郁勃生命之流，人類的文化脈絡也與這生命之流相生相息。「雲」，作為氣的象形文字，喚起觀者腦海發現它的所指——無垠的蒼穹，並與之對話，才是「雲」作為一個繪畫符號指示的所在〔註13〕。

〔註 9〕《周易》，台北：新文豐出版公司，1977 年 1 月，影印清嘉慶二十年江西南昌府學本，卷 2 頁 41。

〔註10〕〔宋〕黎靖德編：《朱子語類》卷 63 頁 43，北京：中華書局,1986 年。

〔註11〕〔明〕陳憲章：《白沙全集》（碧玉樓藏版）卷 1 葉 44

〔註12〕董其昌：《畫禪室隨筆》（文淵閣四庫全書本），卷 4 葉 2，台北：台灣商務印書館，第 867 冊，頁 475。

〔註13〕這並不是說，我們可以就此定義作為繪畫符號——「雲」的意義，這也是擔當表達仙隱主題喜愛運用的題材之一，〈題畫詩〉：「人稀樹密也氤氳，不似雲兮又似雲。只為此中山太古，仙凡鹿豕總成群。」他的品味偏向內在流動連續的線條，「雲」具有不確定性，可以變形、轉折、頓挫、濃淡，可以減弱線條輪廓、體積重量感，盡量避掉任何可能勾起觀者感官經驗的作法，觀者主

在擔當的山水世界裡，一切都在氤氳流蕩之中，即使人物也不例外，但在他的山水人物冊頁裡，畫中人並不是孤立的存在，一峰一石一草一木都以行雲流水互相連結，人不是只能被動地等待被時間洪流所吞沒，更可以縱浪大化，陶泳乎我，以自己的生命與宇宙俯仰優游，可以舟中獨釣（第一頁），或相聚言歡（第二頁），或把酒品茗（第三頁），或目送歸鴻、手揮五弦（第四頁），最後曲終人不見，只見江上數峰青（第六頁）。

即使大明帝國覆滅，宋明理學中一貫相承的氣化理論，仍有它積極的一面，它強調萬物不是各自零散的存在，而是相生相息互相連結，更肯定個人的心性，陸象山云：「宇宙便是吾心，吾心即是宇宙。」這種思維，讓明代遺民即使面臨國家滅亡，禮義道統斷裂、被羞辱的窘境，不是將國家、民族提升到置高無上的地位壓制個人與團體，不會將個人自我完全屈服於國家共同體，為一家一姓犧牲生命，但也不進入新朝的政治空間，黃宗羲標舉：「故遺民者，天地之元氣也。然士各有分，朝不坐，宴不與，士之分亦止於不仕而已。」〔註14〕因為人雖是政治的動物，必須營取群體的生活，但同時也生活在複雜悠久的文化脈絡中，更與天地萬物為一體。遺民雖然選擇不殉國，政治身分認同與文化身分認同的撕裂，讓他們從此有了後遺症，即使認知到人是齊同萬物，可以陶泳乎我，縱浪大化，滄海桑田的變異仍牽動著遺民生命深層的故園意識，使他們無可奈何地回顧那逝去的王朝，追憶古歷史文化的美好。

這也是為什麼擔當選擇以畫中煙雲供養，卻仍難掩失落地說：「煙雲變換本無形，墨汁模糊舊草亭。只道斯名畫可隱，轉教眾口說丹青。」〔註15〕這舊草亭的舊字何戚戚，箇中的追憶與傷逝，匯入《擔當山水人物冊頁》第五頁裡，雲繾綣的姿態烘托了畫中人物在水澤邊徘徊流連，一股悵然的情緒，流雲盤旋繾綣，隨風飄揚，帶有濃厚的楚人風神，瀟湘遺韻。

二、人與本心的對話

一個內外激烈矛盾的人，常常是失語。遺民的失語，是文化的失語，因為不管他們尋找理論依據說服自己懦不能死的合理性，用任何言說方式來說明自己的生存境遇，都是已然覆滅後的說法，身為士大夫，面對原有的君臣

體不是因為物質性（感官經驗）而有感，而是因為迷離朦朧氣象混沌的畫面，就如同觀看水中之月，鏡中之象，萬物折射在水面的影像時刻都在晃動中。

〔註14〕黃宗羲：〈謝時符先生墓誌銘〉，收入《黃宗羲全集》（杭州：杭州古籍出版社）第 10 冊頁 411

〔註15〕擔當：〈題畫〉六首之五，《橛庵草》卷 7 頁 319。

倫理喪失，在明祚斷絕之後，在言說空間以及言說方式成為「遺」留的狀態下，遺民對自我的定位，以及任何書面文字表述，在易代之際的輿論與下一代的質疑面前顯得更加艱難。作為一個圖像的雲，本身是無法說明遺民兩難處境下的幽微情懷，但作為繪畫符號的雲則就不同了，繪畫符號並非只是模擬我們的視覺經驗，而是透過感染、喚起欣賞者用自身想象去填補，是源自於創作產生文化系統的符號投射，具有多義性與模糊性。若想了解擔當想透過繪畫所傳遞的精神訊息，尚必須考量擔當的繪畫符號究竟就從什麼歷史環境生成，檢視在畫中被運用的方式為何，以及詩畫互文的辯證關係。

　　在擔當的畫中，「雲」主要有三種作用。第一種用在立軸或是長卷上，在佛塔的周遭環繞，表達彩雲、祥雲。第二種用來營造迷離淌洸的氛圍，將投射自我的人物或投射居處的寺廟、茅廬，安置在不真實的夢境中，與現實疏離，展示強烈的時空異化感，形成《擔當山水人物冊頁》第五頁，曲折幽微，哀婉徘徊的風格。第三種，則在小尺寸的山水冊頁中，將畫面朦朧化，取消線性的秩序以及輪廓層次，佛剎被安置口袋型的山坳中，雲環霧濕交織出晃動不安的微塵世界。擔當〈為秘傳作山水圖卷〉，〔註16〕卷尾題跋。此畫以營造淡遠的大色域為基調，由淡至濃的墨點重複積染出面積，運用墨點和留白來捕捉雨中即景，萬物在不規則的雲氣和微光折射下被揉成零零碎碎的影子。從運用墨點積染的手法來看，擔當吸收米家雲山的傳統，更進一步突破物象限制，山不似山，雲不似雲，擔當的雲，已不是米家的雲，是自成一家。他在畫上題跋：

> 余初入山，未知此山道路，亦不知此山佛剎有某某。偶遇秘傳兄來索畫，問其所居，云在到影處。余嘆曰：「大地山河，影也，微塵世界，影也，千二百五十人影也，六十二億名字影也。影乎影乎？吾無影乎？爾也，今此之影，樹耶？雲耶？人耶？物耶？有相之相耶？無色之色耶？人工天巧皆不可知。但居此者，雖在影中，實在影外。一切有形無形，無非夢幻。夢幻破滅，無形有形。秘兄曰：「今而後吾從實處著腳矣。」當時雲散天青，圓實中加一鐵屑去矣。孰為倒影？〔註17〕

〔註16〕卷首題：「癸未（1643年）夏日雨中似秘傳兄，唐泰。」　崇禎十六年（1643年），此時擔當剛初入山為僧，懷疑未有法號，故仍用俗名落款。

〔註17〕擔當：〈為秘傳作畫書後〉，《橛庵草》卷5頁98。

圖 25：〈為秘傳作山水圖卷〉〔註 18〕

　　秘傳向擔當索畫，擔當問秘傳：「居處在哪？」秘傳：「在倒影處。」擔當聽聞突然靈光一生，似有所悟，隨手拈來而成此畫。這場禪堂應對，是一種內心的直觀感受，某種心靈瞬間永恆的體驗，通過個體的直覺、頓悟，而達到一種對自由人生境界的追求。擔當的心境三轉，首先是初入山，身處迷霧，問來客居處在哪？從來客的回答，領悟到世界如微塵芥子，一切有形無形，無非夢幻泡影，萬物看似身在影中，實在影外，最後當下直入，撥開雲霧見青天。他的一筆一畫，皆不在模擬視覺經驗，不是爲了捕捉物象，大地山河、樹、雲、人、物，都只是短暫的色相，因爲他深刻的體悟：「一切有爲法，如夢幻泡影，如露亦如電，應作如是觀。」這種感慨，是因爲舊有的生活方式和文化傳統被打破所致。圖像與畫跋並存同一畫面，畫跋提示、引導讀者用自身想像去填補文字敘述與圖像兩者之間的縫隙，身爲畫家的擔當期待能守得雲開，卻怎麼也撥不開，但偏偏做爲詩人的擔當，就是想將這層濃霧撥開，還給山河一片澄明。

〔註 18〕擔當：〈爲秘傳作山水圖卷〉，紙本墨筆，麗江東巴博物館藏。（畫冊版本 《擔當書畫全集》，雲南人民，雲南美術出版社，頁 78）

圖26：〈一笻萬里圖〉〔註19〕局部

他的題畫詩：「拂袖歸來路又分，一笻撥破數重雲。不知何處有幽寺，鐘在黃昏山後聞。」〔註20〕，詩作流露出，旅人拂袖歸來卻無所適從的情感，欲用一笻撥破萬里疑雲，不知何處忽傳來鐘聲。將此詩對照〈一笻萬里圖卷〉，長卷呈現遠遊敘述結構，一名頭戴幅巾、身穿寬衣大袖的文人站在起點，雙手虔誠合十朝深處的佛剎前進，雖然聽到鐘聲知道佛剎就在前方了，但是他還沒有到達那個地方。詩句說「一笻撥破數重雲」，但整個畫面卻是朗朗乾坤，一片明淨，哪來的雲呢？原來雲就縈繫在擔當的心頭，《壇經‧懺悔品》：「忽遇風吹雲散，上下俱明，萬象皆現。」〔註21〕畫面與詩作兩相辯證，呈現由迷漸悟的歷程，雖然他已經見性，但是他的心還未明，可見擔當走得是曹溪漸悟一路。〔註22〕擔當內心經歷的情感變化與漸悟過程，是模糊、籠統無法由文字表述的，只能藉由畫面中文人遠遊敘述的結構提供一個基本框架來引導讀者，當讀者主動匯入自己的經驗和領悟時，這一幅作品才真正完滿具足。

三、心田的外化

　　繪畫形式是一個容器，傳統筆墨語言記號系統是一個工具，容器可以複製，使用工具可以學習，但是每個時代的精神面貌都是獨一無二，擔當畫裡那千姿百態的雲，有時舒卷自如，有時糾結盤旋，而他筆下的煙雲，更令觀者沈思默想，神游嚮往。

〔註19〕擔當《一笻萬里圖》，長卷，紙本、水墨，縱 25.2 cm，橫 469 cm，卷末題：「送用如兄遊江南，擔當畫並題」，現藏雲南省博物館藏。（畫冊版本 《榮齋齋畫譜》，北京：榮寶齋出版社，頁35）

〔註20〕擔當：〈送八德大師歸蜀八首之五〉，《橛菴草》卷7頁281。

〔註21〕《六祖大師法寶壇經》（《大正藏》，第48冊，經號2008，卷1頁353b）

〔註22〕從秘傳與擔當禪堂應答來看，此為曹洞接化學人的特色。《人天眼目》卷三〈曹洞門庭〉：「曹洞宗者，家風綿密。言行相應，隨機利物，就語接人。」

　　鈴木敬〈担当とその周辺、絵画について〉指出，擔當把模糊的雲彩當成有形物，而把那塊雲固定在畫面裡，這是擔當畫的很大特色，所以在他的作品裡看不到被雲霞消掉的山腳或遠山。在《千峰寒色冊》之九（按：指畫上題仿范寬的一頁，見本文頁 121。李昆聲主編《擔當書畫全集》，放在第二十一頁。）雲彩的存在構成了畫面，而由雲彩流下瀑布。整體畫面的大部分是稚拙的濃墨、或粗或細的勾勒線且較多的筆致來畫遠山，這麼靠近讀畫者的視線，而又歪斜的瀑布，是在以前的中國作品裡所未見的。而在〈為秘傳作山水圖卷〉裡，這幅畫擔當不是使用潤墨畫的，又不是用暈染，而是把焦墨沾上筆頭來擦上畫面。由此可看出他一點都沒有考慮到中國山水畫法。用與千篇一律的描寫法不太一樣的方法來表現雲彩，粗放的運筆表現出巨岩的濃淡、餘白及魁岩。這點也是他的特色〔註23〕

　　這樣把雲固定在畫面裡的表現手法，在擔當的〈釣翁小憩圖〉（圖 27）表現的更明顯，它所展現的變形，與現實生活相去甚遠。像是先剪出一個輪廓覆在畫面上，然後再輪廓周遭落墨，最後將覆在上面的紙移去，繼續在上面作畫，這也是一種描的技法，造成一種不透視的趣味，讓畫面被分割成不同的幾何塊面，與為〈秘傳作山水圖卷〉中迷濛的感覺是完全不同的美感，但這樣的技法不是模仿自然界的雲，目的在讓畫面有強烈的視覺趣味，進一步對客觀事物進行分解與抽象，「雲」不是為了造成虛實掩映效果的空白，變成幾何意義上的空白了，在《千峰寒色冊頁》中仿范寬的作品，以及〈釣翁小憩圖〉雲彩的存在構成了畫面，並不是作為空白的虛與作為實體的山相互掩映，在這兩幅畫裡，「雲」就是擔當所要表現的主體之一，雲是一個「表現的實體」，與畫中的山、草亭、瀑布同等重要，都是構成畫面的符號。不論是米友仁〈瀟湘奇觀圖〉〔註24〕還是高克恭的〈雲橫秀嶺圖〉〔註25〕，此時構圖中的留白作為水或雲或天的延展，是一種抽象的空白，是虛實互動的關係，而不是被固定在上面，同時也是文人崇尚平淡天真的一種筆墨表現。「雲」在擔當《千峰寒色冊頁》仿范寬的作品裡，卻被固定在畫面上，變成一個「表現的實體」了，是一種心智上的再現，而不是自然的再現，是作為一個繪畫符號在畫作中出現，不只是擔當構圖

〔註23〕見鈴木敬：〈担当とその周辺、絵画について〉，日本東京，《美術史論叢》，2002 年第 18 期，頁 98 下第 8 行。

〔註24〕〔南宋〕米友仁：〈瀟湘奇觀圖〉，1135 年，紙本、水墨，289.5×198 ㎝，現藏北京故宮博物院。

〔註25〕〔元〕高克恭：〈雲橫秀嶺圖〉，絹本、淺設色，182.3×106.7 ㎝，現藏台北故宮博物院。

裡的表面圖像，不是只追求形式美感而已，同時也在擔當的思慮之中，形塑一種抽象空間，這種抽象空間即是性靈的探求，獨到的留白。

圖 27：〈釣翁小憩圖〉〔註 26〕

〔註 26〕擔當：〈釣翁小憩圖〉，圖軸，雲南省博物館藏（畫冊版本 《榮寶齋畫譜》，北京：榮寶齋出版社，頁 22）

圖 28：〈無稿山圖〉〔註27〕

〔註27〕擔當：〈無稿山〉圖軸，綾本墨筆，（畫冊版本 《榮寶齋畫譜》，北京：榮寶

　　這幅山水立軸，整幅畫面可以分為三個段落，前景為人世的圖景，一葉扁舟停泊在水澤中，舟上漁父一人搖槳，一人撒網，路上童僕手提燈籠，遙指柳蔭下的茅廬，中景是隱藏在深山中的佛塔，佛塔本身只是簡率幾筆的幾何造型，卻暗示著更深遠的空間，後景是反映點蒼山、洱海地區獨特的地理景色，夏季雨後，由於高山氣候和氣流快速流動，形成玉帶雲橫鎖點蒼山腰的奇景。此畫用墨逐步層遞，遠方山巖筆直陡峭，突出雲間，先以淡墨勾勒出簡單錐狀的山形，三座主峰以 Z 字形曲線排列來營造空間的高遠以及連續性，再以淡、濃墨暈染出山體、山之山之間的雲海，最後用焦墨的墨點，積染出山體的蓊鬱以及雲深不知處的深邃感，難以區分究竟是林木森然還是煙嵐點點，在白雲如帶以及瀑布傾洩而下，雲、霧、雨、山合而為一，三座主峰彷彿是海外仙山，莊嚴的寶塔在雲海中忽隱忽現，觀畫自有清風除來，透露出佛家離塵出世的淨土意涵，白雲深處，正是靈魂淨化之所，與此畫下半部的悠然自得的人世圖景形成有趣的對比。

　　米家的雲點，是傳統筆墨語言記號系統中重要的符碼，擔當這幅畫裡的山、樹、雲，依稀可以看到米點的痕跡，但全畫的表現，與其說接近宋朝的米家雲山，不如說比較接近元朝的朱叔重，〔註 28〕從〈瀟湘晴雨〉圖來看，米家雲山基本上是水平舒展，淡遠風格，代表的是文人對平淡天真的一種嚮往。而擔當此圖，則追求縱深，垂直走向的長方形畫面清楚地分為上下兩個部分，上半部的焦點是瞻望角度的寶塔，下半部的焦點則是俯視角度的茅廬屋頂，引導我們視線上下移動就是「雲」。「雲」在擔當的構圖引人注目，能讓散漫的思考停下來，轉而以沉思默想的方式觀看，如果他的畫就是他心中的視域，那麼這幅山水立軸下半部俯視的角度，能讓他在雲層之間，看到底下的事物，看到搖槳的漁父、看到指路的童僕，看到他曾經居處過的茅廬，知道我是誰？我來自哪裡？上半部瞻望的角度，遠方如懸刃般的山峰，只有極少部分的隱士才能爬上，在深山中的佛剎住下來，背景的霧氣讓佛剎與寶塔更加醒目，然而寶塔只是跨越彼岸前的最後庇護之所，生命的追求卻遠超過於佛剎所能提供的。

　　不管是《千峰寒色》冊頁裡的雲，還是〈釣翁小憩圖〉裡的雲，或是〈無

齋出版社，頁 26）
〔註 28〕朱叔重（生卒年不詳）。〔元代朱叔重秋山疊翠軸〕。《數位典藏聯合目錄》。引用連結 http://catalog.digitalarchives.tw/?URN=260853

稿山圖軸〉裡的雲，擔當構圖中的「雲」，雖然抽象，但並不是屬於西方抽象主義注重幾何形式的發展路線，不只是追求視覺上的趣味，因爲用眼睛去看畫，畢竟跟用心去看畫不一樣，打破觀畫者的視域（horizom），才是他的目的，這表示他已經徹底了解「雲」在中國文化裡的本質，他在〈無稿山圖〉畫中自題：

> 老來手拙性亦慳，得趣乃在遊戲間，
>
> 篆籀可學筆不古，不如槃礴無稿山。〔註29〕

當詩以題畫詩的形式介入畫面，那留白處就不再是實體的空間，才開始容納想像與無限，文字語碼能夠幫助我們在畫面外尋求一個觀照的方向，使得「槃礴」此一文字語碼流露出的形象〔註30〕，介入畫面留白空間，加深觀畫者，藉此釋彼的哲理思維深度。《莊子·田子芳》有言：

> 宋元君將畫圖，重史皆至……有一史後至者，儃儃然不趨，受揖不立，因之舍。公使人視之，則解衣槃礴，臝。君曰：可矣，是眞畫者也。〔註31〕

由此可知，繪畫做爲人類抒發精神訊息的產物，不應只是手和筆的造作，心田的外化，方是眞畫。解衣槃礴，臝。意指解衣箕坐，裸露眞身，這位裸露箕坐的眞畫者，剝除了世俗的外衣，象徵剝除禮制的外衣，呈現一種最鬆弛自在的狀態，在舉止中流露出一種無畏無懼的氣質，這才是心性最眞實的展露。藝術家必須要能像這位解衣槃礴的眞畫者，才能發揮主體精神，陶泳宇宙，披解萬象。從詩眼「槃礴」二字去瞭解，「雲」在擔當的構圖裡，不是視覺比例、分割或平衡的問題，而是精神的解放，神與物游，讓觀者在觀看的當下，免除禮制的束縛與世俗的紛擾，生命並不只是追求自身的解脫，而是要能得大自在。就因爲擔當所追求的，不是刻畫，而是心畫，也因爲他對理想的追求，反映在畫裡，讓石濤大嘆：「此非米南宮、高尚書之流也。」

> 春來無事不狂游，笑折名花插滿頭。一自爲僧天放我，而今七十尚風流。此念年前友人吳文南曾誦此詩，云是頭陀擔當所作，因想其人了當處。今年壬午又六月，過劉小山年翁，壁間觀此，而大有解

〔註29〕擔當：〈題畫詩〉11 首 3，《橛庵草》卷 7 頁 361。

〔註30〕視域（horizom），在英文詞中亦即地平線的意思，人站在地平線上看任何東西，都有一定的範圍和侷限，不管站在地球上任何一個角落，只要地心引力存在，人的視域就有所限制。

〔註31〕《莊子》，台北：藝文印書館，民國 89 年，卷 29 頁 396。

脫之相。問之，曰：擔當老人也，苦爲煉士出家者。初不識字，淨

悟生慧，無多弄墨，此非米南宮、高尚書之流也。識者但觀峰上下，

有獨得之意。主人命書其上，清湘大滌子濟青蓮草閣。〔註32〕

雖然畫的收藏者給了石濤錯誤的訊息，但是石濤一語就點出來了，擔當的「淨悟生慧，無多弄墨」這個特色，這也是以畫僧之眼觀詩僧之畫，不也是藝術史上一件有趣的美談呢？

　　我們可以從《擔當山水冊頁》第五頁看到擔當與宇宙的對話，從〈爲秘傳作山水圖卷〉看到擔當對生命變滅的思考，從〈一邨萬里圖卷〉看到他與本心的對話。云者，雲也，他的呼吸吐納化爲筆下煙雲，不管是圍繞在佛刹周遭，象徵直通天聽的祥雲，或是曲折纏綿，哀婉俳惻的流雲，或是霧壓層巒、晃動不安的微塵世界，確實是他遺民心境的多元投射。這些精神世界中混沌、模糊的東西，一經語言表述便成糟粕，所以用繪畫符號的「雲」來表達，再交由讀者透過閱讀、理解、想像，來塡補繪畫色相所不到處，當讀者領悟到這色相所不到處，才能一探畫中深層意境。這也是爲什麼擔當論畫時說：「畫中無禪，惟畫通禪，將謂將謂，不然不然。」〔註33〕

第二節　梅

　　在人類的思考方式裡，常用具體物象比擬抽象的思維、情感、品格，這一點在文人畫裡表現尤其突出，文人以畫托物寓性的態度，最常見的方式是將文學中「比」、「興」的手法移植至繪畫的領域，用一種自然的物象來類比儒家倡導的德性。文人托物寓性的作畫取向，在一開始時，將自己主觀的情感和理想投射到對象上，生命的價值也在物化的形象中得到淨化與提升，此時所關涉的實際不是外物，而在自我感覺的投射，因此重點並不在描摹物象，而在玩味。

　　文人玩味自然物相，可能是一種對時空遷逝與生死流轉的詠嘆，也可能將主體精神專注沈浸在審美對象中，藉以澄懷觀道。屈原「滋蘭九畹，樹蕙

〔註32〕清初四僧中，唯一與擔當有間接接觸的是石濤。北京琉璃廠榮寶齋所收藏的〈擔當山水立軸〉，上有石濤題跋，轉引自史樹青：《勵耕書屋問學記》，北京：三聯書店，1982年6月，頁81。

〔註33〕擔當：〈爲惟默作畫書後〉，收入《擔當詩文全集》，昆明：雲南人民、雲南美術出版社，2003年11月，頁384。

百畝」〔註 34〕的潔身自愛，陶淵明「採菊東籬下」的恬淡，以及東坡「披衣坐小閣，散髮臨修竹」〔註 35〕的從容，都給予後人深遠的影響，但如果繪畫，只是將自然物象描摹在紙上，事物自身是不會有一個單一、固定、不可改變的意義的，只能說這類繪畫題材是事物的表徵，具有潛在的意涵。取決它所意涵的東西，是它所處的某個特定的使用背景。在儒家人文主義的品評標準之下，以梅、蘭、菊、竹等自然物象的特性來譬喻主體人格風範，當兩個不同領域的概念互相轉移後，不管是以物的特性擬人，或以人的特性擬物，竹虛心勁節的特性與人品修養的概念也就互相擬化，發展成定向的繪畫題材，逐漸凝固成畫面的文化語彙，一但成為繪畫符號後，即定向規範了倫理思維結構。這樣的文化語彙以及繪畫符號，已經成為相同文化背景的人所認知清楚的東西，傳統的意象與主題也日趨固化，當後來的創作者再度使用這個題材，若要加深境界，勢必要繼承這類物象表徵的潛在意涵，但又要能夠自「比德式」的思維結構抽繹而出，敷演自我內心世界。

　　詩畫家可以透過圖像語言符號，寓意於物，將自我轉化為可供人觀賞的芳草，但也要能寄托自己的情思。鄭思肖〈墨蘭圖〉卷〔註 36〕，畫中墨蘭作為一個繪畫符號，其深層象徵內涵，是由文化傳統所衍生。鄭思肖繼承並使用墨蘭的物象表徵，正是根植於傳統文化深層積澱，讓這個繪畫符號具有潔身自愛的潛在意味。鄭思肖以蘭寓托身世，他的墨蘭圖獨特之處，在於他表達的方法。畫面裡的墨蘭，是不完整的，缺少了根，飄浮在半空中，他在畫面一旁題詩直抒胸臆：「向來俯首問羲皇，汝是何人到此鄉，未有畫蘭開鼻孔，滿天浮動古馨香。」〔註 37〕繪畫符號與題畫詩兩者互補，讀畫者一見畫面的文化語彙，才能在比德式的思維結構之外，解讀到情感的層面，產生失根之痛的共鳴與感慨。鄭所南畫蘭，詩中有蘭，畫中有蘭，但其意不在蘭，而在畫面的文化語彙，是一首無聲的「離騷」。

〔註 34〕屈原：〈離騷〉，收入《文選》收入〔梁〕昭明太子：《文選》，台北：藝文印書館景印宋淳熙本重雕鄱陽胡氏藏版，卷 32 頁 465。

〔註 35〕蘇軾：〈安國寺浴〉，《蘇軾詩集》，北京：中華書局，1982 年，卷 20 頁 1034。

〔註 36〕鄭思肖：〈墨蘭圖卷〉，紙本水墨，23.2×55.3 ㎝，現藏美國耶魯大學藝術陳列館。

〔註 37〕見蔣勳：《美的沈思》，台北：雄獅圖書，2005 年 4 月一版四刷，頁 175，圖 7。

圖 29：〈踏雪尋梅圖〉〔註 38〕

〔註 38〕擔當：〈踏雪尋梅圖〉，紙本、水墨，立軸，98×52 cm，一担齋藏。(畫冊版本
　　　朱萬章《擔當》，頁 22)

一、〈踏雪尋梅圖〉

擔當〈踏雪尋梅圖〉則是詩中有梅，畫中無梅，作為一個繪畫符號的梅花，消失在畫面中。他自題〈踏雪尋梅圖〉：

何處有梅花，借來白鼻騧。

尋得尋不得，怕冷安歸家。〔註39〕

這首題畫詩，我們若從擔當遺民身分以及比德式的思維結構來解讀，梅花凌霜傲骨的之姿往往比擬靖節之士，「何處有梅花」，意味著詩人所處的地方，不見靖節之士，不是因為不存在，而是因為「一枝藏隱在深林」〔註40〕，所以看不見。尋得？尋不得。身處高處不勝寒，但想回去的那個朝代卻已經不存在了。但若佇留在遺民的層次來看這首詩，就會忽略掉擔當真正想表達的意旨。

從〈踏雪尋梅〉圖的畫面來看，在一個豎立方形的直幅裡，以淡墨塗抹大片，烘托雪景，一個文人形象，沿著棧道騎著白鼻瘦馬，後面跟著一名書童，前面提書後面掛酒，放眼望去想尋找梅花，在一片皚皚白雪中，看不見梅花的蹤影，只見枯木殘葉。枯木殘葉不代表死寂，而是靜默地等待大地回春。看不見梅，不代表不存在，在蕭瑟的雪景中，詩人從容不迫地道出，尋得？尋不得？怕冷安歸家。是否找到梅花，已經不是那麼重要，詩眼在「尋」字。

擔當自書詩頁云：

無事不尋梅，得梅歸去來。雪深春尚淺，一半到家開。〔註41〕

無事不「尋梅」，而「得梅」歸去來，可見「尋梅」的行為對擔當有一定的意義。尋梅過程中，騎著一匹瘦馬在北風中，在蜿蜒的路上，悠悠晃晃。只見遠處的山腰上，佇立著一個茅亭，但那也只是暫時休憩之所。即使是普通的茅亭枯木，一樹一石皆表現強烈的禪境。陳傳席評〈踏雪尋梅圖〉云：「用大片淡墨抹出冰溪，以襯托雪意，枯樹用細筆如寫字般隨意勾寫。整個境界真有禪的虛幻和空寂感，是那樣的逸遠、靜穆、純雅、清新和淡泊，這正是

〔註39〕擔當：〈題畫詩〉，《擔當詩文全集》，昆明：雲南人民、雲南美術出版社，2003年，頁385。

〔註40〕擔當：〈古忠廟賞梅〉，《橛庵草》卷7頁353。

〔註41〕擔當：〈自書詩頁〉，《擔當詩文全集》，昆明：雲南人民、雲南美術出版社，2003年，頁385。

他的禪心之外化。」〔註42〕

　　在〈踏雪尋梅〉圖中，梅花作爲一個繪畫符號，消失在畫面裡，意味著擔當的心境在改變，從對外在形相的觀照逐漸轉變爲對自心的觀照，詩中欲歸歸不得的情感仍在，但梅花已不佇留在「凌霜傲雪」靖節之士的形象上，當繪畫的趣味不再追求滿足道德概念，開始表達個人內在的生命體驗，才讓出一條直澈心源的道路。當詩人踏雪而來，一開始目的確實在尋梅，但他開始不再執著「尋得」或「尋不得」梅花，甚至忘路之遠近，在百轉千迴，柳暗花明後，才踏上通往內心桃花源的道路，不去追求外在的聞見覺知，去感受自身的生命律動，自然造化，花開花落，本身就是無目的性的，看詩人在時空中徘徊游移，在生命的混沌處悠悠晃晃，回返自心，在遙望生命終點的同時，讓自己的心靈與外物相互輝映。

　　擔當踏雪尋梅之游，其方式與意境的追求，可與之類比的，也只有僧人行腳，由這種譬喻的方式，可約略地看到禪宗思維方式對士人的浸潤，尋梅如同尋找自性，自性本來是清淨，沒有煩惱，詩人之所以要尋梅，他的內心有一些煩惱，從上下文意來看，他的煩惱是欲歸歸不得，不知如何安頓自己。詩人踏雪尋梅，領悟到桃花源並非來自於外在人事物，而是繫於一心，客觀時空環境不斷流動，不受人力控制，心境卻能自由轉移，與其向外追求，不如省視內心，他心路歷程展現這樣的變化，尋梅→尋不得→忘歸，當詩人「忘歸」，表示他從追求外物，回到自己的內心，歸返生命律動的本原，又更上一層，達到忘歸的境界，感受到那生生不息的宇宙精神與生命情調。當梅花的造型和色彩從畫面褪去，那無形的梅花是詩人的心，也是天地心。擔當的〈踏雪尋梅〉圖，詩爲心眼，梅爲魂魄，題畫詩與畫境互補，擔當畫中那「看不見的梅花」，已跳脫畫面「比德式」思維結構，轉化爲感性又獨特的生命觀照，讀畫者也在觀想體悟的過程中，得到自我觀照的機鋒。

　　擔當在〈踏雪尋梅〉圖將梅花作爲心性表徵，是根植宋明理學與詩學的土壤。宋人詠梅詩，不但觀照梅花的開落，玩味梅花所表現的品格，更賦予梅花穩定的象徵意涵。朱熹〈四季詩・冬〉：「瑞雪飛瓊瑤，梅花靜相倚。獨占三春魁，深涵太極理。」〔註43〕理學家以比興手法寫客觀景物，寓議論於

〔註42〕陳傳席：《中國繪畫理論史》，台北：三民書局，2005 年，頁 159。

〔註43〕朱熹：〈四季題壁詩〉，《朱熹詩詞選注》，福州：福建教育出版社，頁 435，1993年。

寫景，皆富於哲理性而不乏詩味，藉著雪中梅開，體悟萬物各有其份，終有所歸的道理。又云：「梅花初生爲元，開花爲亨，結子爲利，成熟爲貞。物生爲元，長爲亨，成而未全爲利，成熟爲貞。」〔註44〕梅花先於百花開放，梅花一開稍來了春的消息，理學家用梅花來闡述易經，用來說明天地化育之道，這股風潮不只對詩學造成影響，影響所及也擴及到繪畫。畫梅謂之寫梅，寫梅的口訣：一丁、二体、三點、四向、五出、六枝、七須、八結、九變、十種。一丁謂蒂者花之所自出，像以太極有一丁，二体謂梅根也，其法根不獨生，須分爲二，一大一小以另陰陽，一左一右一以分向背。〔註45〕明代心學家陳白沙則愛梅、種梅、詠梅，也畫梅，他的〈梅月用莊定山韻〉云：

> 溪上梅花月一痕，乾坤到此見天根。
>
> 誰道南枝獨開早，一枝自有一乾坤。〔註46〕

明代心學家，不只是歌詠梅花花朵的潔白美好，梅根與梅枝的地位被突顯出來，從梅根與梅枝裡體悟到乾坤與天根，天地化育萬物的道理。心學家觀物往往不是以感官，而是從自我的時空知覺出發。〈觀物〉：「一痕春水一條煙，化化生生各自然，七尺形軀非我有，兩間寒暑任推遷。」〔註47〕在時空流轉中看到自身形軀的有限，是以心學家看花不是眞看花，而是要藉由觀照物象去體道。明代禪師則藉由梅花開落，教導弟子不要迷失自性，有弟子問永覺元賢禪師（1578～1657）。

> 梅花漏洩春消息，花在枝頭，春在什麼處？師云：甕裏何曾走却鼈。
>
> 〔註48〕

從禪門師徒間的對話，可以了解，依禪宗的角度來看，梅花開落乃是生命循環的跡象，自然所體現的「生意」則是廣大無邊，若是一意尋春，就如同甕中尋鼈一樣，入了死路，哪裡還有春意呢？禪師以梅花作爲主觀沈思的依據，以梅花作爲傳達思悟的意象來源，心才是主體，自然則是觀照的對象。

〔註44〕〔宋〕黎靖德編：《朱子語類》卷68頁9，北京：中華書局，1986年。

〔註45〕上海書畫書出版社編：《簡明中國畫辭典》，頁96～97，上海：上海書畫出版社，2004年12月。

〔註46〕〔明〕陳憲章：〈梅月用莊定山韻〉2首之2，《陳白沙集》（文淵閣四庫全書本）卷9葉17，台北：台灣商務印書館，第1246冊，頁316。

〔註47〕〔明〕陳憲章：〈觀物〉，《陳白沙集》（文淵閣四庫全書本）卷9葉39，台北：台灣商務印書館，第1246冊，頁327。

〔註48〕《永覺元賢禪師廣錄》卷8（《卍新纂續藏·國書刊行會》第72冊，經號1437，頁433b）

二、〈踏雪尋梅〉詩組

擔當禪師詩組十首〈踏雪尋梅〉：這十首詩在格律、意境上均爲七言絕句，每一首詩固定都有「雪」、「酒」、「驢」、「梅」的意象，間隔有「山翁」、「老夫」、「詩僧」、「伊」等行爲主體的主語，以及使語序完整的「終始」、「同時」、「若非」等關係詞，其詩意多以「尋」字來開展，每一首詩的第一聯雖然字面不同，「行過山腰又水濱」、「雪重山深路不平」、「雪深驢軟且徐徐」、「日短天寒去路長」、「驢足高低雪亂飄」，但意義非常相近，皆指尋梅路程的曲折與艱辛，只有末聯才有所變化，句與句之間，或一問一答，或互爲因果，上下呼應的現象十分明顯，並且由於「尋梅」的意象反覆疊出，使得整體詩組，詩與詩之間的意義脈絡相連貫，先立一境，再立一境，層層深入。

擔當〈詩禪篇〉曾謂：「禪而無禪便是詩，詩而無禪禪儼然。」從這裡，我們可以看到擔當對詩歌與禪理的態度，禪所參求的，在於證悟法性，闡發事理。詩則側重抒發性情，言志之所之，若能將抽象禪理藉著詩境表達，訴諸形象思維、運用比興技巧，可免說教、枯澀之失。詩境也是一種媒介，使人從對自然、對宇宙萬物的感性直觀中獲得一種審美的愉悅，達到淨化的功能，擔當的〈踏雪尋梅〉詩組，每一首詩皆可看作表達一個修行階次的開展過程，再由這個修行階次進入下個修行階次。就文學形式而言，本作品的原始面貌是韻文，運用意象，表達自己心境的轉移。就思想內涵來說，則指涉修持者向內去體悟自性清淨的過程，不啻將〈踏雪尋梅〉詩組視之爲特殊的修持。「踏」在此指排除，一步步地排除塵性，「雪」則是塵性，「尋」爲「追尋」，「梅」指自性，本文以「踏」、「雪」、「尋」、「梅」四字爲脈絡，分析詩組中去執與追尋兩個動作，參考禪宗牧牛詩組，將這十首詩依次分爲 10 個層次：始春→始尋→見春→無爲→任運→回首→忘歸→離塵→消融→接引。

一、「酒醉溪深長耳疲，尋春又是日斜時。山翁與雪爲終始，知有梅花便不奇。」

二、「行過山腰又水濱，幾枝爭放報將春。老夫醉倒難消凍，凍倒紅梅醉過人。」

三、「雪重山深路不平，若非有酒定難行。鳴禽催得詩僧醉，尋見梅花甕已輕。」

四、「樹影排戈天色醜，驢兒雖瘦往前走。相逢若問過橋人，不爲梅
　　花不爲酒。」

五、「擔頭酒多雪已降，行行覷見老梅椿。一枝兩枝折不盡，呼童恨
　　不連山扛。」

六、「雪深驢軟且徐徐，策杖潛行半里餘。怕冷奚童尋舊路，尋梅不
　　見又尋驢。」

七、「日短天寒去路長，東莊載酒過西莊。尋梅尋到無梅處，得句忘
　　歸雪更香。」

八、掉臂青雲興欲仙，衝寒策蹇雪漫天。同時若遇憐才主，梅恐難
　　尋孟浩然。

九、「春歸春亦在高臺，酩醉山驢去復來。人説此翁只爲酒，不然何
　　處少殘梅。」

十、「驢足高低雪亂飄，山翁酩醉路迢遙。梅花正欲尋朋友，恰好逢
　　伊又過橋。」〔註49〕

　　第一首詩寫作者自己懷才不遇，漂泊半生的生命經歷，心境的變化與飛
躍。詩人在「尋春」之前，奔走溪山，四處飄盪，身心皆無定止，人與驢都
已經疲倦了。雖然疲倦，但從「尋春又是日斜時」，知道詩人心中有春，故云：
「知有梅花便不奇。」然而就像真正的梅花最喜冰積雪擁，山翁性野最好山
林溪泉，在無生意處，見生意，舉手投足間處處都是道場，「春」並非無處可
尋，而是無所不在。朱良志在《理學與中國畫學研究》云：「宋代理學中有一
個重要主題，就是尋春，這實際上是「觀生意」的另一種表現形式，生就是
春。……觀萬物之生意，實際是爲了發現自我生命，在對萬物的流覽中，達
到自我生命與宇宙生命的融合。」〔註50〕在《易經》中所説的元貞利亨，春
夏秋冬的循環理論，以一定秩序象徵天行健，君子以自強不息。曹山本寂禪
師嘗書大梅法常禪師偈云：「摧殘枯木倚寒林，幾度逢春不變心。樵客見之猶
不顧，郢人何得苦追尋。」〔註51〕禪師作此偈，自比枯木，以辭鹽官之請。
詩人尋春，其實是存心養氣，在夕陽中等待另一個新的起點，心中隱藏著周
而復始的生意。

〔註49〕擔當：〈踏雪尋梅〉詩組，《橛菴草》卷7頁338。
〔註50〕朱良志：《扁舟一葉──理學與中國畫學研究》，頁420～428，合肥：安徽教
　　　　育出版社，1999年6月。
〔註51〕《撫州曹山元證禪師語錄》卷1（《大正藏》，第47冊，頁530a。）

第二首詩，從「尋春又是日斜時」到「幾枝爭放報將春」的過程，也就是這裡設定了尋春→始春→醉春→春醉的心靈圖式，既然明白「春」無處不在，但離自性澄徹，還有一段距離，必須實際去開拓眼界，行過山腰又水濱，「幾枝爭放」暗示著春天已經不遠了。然而作者用世之心未能放下，世道又如此混濁，理想無法實現，也無法留下，不如醉吧。「老夫醉倒難消凍」，比喻自己被生之境所束縛，不能自解，需要酒來調和理想境界與現實世界的衝途，醉，是為了讓精神可以脫離日常關心的事，暫時從這現世的痛苦和個人生存憂患逃逸而出。擔當〈唐梅〉：「但攜一壺在其下，想見開元大曆人。」〔註52〕他的政治理想——貞觀之治與開元盛世都借酒化為茫然，人與春融合為一。

第三首詩寫雪重山深路不平，在未雪霽天晴之前，在鬆軟的雪地上行走，需要花費許多氣力，以尋梅的過程，來比喻修行的艱辛，自性是自己本有的，所以不能靠外在學習去獲得，必須向內去體悟這個本有的自性清淨。「鳴禽」二字自謝靈運《登池上樓》：「池塘生春草，園柳變鳴禽。」〔註53〕一聯奪胎換骨而來，葉夢得《石林詩話》評此句：「此語之工正在無所用意，猝然與景相遇，借以成章，不假繩削，故非常情所能到。詩家妙處，當須以此為根本。而思苦難言者，往往不悟。」〔註54〕謝靈運此句緣情體物，自然天成。葉夢得推崇此句無所用意，破除了詩人思苦難言的境界，而擔當此句「鳴禽催得詩僧醉，尋見梅花甕已輕。」〔註55〕當詩人無所用意，喝得醺燻然，猝然與梅相遇，才得以見到自己的心性，恰如參禪之人，破除迷妄，發現自性。

第四首寫踏雪尋梅的旅人，在橋頭相逢過橋人，過橋人可能問他：從何處來，又往哪去？旅人回答自己「不為梅花不為酒。」這個回答乍看之下與

〔註52〕擔當：〈唐梅〉，《橛菴草》卷3頁177。

〔註53〕謝靈運：〈登池上樓〉：「池塘生春草，園柳變鳴禽。祁祁傷豳歌，萋萋感楚吟。」收入〔梁〕昭明太子：《文選》，台北：藝文印書館景印宋淳熙本重雕鄱陽胡氏藏版，卷22頁320。

〔註54〕〔宋〕葉夢得：《石林詩話》云：「池塘生春草，園柳變鳴禽。世多不解此語為工，蓋欲以奇求之耳。此語之工正在無所用意……鐘嶸詩品論之最詳，其略云：思君如流水，既是即目；高臺多悲風，亦惟所見；清晨登隴首，差無故實；明月照積雪，非出經史。古今勝語，多非補假，皆由直尋……」，北京：中華書局，1991年，叢書集成初編排印百川學海宋本，卷中，頁19。

〔註55〕葉夢得《石林詩話》對謝靈運的評論，即是受到禪宗「隨機應物，不主故常」的思惟所影響。

動機自相矛盾，但禪師爲了表達他們內心所體悟的眞理，往往用矛盾的語句。趙州禪師向南泉禪師問道：

> 師問南泉：如何是道。泉云：平常心是道。師云：還可趣向不？泉
> 云：擬向即乖。〔註56〕

南泉禪師回答：「擬向即乖。」因爲在修持的路上，若是一想要動念追求目標，就已乖離平常心，純粹爲追尋而追尋，就已乖離道了。踏雪尋梅的旅人回答過橋人「不爲梅花不爲酒」，就是在表達自己已經拋開對目標執念，不爲外境所轉，達到內心無爲的境界。

第五首，寫修持者經過多方求索，踏遍千山萬水，終於「覷見老梅椿」，如釋重負，始知過去所背負塵性的沈重，老梅椿象徵自己向上悟入之境已漸熟，滿山遍野的梅花，觸目即是，一如清淨的本性就在。「一枝兩枝折不盡，呼童恨不連山扛」山翁與山童皆快活自在，表達修持者感受到自然的召喚，有如回到精神的故園，明心見性，達到一種隨緣任運，但又生機鬱勃之境。

第六首詩，詩意突出「尋舊路」的主題，必須重返舊路，透過「尋舊路」的回顧與反省，回到外在的現象。「尋梅不見又尋驢」的意象，象徵修持者不能因明心見性而沾沾自喜，若以爲悟後有得，便會迷失自心。舒州龍門佛眼和尚曾說習禪有兩種病：

> 一、是騎驢覓驢，二、是騎却驢了不肯下。你道騎却驢了更覓驢，
> 可殺是大病。山僧向你道不要覓，靈利人當下識得，除却覓底病，
> 狂心遂息。既識得驢了，騎了不肯下，此一病最難醫。山僧向你道
> 不要騎，你便是驢，盡大地是箇驢，你作麼生騎？你若騎，管取病
> 不去。若不騎，十方世界廓落地，此二病一時去，心下無事，名爲
> 道人，復有什麼事。〔註57〕

龍門佛眼和尚所謂的騎驢覓驢，有兩重涵義。第一個驢字，指涉的是自心。第二個驢字，指涉的是從迷到悟的工具，引伸爲修持的方法、捷徑。既然識得本性清淨，卻還要尋找工具或方法，不識得自己就是那頭驢，這便是迷。此處的「尋梅不見又尋驢」，梅所指涉的是清淨的本性，驢所指涉的是迷失的

〔註56〕《古尊宿語錄》卷13，（《卍新纂續藏・國書刊行會》第68冊，經號1315，頁77a）

〔註57〕《古尊宿語錄》卷31，（《卍新纂續藏・國書刊行會》第68冊，經號1315，頁204a。）

自心。回首舊時路反迷自心，「尋舊路」三字反映了對過去的念念不忘，必須循循善誘，將驢子引導回正途，返回清淨的本性。此時驢亡而人存，生命主體與外在現象還處於主客對立的狀態，還沒有超越主客雙忘，泯然無住的境界。

第七首的「日短天寒去路長」呼應第一首「尋春又是日斜時」，落日餘暉時，才開始尋春，暗示春日苦短，生命有限，詩人在時空的流轉中活動與悠遊，又迎來另一個落日餘暉，但是哪裡有什麼真正的終點呢，要知道天地之際無往不復，當這頭太陽落下，另一頭太陽又升起。當詩人「尋梅尋到無梅處，得句忘歸雪更香」，頓悟之得，並不是得到什麼，無得之得，才是真悟。唯有忘尋與忘歸，活在當下。此時外在的現象對生命主體而言，不再是有與無，主體與客體對立的狀態，轉而從對自然、對宇宙萬物的感性直觀中體悟禪境，無所執著的觀照，達到心無所寄，忘歸的境界。

第八首中的梅花一反前七首的被動，轉為主動，「同時若遇憐才主，梅恐難尋孟浩然」，此兩句為互文修辭，又可作「同時若遇孟浩然，梅恐難尋憐才主」都有一種知己難尋的意味，用孟浩然自比過去懷才不遇的心境，梅花則指現在的心境，現在的心境與過去不可同日而語，不管主（憐才主）與客（孟浩然），都不影響梅花在這首詩中超然卓絕的地位，藉以抒發作者的孤高不平之情。因為難得憐才主，不如離塵悠遊，擺脫瑣碎物質的日常性、庸常俗事。也只有不問家事、不問國事、不問世事，去除心中負累，才有辦法「掉臂青雲興欲仙」，飄然出塵。

第九首的「酕醉山驢去復來」呼應第六首「尋梅不見又尋驢」，本來因尋舊路而失驢，但後來失而復得，驢子喝得醺醺然飄飄然歸來，象徵不再因為外界的誘惑，而迷失自己。用龍門佛眼和尚的說法就是：你便是驢，盡山河大地是個驢。第九首詩中的「春歸」、「酕醉山驢」、「此翁」、「殘梅」，生命主體已經達到醺醺然飄飄然的境界，分不出何處為春，何處為梅，何者是醉驢，何者是醉翁。

第十首的「恰好逢伊又過橋。」呼應第四首的「相逢若問過橋人」，第四首裡的擔當是將渡未渡的狀態，在橋頭相逢過橋人，過橋人可指稱修持過程的指引者，第十首裡的擔當已經過橋了，成為一個擺渡者，等待接引學人。大多數的人終生能看見靈山，聽聽登山回來的人敘述就滿足，自己卻一步也上不去。如果有經驗老到的嚮導帶頭，知道通往終點的哪一條路比較不容易迷路。禪宗的境界，不僅是悟，更重要能渡，向下去接引學人，這同時也是

在擴大自己的生命。

考察擔當的禪學宗派對〈踏雪尋梅〉詩組的影響，擔當本為儒士出身，於國變前毅然薙髮出世求法。其自跋《橛庵草‧序》云：「前名普荷，從戒師無住尊戒而不嗣法，今名普荷，從先師雲門嗣法而尊正眼。」〔註58〕此處的雲門，是指會稽雲門顯聖寺湛然圓澄禪師（1561～1626），湛然禪師為明末清初曹洞宗的重要傳承者，從此處確認擔當師承法嗣是曹洞宗一脈。嚴羽曾舉出兩種學詩方法：「學漢、魏、晉與盛唐之詩者，臨濟下也。學大歷以還之詩者，曹洞下也。」杜松柏《禪學與唐宋詩學》進一步解釋：

> 臨濟不主理入，不主行入，無證無修，當下荐取，滄浪以喻漢魏晉與盛唐詩之渾成無跡，僅能以臨濟當下荐取之直感法求之；而曹洞則以君臣正偏五位，偏於理入，以比論大歷以後之詩，人巧發露，可由格律與章句等之詩法求之，能依理索解，二宗之成就相等，難分高下。其參禪方法則各有別，取以比論，有何不可？〔註59〕

擔當〈踏雪尋梅〉詩組，不是採用密集意象組合的手法，來表達一種感覺或印象，而是由固定的幾個意象——「雪」、「驢」、「梅」、「酒」、「山翁」、「奚童」，以「踏」→排除、「雪」→塵性、「尋」→追尋、「梅」→自心，四個意義為脈絡上下貫通。十首詩首尾呼應，層層遞進，環環相扣，可由章句間的關係，依理索解，藉由旁徵博引，以窺其用意深處。從作詩的手法來說，擔當的〈踏雪尋梅〉詩組是受到曹洞宗綿密的宗風所影響，但就思想特質上來看，以山翁指涉為行為主體，以梅花指涉清靜的本性，又以驢指涉迷失的自心，「不為梅花不為酒」、「尋梅不見又尋驢」、「尋梅尋到無梅處」等句，強調不要犯「騎驢覓驢」或是「騎驢不肯下」的禪病，從繁瑣的經教文字轉向更生活化、藝術性的表達，接近馬祖道一所弘揚的核心思想——「平常心是道」。平常心即是「即心」、「直心」，從日常生活中的隨處任眞，來彰顯本體的無所執著，擔當〈禪門四威儀圖後〉自云：「上見有諸佛可求，下見有眾生可度。只須一時吐卻，然後十二時中，行住坐臥，打成一片。」〔註60〕禪門行、住、

〔註58〕擔當：〈橛庵草跋〉，《擔當詩文全集》，昆明：雲南人民、雲南美術出版社，2003年11月，頁139。

〔註59〕見杜松柏：《禪學與唐宋詩學》，台北：黎明文化事業股份有限公司，1976年，頁425。

〔註60〕擔當：〈禪家四威儀圖後〉，收入《擔當詩文全集》，昆明：雲南人民、雲南美術出版社，2003年11月。

坐、臥四威儀行動中，應機接物盡是道，詩人尋梅與僧人行腳，不啻爲特殊時空下的一種修持。擔當〈贈仙陀師〉：

> 貧來事事盡成冰，到處難容破衲僧。
>
> 買得松陰三十里，撥開雲磴幾千層。
>
> 傳心久矣知梅熟，不語何曾有葛藤。
>
> 自此一朝俱放下，眼空天地是無能。〔註61〕

以「傳心」對「梅熟」，並不是梅子眞的熟了，而是「境」已經熟了。

三、〈雪山行旅圖〉

　　擔當〈雪山行旅〉圖，紙本設色，以淡墨大筆渲染天空與水域，以襯托雪的潔白，畫面中央是一騎白鼻騧的高士，頭戴浩然巾（風帽）〔註63〕，身穿朱衣，白色下裳，是畫面中唯一的暖色調，讓踏雪尋梅的高士在一片淡墨烘托的雪景中格外醒目，獨特之處，是這名尋梅高士有別以往隱士高潔美好的形象，是醜的、畸形的、身體的比例與線條是非常態的，就連前面扛著梅枝的山童面容則是變形的，一主一僕的怪誕形象在整幅畫面裡卻並不突兀，造成一種的詼諧感，冠冕堂皇的東西被剝除了，露出了本來面目，去除了裝飾性、制式化的表現風格，就像小孩子畫自己的臉一樣，兩隻眼睛一個嘴巴，雖然沒有任何立體感，卻更加親切可愛。禪宗不相信文字，而是用「比」、「興」方式，呈現出藝術家體驗到的一種內心狀態。遠處白雪覆蓋的群峰看似隨意塗抹一樣，是以雪山比喻每個人心中的那座靈山，登山的遊人一步一步騎入性靈的高山，構思意境的眼光十分冷靜獨到，主體位置的群峰倚側於一隅，突出鳥道上徐行的高士與童僕二人，踏著雪泥，每行一步，就更離人類固有的感官經驗與傳統知識更遙遠。

〔註61〕擔當：〈贈仙陀師〉，《橛庵草》卷 5 頁 212。

〔註63〕浩然巾是一種風帽，以黑色布緞爲之，製爲雙層，內蓄綿絮，背後有一塊很大的披幅，披搭於肩背。相傳爲唐代詩孟浩然所創，故名，多用於冬季，是明代文人常用的頭巾。〔清〕吳敬梓：《儒林外史》第 24 回：「只見外面又走進一個人來，頭戴浩然巾，身穿醬色綢直裰，腳下粉底皂靴。」台北：桂冠圖書出版社，2000 年 7 月，頁 253。

圖 30：〈雪山行旅圖〉〔註62〕

〔註62〕擔當：〈雪山行旅圖〉，（畫冊版本《榮寶齋畫譜》，北京：榮寶齋出版社，頁25）

擔當在畫面上自題:「山寒卻在小春初,已有風光在半途,折得梅花雖可喜,幾乎凍倒借來驢。」「折得」二字與「借來」相對,表層上來看,詩人在風雪中尋梅原是一種騷人韻致,文人雅興,但從深層的文化心理來看,踏雪尋梅高士象徵一種意義的原型——宇宙人生的孤寂感,他一步步,騎入自己的心智深山,不留蹤跡、斷消息,往來空寂之處。

一幅畫裡也可以密集地平行呈列各種意象和色彩,構成一種五彩繽紛的視覺環境,令人目眩神迷,但畫的意境可能因此淹沒在物象和色彩裡,還不如化約成簡單的符號,讓主體意識的傳遞可以更加明確。禪師為了幫助學人,往往借用形象思維的隱喻,擔當想表達個體內省後的主觀感受,也運用了形象思唯的隱喻,因為語言是既定的,而意象可以指涉多重涵義,筆墨的皴法、點法褪去,意象的地位被突顯出來,以簡單的符號——「雪」、「驢」、「梅」、「酒」、「山翁」、「奚童」,在有限豎立方形的直幅裡構成一個生命主體與外在現象交織融合的時空場域。

四、小結

有關於擔當詩畫中梅花的研究,本論文對作品本身作初步的整理與分析,茲將研究成果歸結如下:

(一)文學方面

擔當以詩寫梅,擅用隱喻、象徵的手法,以突顯梅花孤高堅貞的特質,但並不遵守現成固定的思路,擔當胸中之「梅」隨著心境轉移,具有多重的隱喻,有時指涉個人志節、例如「一枝藏隱在深林」〔註64〕,有時指涉心向的朱明,例如「一幹南橫色更丹」〔註65〕,有時則以尋梅的詩境來表達心境轉移,將個人的心境與尋梅的空間流轉相結合,從比德式的思維結構抽繹而出,超越以往詠梅詩所強調的出世的仙人、獨立的隱者、貞潔的妃子等人格意象,轉為指涉清淨的本性,清淨的本性本來無一物,表現出一種生命主體與外在客體交融的意識,達到無一物是我,而又無一物非我的境界。

(二)、思想方面

一路考察擔當詩歌裡的思想,詩人對於各種思想往往是以適性和自得為原則,不拘於固定的範疇,他詩歌裡所表現出來的思想亦儒、亦禪、亦老莊,

〔註64〕擔當:〈古忠廟賞梅〉,《橛庵草》卷7頁353。
〔註65〕擔當:〈五賞唐梅〉,《橛庵草》卷7頁30。

擔當對佛法的態度，雖受戒律但「不上堂說法」，雖出世求法但「並無禪師相」，擔當是在國變前出家，他對佛法是有期待的，尤其是禪宗建立於入世方面的人生意義與目標，還有佛法對世間的關懷，希冀能在一種宗教式的虔誠中挽救世風的頹勢，他皈依佛門後，心中還是有煩惱，仍無法放下自己無家可歸的身世之感，無法割捨自己的用世之心，縱情詩酒，理智上嚮往佛法，但感情上將自己寄託在審美的情感生活中，他筆下的梅花，托負了他的儒懷、道影與佛心，表現出生命主體對於個體存在、心靈自由、人世關懷等方面的渴求，這種亦儒亦道亦禪的文化心理結構，看似是不可以共存的，卻大大擴展生命主體內在的省思、體驗、感悟，奇妙地在各修行階次以至具體的個人身上統一起來，最終還是要以個體心性自由為家園。

第六章　結　論

　　本論文從擔當的生平，雲南的地理環境與文化背景，擔當詩作與畫作中的時空意識，以及詩作與畫作中的符號分析，而得出以下結論：

一、邊陲與中心的困局

　　擔當先祖，本浙江淳安人，明洪武初年，流寓至雲南晉寧，擔當自幼從祖父習詩、書、禮、易，他本希冀能中舉入仕，報效朝廷，奈何科舉不第，於是四處遊走，足跡遍及長安（陝西）、京師（北京）、金陵（南京）、虎丘（江蘇）、東平（山東）、曲阜孔廟（山東）、巴陵（湖南）、嘉定（四川）、巫山（四川）、盧山（江西）、天台山、普陀山、雁蕩山（浙江），結識以晚明名士董其昌與山人陳繼儒爲首的蘇州文人群體，當地文人對於蘇州的文藝風尚一直是引以爲傲的，參與了品茗、吟詩、書畫、題畫等社交活動，擔當也因此得到機會一賞名家畫作，儒生時期遊歷天下之所見所聞，旅途中的千山萬水，名勝古蹟、繁華的城市，大大拓展了擔當對於漢唐文明近悅遠來以及中國幅員廣闊的想像，在江南的這段時間，親身見證明末江河日下的局勢，時不我予的境遇，想像與現實衝突，在一定程度上影響他放棄生員身分，選擇出世爲僧。在李維楨〈橋園集序〉、陳繼儒的〈橋園集序〉、董其昌〈橋園集引〉的論述裡，皆可看到這三人稱呼唐泰（擔當俗名）爲滇人、滇中才子、滇中太學，但在他的《橋園集》中，卻可以看到儒生時期的擔當，意識到自己「居夷」這個事實，並以「守夷」自許、「野人獻曝」的角度來詮釋自己的用世之心。但這時期的唐泰（擔當俗名）所謂的居「夷」、「守夷」，所謂「居處敬、執事恭、處人忠，雖之夷狄不可棄也。」奈何日落西山，不可爲也。這裡的

「守夷」，主要是指政治上邊緣化的問題，而不是族群、血緣、疆界、政權轉移的問題，他的詩作與畫作，不僅揭露了個人文化認同並非根植在固定在一個地方，而是通過自己的旅行和結識不同的群體得到確認，察覺到自己在這世局中，生爲滇人、再爲布衣、竟成衲子，這種天涯畸零人的處境。若非有切身感受到生命短暫、時不我予的唐泰，不可能有日後在詩作與畫作創新意的禪師擔當。

二、易代之際的夷夏之辨，以及歷史文化信念

從雲南的地理環境與文化背景上來看，大約距今三千年前，這塊土塊已經有文明誕生了。依據《史記·西南夷列傳》的紀錄，元封二年（109 B.C.）時，以滇池和洱海爲中心，散布許多的部族，各有君長，不相統攝。在南詔成立前是以部落爲社會的基本單位，大約在十至十五世紀，蒙氏建立了南詔王權國家，統合滇池與洱海兩大群體，南詔蒙氏在《舊唐書》與《舊唐書》的書寫中，本是哀牢夷後裔，是以唐代史傳中往往書寫成「哀牢夷」也，但南詔蒙氏採取對唐王權友好的態度，接受唐代文化，是西南族群逐漸由夷轉夏（這裡的由夷轉夏，指史傳書寫中對西南族群認同邊界的遷移），南詔文化匯入中國文化系統脈絡的開始，到元、明時期，中央王朝統治雲南後，明王朝爲加強對雲南的統治，採用土司與流官並行，並實施大規模移民屯墾制度，擔當家族也置身在這一波明初移民潮中，因爲政治的命令，至雲南落地生根，擔當出生時，已爲第五代了，這波因政治強制命令遷徙的移民時常會與西南族群發生衝突，但也在衝突中加速族群文化的交流與融合，夷夏之分的逐漸模糊，但在明清易代之際，士大夫普遍有文化存亡續絕的危機意識，政治、髮式、衣冠，因爲不可抗拒的外來壓力，產生劇烈變動，於是夷夏之分轉嚴。（這裡的夷夏之分，不只是政治態度的問題，同時也是士大夫因亡國之痛，對文化的反省）

明清易代後，遺民的文化認同與政治認同撕裂，梅花化作中國文化的符號，普遍存在遺民的文集中，遺民的詠梅話語應當作一種特殊的表達，是特殊時空下的視角，擔當之所以反覆玩賞吟詠大理唐梅，除了將梅花作爲中國文化符號之外，還有更深層的心理因素——文化存亡續絕的危機意識，企圖從地方上尋求穩定性以及認同安全感。擔當吟詠大理唐梅的話語，著重在唐梅根植於古貞觀，守志不動，歷百千劫。奠基於挖掘地方的過去，以探尋個

人文化認同的起源。本文考察方志文獻，初步整理出大理喜州靈會寺唐梅的歷史記憶系統。

　　靈會寺唐梅的傳說，本來面目是口傳文學，傳說本身的形成與留傳，是雲南洱海地區的族群詮釋氏族本身的起源，具有宣示氏族政治與社會合理性的意義，同時也是一種對族群認同的界定。經由明代文人潤筆記述後被納入地方的歷史論述中，有關靈會寺唐梅的論述，依據楊慎《南詔野史》、楊宗道〈三靈廟記〉、〈白國因由〉、〈唐梅賦〉初步整理：1.一木在水中逆流，蒙氏取之，造成佛像，寺有古梅，相傳蒙氏所植，故人呼作唐梅寺。（南詔野史）。2.段氏的女祖先從梅樹（李樹）所結的卵果中誕生，在沒有受孕情況下，通過接觸一段水中逆流的木，產下大理段氏的先祖（三靈廟紀、白國因由），涉及到氏族對女祖先的崇拜。傳說結構的共同點，有一木在水中逆流，此木有神，是氏族祖先的來源。在楊慎（1488～1559）《南詔野史》的敘述中，此木為如來佛的化身，而在明景泰元年（1450）所撰的〈三靈廟記〉，此木為龍的化身。觀察此一傳說的演變，在1450年洱海族群的傳說中，梅樹化育出族群的女祖先，在1488～1599年明代文人楊慎的筆記裡，梅樹化育祖先的意涵卻與靈會寺分割為二，成為唐梅寺。此一傳說的流傳與演變，亦反映出雲南洱海族群，在明代中央王權統治下，面臨自我認同的問題。

　　明代中葉（1450～1559）的文人對靈會寺梅樹的論述，從南詔蒙氏與大理段氏角度出發，聯繫南紹王權、大理段氏與唐代的關係，入清文人的論述則強調靈會寺唐梅根植自唐，貞觀雅化，聲施於邊陲，自動遺忘南詔王權與大理段氏祖源這個部分，唯一沒有改變的部分，就是梅樹化育天地的意涵。本文認為靈會寺唐梅的歷史記憶系統，其實是三個群體論述角逐之下的結果，1.雲南洱海地區族群，2.明代流寓至滇的文人。3.明清易代以際的文人。本身就是由夷轉夏（南詔文化匯入中國文化系統脈絡），再由「夷」統「夏」（明清鼎革，再度面群異族的統治）的過程，唐梅見證了無數的統治者在這塊土地上建立起政權，最後消失在歷史的洪流裡，每一次改朝換代都是一次激烈的政治暴力，禍及生民。雖然統治者不斷更替，只要文化和生活方式不斷絕，人民就會繼續生活下去。

　　在儒學價值的體系固有的民本思想中，將政權的轉移繫於有道與無道。孟子曰：「三代之得天下也，以仁；其失天下也，以不仁。國之所以廢興存亡者亦然。」又云：「賊仁者謂之賊，賊義者謂之殘。殘賊之人，謂之一夫。聞

誅一夫紂矣。未聞弒君也。」孟子認為天下之得失，繫於民心之向背。並且明說政權可以轉移，轉移的軌道繫於天下民心。然而遺民之所以為遺民，固然來自於政治劇烈變動，但並不是遺民認為政權不可以轉移，更深刻地說是個人「志」與「節」的問題。因此擔當才會將個體的「志」與「節」，與治亂循環周期——崑池劫灰與漢唐想像的歷史文化信念，寄託在唐梅的「孤根植自古貞觀」的意象中。

三、在時空流轉中，尋找精神的家園

中國哲學的特質認為是宇宙是一個生命流動的場所，季節的推移，草木的推移，萬物的變化，往往撩撥文人內心地老天荒之感。人類所能經驗、感受、思考，理性與情意所能掌握的範圍，皆仰賴時間與空間的遷逝。當我們抬頭仰望夜空，追問明月幾時有，就是個人的生命意識遇合宇宙無窮的瞬間，明月與清風並沒有必然存在的理由，一個朝代的也沒有必然存在的理由，更遑論是個人的生命短暫了。宇宙星辰與人為的功業都無法保證個人生命的存在，詩人不免感到「暝色入高樓，有人樓上愁」了

擔當置身在充滿矛盾衝突的特殊時空之下，萬方多難，使他體驗到前所未有的生存焦慮與無力感，他對「家園」的認知，處於新舊朝代夾縫之間，比起棲居空間的匱乏，精神原鄉的失落，更讓人無所適從。生命如同流水，從指尖留過，無法靜止，無法停留某一個定點，但亡國之痛，讓擔當悔愧不已，文化創傷與自責是身為遺民必經的情感狀態，迫使他藉由文學與圖像來定位自我「位置」與「方向」，展開對自我以及家園的追尋。本章透過閱讀詩人詩作與畫作中所留下的自我書寫，個人、歷史、宇宙三種時間觀點，以及登臨、遠遊、瞻望三種空間意識，瞭解擔當如何承擔並且超越自身生命的困局。

（一）時間意識

個體生命周期本來是宇宙循環的一部份，在明清之際，生死卻成為士人爭論不休的話題，諸如「死節」、「死社稷」、「死君父」的言論，由此可知，明清之際的士大夫所面臨的壓力，整個世界天崩地解，呈現一種撕裂的局勢，他們心靈上的掙扎與衝突不是局外人所能想像的，這是無法擺脫的生命困局，因此在擔當的詩作中，有時會流露出「悔」、「愧」的情緒，以及罪惡感，出現「陵墓」、「鬼魂」、「燈燭」、「九嶷」、「越王冢」、「虞帝祠」的意象，以

及「日暮路迷」與「黃葉秋風」意象，詩作中陵墓與鬼魂的意象，是將目光投向人生的終點，源自迫近死亡的深切感受，日暮與秋天的意象，則將目光回顧來時路，源自時不再至的深切感受。雖然兩組意念的方向有別，但都是時間的悲劇意義。從擔當的〈樹倒藤枯〉圖卷看來，鑲嵌禪宗的公案「樹倒藤枯」，任何一段生命軌跡都是有限且不可複製重來的時空，禪師指示學人看公案的目的，本是藉由訓練心眼，以覺照在悠悠的時光中，個人生命、甚至家國覆滅，種種人類社會存在的現象。解放個人心靈，使一個人的心無罣礙，突破生命的限制。過於執著於語言、文字、邏輯，語言、文字、邏輯就會成為絆腳石和葛藤。這是因為語言、文字、邏輯是基於時間的秩序上建立起的一套系統，而且總是認為時間是線性無法逆轉的，遺民身處在易代夾縫中，在個人的生存焦慮與全體人類共同的命運之間掙扎煩惱，然而在禪者的心智中，時間並不是線性，更接近一個剖面。不同時代的人，活在不同的剖面中，而有時空的侷限性，面與面之間彼此交疊，所以更強調的是直下承當。。

（二）空間意識

登臨空間經驗中所引發出的美感，融匯我國民族複雜而多變的心靈思維。同一人的登臨經驗，而表現的情感則可能判然有別。如果登山，山的怪特孤峭，讓人心凝形釋與造物者游，表現出「豈惟眾山小，能令雲亦低」的豪邁情懷，是睥睨人世的高蹈姿態。如果臨水，面對澄江如練，登臨送目，正值故國晚秋，道出「秋水長天人去遠，難將一色寫離愁」的悵惘，是最魂牽夢繫的鄉關之思。登山與臨水，同是擔當詩作中的登臨空間意識，因為審美主體與審美客體之間關係的不同，引起宏壯與悽惻兩種不同美感，正是我國文學固有書寫傳統——莊子的逍遙自適與屈騷的執著深沈。兩種不同的心靈思維，看似矛盾，但都是遺民的生活方式。擔當〈煙雲供養〉圖卷的構圖，承襲莊子逍遙與楚辭遠遊兩大傳統。就在「出發→追尋→城市→鄉村→深山→寺院→回歸」的空間移轉中，結構性的隱喻，點出遠遊空間意識，在繪畫中深化文學中遠遊與回歸的主題。而〈陌上尋芳〉圖，圖中人物的手遙指天空，瞻望遠方群山，揭露擔當的情感徘徊在「尋隱」與「尋芳」之間，尋隱不遇，尋芳亦不得，正是遺民進退兩難的寫照。擔當詩畫中個人、歷史、宇宙的時間觀點，以及登臨、遠遊、瞻望的空間意識，都是他努力想超越對時間與空間的執著，超越自身生命的困局，以及生與死相對的觀念，回歸人類生命的來源。

四、擔當詩作與畫作中的符號

藝術的表現是一種創造性的表現，而不是任意的表現，因此必須具備目的性的意象，或是目的性的結構。一路考察擔當詩作與畫作出現的意象，在繪畫中，以「雲」最具有擔當的個人特色，而在詩作中，以「梅」最具有代表性。這兩個意象持續反覆在擔當的詩作與畫作中出現，並且具有持續一致的意指作用，那麼對擔當而言，「雲」和「梅」，就不再只是一個意象，而是一個符號。

（一）「雲」──氣的象形文字

在擔當的畫中，「雲」，作為一種繪畫符號，表達形式是不規則的形象，他的本質並不在於指涉某樣物質，而是用來在畫面中營造一種迷離倘恍的空間氛圍，將人物或居處空間安置在不真實的夢境中，與現實疏離，展現強烈的時空異化感，形成《擔當山水人物冊頁》第五開曲折幽微，哀婉徘徊的風格。或是讓畫面朦朧化，取消線性的秩序與輪廓層次，交織出晃動不安的微塵世界。「雲」在擔當中畫中，並非現實自然中的雲，而是指涉「氣」的概念，一種靈魂上的飛升遠馳，奠基於氣化宇宙論的基礎，宇宙萬物如大化流行，人的精神從世俗侷限中解脫出來後，靈心遠遊與萬物相通，才能恢復完整生命。

（二）「梅」──心性的符號

遺民內心無家可歸的失落感，以及如何界定自我存在的生命意義，是一個人藉由知識體系與後天經驗皆無法達成的，因此不能向外探求，只能向內尋找，文人在踏雪尋梅的同時，所發現的是自我內在世界。由於繪畫無法表現時間流動，僅能截取某一瞬間靜止的印象，所以必須運用具有目的性的結構。擔當以「尋梅」或「行旅」為主題的作品，往往運用形象思維的隱喻，反覆呈演「雪」、「酒」、「驢」、「山僧」、「童僕」、「梅」的意象，以題畫詩的文本形式，鑲嵌在另一個圖像文本〈踏雪尋梅〉圖中，題畫詩與圖像互補，又構成另一個獨立的文本。在他的〈踏雪尋梅〉詩組中，「雪」、「酒」、「驢」、「山僧」、「童僕」、「梅」，以橫向組合的方式構成一套象徵系統，「梅」，作為一個符號，所指涉的清淨的本性，同時也是自心，真正的智慧必須由內而發，由主體覺悟而生。「尋梅」的旅程，不只在尋找梅花，逐步揭露擔當心境的轉移變化，從士不得志的失望中，以及亡國之痛中，逐漸去除心中塵念繫縛，達到空諸所有，最終回歸自性，進入生機無窮的禪境。

擔當年表與作品繫年

中曆 （西曆）	年齡	生平紀要	備　註
萬曆21年 （1593）	1	生於雲南晉寧城內上東街之紹箕堂。	
萬曆27年 （1599）	7	受祖庭訓，祖父主講晉寧梅谷書院。	
萬曆33年 （1605）	13	補博士弟子員。父懋德，北上應選，與父同往金陵。	擔當有〈余年十三在金陵湘蘭老馬姬為余簪髻戲之〉一詩
萬曆40年 （1612）	20	前往昆明池息陰軒，參見釋禪本無禪師	《風響集‧序》：「余甫冠時，即參本大師於昆明池上息陰軒中……余時業儒，雖捧誦之，未得其奧……」
天啓元年 （1621）	29	四川土司奢崇明起兵反明，貴州土司安邦彥繼之。	
天啓3年 （1623）	31	1.自廣西出雲南，路經廣西與謝肇淛（1567～1624），謝肇淛時任廣西右布政使，擔當與謝肇淛同游桂林。 2.與曹學佺（1574～1646）相見，天啓3年，曹學佺任廣西右參議。	

中曆（西曆）	年齡	生平紀要	備　　註
天啓 4 年（1624）	32	1. 與李維楨（1570～1626）相見，李維楨為《餉園集》作序。 2. 與董其昌相見，董其昌為《餉園集》作引，引文中言：「余既奉旨求遺書，事竣還里。而滇中太學唐大來，自輦下至……」	據董其昌《神廟留中奏疏彙要》輯成時間在天啓 4 年 4 月初三日，則擔當與董其昌會見時間當在天啓 4 年。
天啓 5 年（1625）	33	與陳繼儒相見，陳繼儒為《餉園集》作序。	
天啓 6 年（1626）	34	1. 前往參見浙江會稽雲門顯聖寺湛然圓澄禪師（1561～1626） 2. 與蒼雪法師相見。（1586～1656）蒼雪法師有〈丙寅白門宋唐大來明經應試〉	
崇禎元年（1628）	36	作客江南菱水（水名，在江蘇。）	作〈前赤壁賦圖卷〉，卷首跋崇禎戊辰秋八月，擬振候盟兄，署款唐泰，又行草寫蘇軾〈前赤壁賦〉全文，文後跋：「余往在眉公山中，見文太史畫前赤壁。宛有鬱蒼之致，而書法更遒勁可愛。適客菱水，坐雨窗，茶甘香淨。擬賜振候盟兄…」署唐泰、遲道人，
崇禎 3 年（1630）	38	自江南經廣西回雲南	作〈崇禎庚午初春感賦〉：「今春風景不似春，花間曾否醉幾人？山藪無數非餓虎，歲時此日有窮民。吾道自來當用拙，世情何必求新。夜來舊夢忽到枕，依稀拜舞見北辰。」
崇禎 5 年（1632）	40	是年告退衣巾，棄舉子業。	作〈言志詩〉11 首，詩前有引：「余公車游倦歸來，養泉石。年未四十，已無志於通籍。於是繳公具於當事者，願以布衣從事，老於下……」

中曆 （西曆）	年齡	生平紀要	備　註
崇禎 9 年 （1636）	44	母親離世	
崇禎 10 年 （1637）	45	家居守喪	為麗江土司木增《山中逸趣》作序，序文署款崇禎丁丑 12 月。此置子唐泰，書於墨齋中。
崇禎 11 年 （1638）	46	客昆明傅宗龍別業	徐霞客至晉寧，兩人相見，滇遊日記四，戊寅十月二十三日記：「唐大來名泰，選貢，以養母繳引，詩書畫俱得董玄宰三昧。……大來雖貧，能不負眉公厚意，因友及友，余之窮而獲濟，出於望外。」
崇禎 15 年 （1642）	50	往水目山，從戒師無住洪如，受具足戒，法名普荷。	作〈壬午五十生日〉：「人生寧有幾春秋，忽過半百不自由。從此日月但西隆，何處江海非東流……」
崇禎 16 年 （1643）	51	入雞足山，結茅於鳳毛山下。	作〈為秘傳作山水圖卷〉，卷首題：「癸未夏日雨中擬秘傳兄。」署款唐泰。卷尾跋：「余初入山，未知此山道路……」署款唐泰。鈐白文印二：「唐泰之印」、「此置」
永歷 3 年 （1649）	57	作《毗山對酒和陶詩》一、山水畫左上方題：「神情在董巨之間，筆墨超明暗之外。從此斂其鼻息，方可氣吞千古。」署款唐泰，白文鈐印：「唐泰之印」、「此置」，冊後跋：「錦里先生與余相善，……」冊後署款己丑七月擔當。	
永歷 4 年 順治 7 年 （1650）	58	〈樹倒藤枯圖〉，卷尾跋：「庚寅仲春為法潤老師寫」署款擔當，鈐白文印二：「普荷」、「擔當」	
永歷 7 年 （1653）	61	有〈秋江無盡圖〉，署款唐泰。前有永歷七年唐際虞題識。	
永歷 8 年 （1654）	62	為悉檀寺徹庸本無禪師《風響集》作序，序文言：「永歷甲午冬，有法潤、安仁二公，持師《風響集》向余乞序。」署款永歷甲午普荷擔當撰。	
永歷 9 年 （1655）	63	作〈文殊立軸〉	

中曆 （西曆）	年齡	生平紀要	備　　註
永曆12年 順治15年 （1658）	66	1.吳三桂攻入雲南。 2.擔當重修寶蓮庵，內有罔措齋，後有斗母閣。 3.與馮甦相見，馮甦，字再來，順治15年進士，任永昌推官。	作〈太平有象圖〉，署款擔當。左上角題永曆戊戌九月，紹初壽圖，花甲再新，太平有象。
永曆13年 （1659）	67	永曆出雲南，逃至緬甸。	
順治18年 （1661）	69	據〈王公置買班山碑記〉，王石公延請擔當，駐守於班山，是年王石公卒於班山，擔當入住班山寫韻樓。	
康熙5年 （1666）	74	清廷於貴州設立行政區黔西府，擔當友人王綸如前往就任。	
康熙7年 （1668）	76	作《橛庵草·跋》，跋云：「前名普荷，從戒師無住，遵戒而不嗣法。今名通荷，從先師雲門，嗣法而遵正眼也」署款通荷識，時年七十六。	
康熙8年 （1669）	77	1.作《勵耕書屋舊藏山水冊》，冊後有知空學蘊跋：「偈曰：展閱担師詩字畫，片言枝樹難酬價，雲空評處不留情，扯破將來再說話。己酉春于白鹿群中跋」。 2.題陶不退書卷，署款擔當識此，時年七十有七。	
康熙10年	79	作〈溪亭垂釣圖〉：「以近八旬翁，老眼猶在紙畫中，摸索不知翻正……」	
康熙11年	80	作〈繪釋圖〉，軸上題：「這三大士同口出氣，一串穿來心心相遇。佛在心頭，不來不去，入四空天，出人間世，因果無差，在人有志，念佛爲先，參禪猶次，推轉法輪，了此大事，我乃佛茅，代佛授記，在家出家，如是如是。」署款八十翁普荷。下兩方印漫滅，無法辨識。	
康熙12年	81	作《拈花頌百韻》，序文署款康熙癸丑中秋月，八十一僧通荷擔當自撰	

擔當交遊人物一覽表

姓名	字　號	郡望	生　平
吳、浙地區文人群體			
董其昌	玄宰	松江華亭	見第二章第三節
陳繼儒	字仲醇，號眉公	松江華亭	見第二章第三節
趙宧光	凡夫	江蘇太倉	隱於寒山，精六書，善書法，運用行草筆勢作小篆，自創「草篆體」，著有《寒山帚談》
沈顥	朗倩，號石天、朗道人	江蘇吳門	見第二章第三節
徐弘祖	字振之，號霞客。	江蘇江陰	是明代著名的地理學家和旅行家，著有《徐霞客遊記》。
顧與山	高況	江蘇無錫	
彭秋水		江蘇金陵	
何白	無咎	浙江永嘉	幼時為郡小史，龍君御為郡司理，異其才，為加冠，集諸名士賦詩以醮之，為延譽海內，遂有盛名。西遊酒泉，南窮湘沅，歸隱於梅嶼山中。崇禎初年，以老壽終，能書善畫，有《汲古閣集》行世。(《列朝詩集小傳》丁集下頁 669)
范汭	東生	浙江烏程	東生、凝父起吳，希風抗志，在大曆、元和之間。清新安雅，彬彬相命，進而之古，有其端矣。鍾、譚崛起，鬼怪公行，滔滔江河，流而不返，識者有深恫焉。(《列朝詩集小傳》丁集下頁 648)

姓名	字　　號	郡望	生　　平
葛一龍	震甫、震父	吳縣洞庭	山中多富室，以為行賈，而震甫以讀書好古，盡破其產……吳喬、范質公典選，識其名。……乃得就選，除雲南布政司理問，及之官，詳視緩步，盤辟為禮頌，上官皆目笑之。居無何，謝病歸，卒於崇禎庚辰，年七十有四。（《列朝詩集小傳》頁 649）
唐汝詢	字仲言	雲間	五歲而瞽，父兄抱膝上，授以三百篇，及唐詩，無不成誦。旁通經史，能為諸體詩，箋注唐詩，援據該博，亦近代一異人也。（《列朝詩集小傳》丁集中頁 567）
章台鼎	吉甫，號青蓮居士。	南京雲間	
宦遊於雲南文人群體			
謝肇淛	字在杭，號武林	福建長樂	萬曆三十年進士，博學多才，擅長詩文。與曹學佺活躍於閩中詩壇（《明史・文苑》卷 286）
姜思睿	字顥愚，號直指大隱居士、髯道人	浙江慈溪	明天啟進士，崇禎初擢御史，後任雲南巡撫。（〈題克心和尚侍姜直指圖〉《擔當詩文集》頁 381）
馮甦	再來	浙江天台	康熙四年任永昌軍民府推官（永昌司李），著有《滇考》。《滇考・序》云：「我國家勞百萬師以取之，特留藩旗，設行臺大臣以理之內，而三使司外，而分四道、十鎮、一十八郡以交制之，其不鄙棄遠人，欲與同享太平之盛世……」（臨海宋氏刻本）
徐宏泰	交伯	江西	明季任分守道，清慎高潔，頗著風裁。鼎革後，寓居蒙化，性嗜咏，與郡中人士相唱和，囊橐蕭然泊如也。（民國《蒙化縣志稿》卷 10 葉 2）
史光鑑	作儀	奉天寧遠	歲貢康熙三年，由趙州陞楚府，聞楚歲荒兵民乏食，即運米賑濟，民賴以生…後陞浙江寧紹道副使。（《楚雄縣志》卷 7 葉 41）
遺民群體			
許鴻	子羽	福建	宦於滇後，因兵亂卜居太和之古生，能詩，興至輒攜一觴於水邊柳下，吟詠自適，無求於人，先是遇兵變斷其右掌，以左腕書，能作懷素大草，公以左腕自號，人亦稱為左腕云。（康熙《大理府志》卷 24 葉 4）

姓名	字　號	郡望	生　平
汪蛟	辰初	江南江都	明末宦於滇，以中原多故避亂至榆。愛太和古生，傍水因僑寓壽，博學工詩，為人尤敦和簡靜，有古君子風，知交雖廣，不屑於進，其志操可概見矣，寓此幾二十年，老乃歸黃山。
朱蘊鑑	衷白，法名不錯	湖北武昌	宦於滇，值沙定洲、孫可望之變，遂祝髮為僧名不錯。結庵於浪穹之標山，題曰楚雲坐臥，三十年惟與唐大來相往，還善弈工吟詠，閒則念佛於松林竹塢間，當涼風皎月輒慷慨悲歌，人莫窺其意之所存。（康熙《大理府志》卷 24 葉 4）
郭都賢	天門，僧號頑石、些菴	湖南益陽	天啓二年進士，崇禎十五年，巡撫江西，時張獻忠已逼境，賊騎充斥，都賢晝夜繕守御……祝髮後號頑石，又號些庵，茹苦無定居，初依熊魚山開元，伊洞庭民興於嘉魚，住梅熟庵，流寓沔陽，築補山堂，前後十九年。歸結草盧桃花江，負以詩累，客死江寧承天寺。有女名純貞，許字黔國公沐氏，國變後，音問梗絕，遂終於家。（《明遺民錄》卷 7）
陳佐才	翼叔	雲南蒙化	少倜儻不羈，讀書謹至論語，漸長以世亂習才技隸黔國公沐天波標下，受弁職，明鼎革後，永曆帝入滇，佐才奉命赴催餉，及歸則帝已為吳三桂逼走緬甸，追不及乃隱居山寺發憤向學，喜吟咏與徐宏泰、張以恆、擔當和尚相唱和，詩多血性語，不事推敲而自有深情遠韻。（民國《蒙化縣志稿》卷 8 葉 21）
吳鼎	石峯、達諦，僧號大拙。	江南鎮江	崇禎時賜進士，倜儻不羈，胸無塵俗，嗜飲，敏於詩。與吳人錢大錯，閩人周天工，江右易和尚，蜀人劉文芨為詩友，後隱於僧，更名大拙。嘗往來臨陽嘯咏山水，極清遠之致。（康熙《建水州志》卷 15 葉 39）
趙炳龍	文成、雲升，晚號楸園老人	雲南劍川	崇禎壬午科舉人，廣學博文，能為古文。永曆時授戶部外郎，憤孫可望有異心，投歸隱居石寶山寶巖居，卻吳三桂聘以終。著有《居易軒遺集》工書行草，得閣帖筆法。（康熙《劍川府志》卷 14 葉 48、《滇南書畫錄》卷 1 葉 9）
何蔚文	稚玄	雲南浪穹	生而穎悟，讀書過目不忘，九歲能詩文尤好讀古書，與兄星文輩居寧湖（一名茈碧湖）。嘗曰吾生時父夢金花豹入室，蓋先作南山霧飲兆矣，詠歌自適，與汪蛟、許鴻、普荷輩，詩筒往來於蒼山洱海間，著有《浪槎稿》。（民國《浪穹縣志稿》卷 9 葉 5）

姓名	字　號	郡望	生　平
錢邦芑	字開少，大錯和尚	江蘇丹徒	南明永曆中，以御史巡按四川。永曆六年（1652年），受任撫黔。拒附孫可望，於永曆八年在貴州修文潮水寺祝髮爲僧。
曹學佺	字能始，號石倉	福建侯官	萬曆二十三年進士。萬曆中，閩中文風頗盛，自學佺倡之，晚年更以殉節著云。（《明史‧文苑》卷 288）
禪門師友			
讀徹	初字見曉，號蒼雪	雲南呈貢	童年隨父祝髮于昆明妙湛寺，至雞足山寂光寺爲水月大師侍者，年十九則飄然長往，自滇至吳，歷兩江遊天台雁宕，登黃山參學於巢雨法師，住藤溪、銕山、白門，崇禎元年戊辰乃住中峯山繼席講演數十年，與眉公、玄宰、牧齋、梅村諸公友善，詩名在外，時謂皎然復生。順治十三年應寶華講席，遂示寂焉。（《滇詩拾遺》卷 5 葉 26、《滇釋紀》卷 3 葉 3）
圓澄	湛然		
釋禪	字本無，駐錫於悉檀寺	雲南昆明	張氏子，早失父，稍長，就異途，復棄之，業儒。……年十九禮通海秀山妙空和尚祝髮，受法於所菴法師，稟具於大方和尚，於雞足放光寺，大究經藏二十餘年……萬曆丁巳沐公增題建悉檀寺，延師開山……沐公爲請大內藏經，蒙光宗特允頒賜并兼授紫衣，并僧錄左善世之秩……崇禎壬申秋三月……偈曰蓋天匝地本齊平，萬象森羅極有情。只在當人高著眼，波騰鼎沸見無生，語畢而化。（《滇釋紀》卷之 2 葉 30）
道源	字法潤，駐錫於雞足山悉檀寺	雲南鶴慶	俗姓杜，同弟道慈出家於玄化寺。麗江欲開建悉檀寺，其時師住麗江之解脫林，慈和忍艱苦，多幹才，以故一肩任之。寺於天啓四年，疏上請北藏，欽頒福國悉檀寺額，賜師紫衣，授僧錄司左覺義。……享年七十五，僧臘五十余度。（《雞足山志》卷之 7 頁 345。）
道慈	字安仁	雲南鶴慶	法潤之親弟。幼而聰慧，長而篤厚，事無巨細，迎刃騄然。麗江生白公命赴嘉興請藏，繪水陸，刻書籍。遂得遨翔於南方，同無住大師參天童，朝普陀，有洛伽洞中觀音三獻之異。董玄宰、陳眉公相謂曰：安仁博雅，不似雲南僧。（《雞足山志》卷之 7 頁 350。）

姓名	字　號	郡望	生　平
徹庸	字周理,駐錫於妙峰山。		杜氏子,於萬曆十九年時,師年十一歲,入雞足山,禮遍周上人。周預夢青蓮花生於殿庭,次日師至,乃喜之與剃染,為曹洞第十一世。……往與弟子洪如隱居白雲窩,後同開妙峰,因集《曹溪一滴》,住錫水目。崇禎甲戌,偕印天童密雲大師,嗣天童臨濟正宗三十五世……(《雞足山志》卷之7頁328。)
洪如	無住禪師、水月和尚,駐錫於水目山寶華寺	雲南定遠	姓鄧,幼慕宗學,萬曆丁巳同周芝公遇徹庸和尚,即拜為師。庸命參狗子無佛性句,後就河南大千祝髮,復來雞足叩徹庸。入白雲窩苦參三年無所得,一夜坐高樓聞鐃鈸聲,忽然大悟,舉似徹庸,庸許之。陶不退問參何話頭得悟,師舉趙州無字,陶曰無字麼,師曰雪閣,陶深然之。(《雞足山志》卷6葉21、《滇釋紀》)
學蘊	號知空	雲南洱海	洱海張氏子,嗣臨濟宗三十三世,甫十歲即入山,投水月和尚,祝髮住寂光寺,精修戒律,脇不至席者三十年,建玉霖軒靜修,出山後於楚雄開創九臺山,學人數百(《雞足山志》卷6葉28、《滇釋紀》卷3葉6)
用周	名儒全,號水月。駐錫於雞足山寂光寺僧。	雲南晉寧	萬曆初年,禮古林為師,後與朗目同參,遍歷大方,海內宗匠無不印可。一日至峨嵋山四會亭,得琉璃三昧,後歸,主寂光寺。(《雞足山志》卷之7頁330。)
普灼	號中也	雲南太和	幼業儒,後於雞足傳衣寺祝髮 悟性敏達,過目成言,繼謁無住和尚受具,頷參於大理崇聖寺,掩關十年,合郡德之重,興其寺,煥然一新,而歸敬者不可勝計。(《滇釋紀》卷之3葉20、〈贈中也上人〉《橛菴草》卷3頁171)
弘覺忞	號木陳老人。駐錫於寧波天童寺、會稽平陽寺		擔當〈乞木陳大師小楷〉(《橛菴草》卷7頁353) 擔當〈寄答山陰平陽山中木陳大師命徒從聞來點蒼山索余拙稿二首〉(《橛菴草》卷7頁353)
玄珠	仙陀,雞足山僧。		擔當〈贈仙陀師〉(《橛菴草》卷5頁212)
一忍			擔當〈寄盤龍寺一忍師叔〉(《橛菴草》卷7頁311) 擔當〈答一忍師叔〉(《橛菴草》卷3頁173)

姓名	字　　號	郡望	生　　平
廣能	號克心，駐錫於寂光寺。	雲南洱海	白眉者有廣能，號克心，雲洱人，志向恒堅，可嗣衣缽。……於是憚精勞瘁，仰叩眾緣，誠感右吾劉公，蕭巖傅公撰疏文。國公沐、按臺朱、姜二公，合省宰官、長者、居士、鶴陽高揮士等，如萬吉、葛久、仇應龍，檀越雲比，財施旃積，新建山門三楹，翼以左右禪堂，遷三一樓於後，移耆舊堂於前，……金碧輝煌，鴛瓦鱗次。且經書什物，香積食輪，種種倍增於昔……（〈雞足寂光寺開山傳衣法嗣紀略碑〉《大理叢書・金石篇》第 10 冊頁 133）
雲南文人			
陶珽	不退	雲南姚安	
傅宗龍	字仲輪，玄憲，號括蒼。	昆明	明萬曆 31 年（1610 年）進士。歷任貴州監軍、四川巡撫、山西總督、薊遼總督、浙江巡鹽、戶部待郎、兵部尚書、陝西總督。
楊君山		雲南趙州	
黃孝翼	徵君	雲南江川	
谷際岐	大來	雲南趙州	
劉明府		雲南趙州	碧蓮池館
陳退庵		雲南趙州	
何星文	伯庵（庵疑為闇）	雲南浪穹	〈贈何伯闇五弟稚玄〉
閃仲侗	知愿	雲南永昌	永昌望族
閃士覺		雲南永昌	
方世瑜	握之	雲南晉寧	
塗大輅	玉華	雲南石屏州	性疏曠，嗜學能文。府州志，皆出其手，生平纂輯甚富，著有《曼衍集》、《鐵船稿》、《林壑雜藝》。（《石屏州志》卷 4 葉 13）
萬秉義	路也		庠生
萬崇義	宜也	雲南太和	歲貢，任橏峩縣祿豐教喻，工詩善行草書，著有《拙庵隨筆》（《滇南書畫錄》卷 2 葉 2、民國《大理縣志稿》卷 18 葉 11）
楊有孚	暉吉	太和	
黃禹甸		雲南蒙化	黃麟趾之子
黃沂水		雲南蒙化	黃麟趾之子

姓名	字　號	郡望	生　平
黃麟趾	字伯仁	雲南蒙化	以鄉薦任山東嘉祥令，轉四川順慶府□□縣令，卒於任。
其他			
張在瑗	號蓬度	廣東順德	希載元孫也，有祖風，學宗白沙，崇正黜邪，生平足跡幾半天下，迨明鼎革杜門不出，蘇何兩相國遣陳會斌徵之不起，著有《綠樹山房集》（《龍山鄉志》卷9葉2）
溫玉振	覺斯	廣東順德	少好古文詞，長博洽，無書不讀，尤長於知。今有明一代禮樂刑政官制建置，接悉其制作因革損益所由，講學於區羅陽，羅陽稱之爲諸生，不售遂棄去，性好山水，自閩越吳楚齊魯燕趙，凡名山未嘗不登，愛金馬碧雞之奇兩度入滇，以世亂不能入蜀爲恨，所著詩歌有漢魏風格，文章典雅。（《龍山鄉志》卷9葉1）
林茂之	古度、那子	福建福清	林茂之爲錢牧齋之友。牧齋有〈歲晚過茂之見架上殘帙有感，再次申字韻〉云：「先祖豈知王氏臘，邊人不解漢家春。可憐野史亭前叟，掇拾殘叢話甲申。」（《明代千遺民詩詠》（卷10葉13）
李占春	少白、少伯	貴州黃平	明亡後，棄官遊順寧，工詩。
謝三秀	君采	貴州貴竹	博極羣書，晚以明經三任教職，旋棄去。爲萬里遊，歷覽山川，與東南大家建詞壇旗鼓，有天末才子之目，著《雪鴻堂》諸集行世
陳潤之	法名如清	襄陽	萬曆庚申年，同雲石王亨宇遊山，栖蘭陀寺二載有餘。（《雞足山志》卷6葉24）
謝珮	鳴玉	湖廣湘潭	明萬曆舉人謝所舉（瞻菉）第六子，謝氏六子並有著述，一時推爲文學之門，珮知邛州，亦有詩集，經亂散失，不得其行事。（光緒《湘潭縣志》卷8之4頁1262）

參考書目

一、詩文集

1. 擔當：《餉園集》、《橛菴草》、《罔措齋聯語》，收入《擔當詩文全集》，昆明：雲南人民、雲南美術出版社，2003 年 11 月。

2. 釋普荷：《擔當遺詩》，台北：新文豐出版社，民國 78 年，叢書集成續編影印雲南圖書館甲寅年藏版，第 172 冊。

3. 陳榮昌輯：《滇詩拾遺》，台北：新文豐出版社，民國 78 年，叢書集成續編影印雲南圖書館甲寅年藏版，第 118 冊。

4. 袁文典輯：《滇南詩略》，上海：上海書店，1994 年，叢書集成續編影印雲南圖書館甲寅年藏版，第 150 冊。

二、書畫集、博物館圖錄、繪畫史

1. 李昆聲主編：《擔當書畫全集》，昆明：雲南人民、雲南美術出版社，2004 年。

2. 朱萬章：《擔當》，河北：河北教育出版社，2006 年。

3. 勞天庇主編：《至樂樓所藏明遺民書畫錄》，香港：至樂樓，1992 年。

4. 清：擔當：《榮寶齋畫譜・擔當》，北京：榮寶齋出版社，1995 年 10 月。

5. 中國古代書畫鑑定組編：《中國古代書畫圖目》，北京：文物出版社，1996 年第一版。

6. 鈴木敬：《中國繪畫綜合圖錄》，日本東京：東京大學出版會，1982 年。

7. 〔清〕張庚：《國朝畫徵續錄》（清乾隆四年刻本），收入《續修四庫全書》，上海：上海古籍書版社。

8. 〔清〕竇鎮：《國朝書畫家筆錄》（清宣統三年文學山房聚珍版），台北：文史哲出版社，民國 60 年 5 月。

9. 陳傳席：《中國繪畫理論史》，台北：三民書局，2005 年。

三、史料部分

1. 〔明〕楊慎：《南詔野史》（乾隆 40 年石印本），收入《中國方志叢書》，台北：成文出版社，1968 年。

2. 〔明〕徐弘祖著，朱惠榮譯注：《徐霞客遊記·滇遊日記》，台北：台灣古籍出版社，2001 年，第八冊、第九冊、第十冊。

3. 〔明〕錢謙益：《列朝詩集小傳》，收入周駿富輯《明代傳記叢刊》，台北：明文書局，第 11 冊，1991 年。

4. 〔清〕計六奇，《明季南略》，收入《台灣文獻史料叢刊》，台北：台灣大通書局，1987 年。

5. 〔清〕李斯佺、黃元治纂修：《大理府志》（康熙三十三年刻本），收入《北京圖書館古籍珍本叢刊》第 45 冊，北京：書目文獻出版社，1988 年。

6. 〔清〕高奣映：《雞足山志》，昆明：雲南人民出版社，2003 年。

7. 〔民〕趙藩、李根源輯：《雞足山志補》（民國二年北京京華書局聚珍版），收入《中國佛寺志叢刊》，揚州：江蘇廣陵古籍刻印社，1996 年。

8. 〔清〕釋圓鼎：《滇釋紀》，收入《中華佛教人物傳記文獻全書》，北京：線裝書局，2005 年

9. 孫太初：《雲南古代石刻叢考》，北京：文物出版社，1983 年 12 月。

10. 方樹梅：《滇南碑傳集》，雲南：雲南民族出版社，2003 年 7 月第一版。

11. 方樹梅：《滇南書畫錄》（晉寧方氏南荔草堂藏板），收入《清代地方人物傳記叢刊》，揚州：廣陵書社，2007 年。

12. 秦光玉：《明季滇南遺民錄》（呈貢秦氏羅山樓刻本）收入《中國西南文獻叢書》，蘭州市：蘭州大學出版社，2003 年。

13. 楊世鈺主編：《大理叢書·金石篇》，北京：中國社會科學出版社，1993 年。

14. 史樹青：《勵耕書屋問學札記》，北京：三聯書店，1982 年 6 月。

四、諸子學說

1. 莊子，《莊子》，台北：藝文印書館，民國 89 年。

2. 陳鼓應：《莊子今注今釋》，台北：中華書局，1983 年。

3. 〔漢〕劉安編著，陳麗桂校注：《淮南子》，台北：國立編譯館，民國 91 年。

4. 黃宗羲：《明儒學案》，台北：華世出版社，民國 76 年。

5. 〔明〕陳憲章著：《陳白沙集》，台北：台灣商務印書館，1983 年，文淵閣四庫全書本。

五、專論

1. 釋聖嚴：《明末佛教研究》，台北：法鼓山文化事業，1999 年。

2. 荒木見悟著，廖肇亨譯：《明末清初的思想與佛教》，台北：聯經出版社，2006 年。

3. 何宗美：《明末清初文人結社研究》，天津：南開大學出版社，2004 年。

4. 趙園：《明清之際士大夫研究》，北京：北京大學出版社，1999 年。

5. 趙園：《制度、言論、心態──明清之際士大夫研究》，北京：北京大學出版社，2006 年。

6. 廖可斌：《復古派與明代文學思潮》，台北：文津出版社，民國 83 年。

7. 何冠彪：《生與死──明季士大夫的抉擇》，台北：聯經，1997 年。

8. 謝明陽：《明遺民的怨、群詩學精神》，台北：大安出版社，2004 年。

9. 傅陽華：《明遺民畫家研究》，石家莊：河北教育出版社，2006 年。

10. 陳垣：《明季滇黔佛教考》，收入《中國佛教歷史研究》，台北：九思出版社，民國 66 年。

11. 張福山主編：《雲南地方文學史》（古代卷），昆明：雲南人民出版社，1997 年 12 月。

12. 龔蔭：《明清雲南土司通纂》。昆明：雲南民族出版社，1985 年 7 月。

13. 方國瑜：《中國西南歷史地理考釋》，台北：台灣商務印書館，民國 79 年 6 月。

14. 余嘉華：《古滇文化思辯錄》，昆明：雲南教育出版社，1997 年 5 月。

15. 徐嘉瑞：《大理古代文化史稿》，香港：中國圖書刊行社，1985 年。

16. Yi-Fu Tuan：《經驗透視中的空間與地方》，潘桂成譯，台北：國立編譯館，民國 87 年。

17. Tim Cresswell：《地方：記憶、想像與認同》，王志弘、徐苔玲譯，台北：群學出版社，2006 年。

18. Susanne k.Langer：《情感與形式》，劉大基等譯，台北：商鼎文化出版社，1991 年。

19. Hubert Damisch：《雲的理論》，台北，揚智文化事業有限公司，2002 年。

20. 鄭文惠：《詩情畫意──明代題畫詩的詩畫對應內涵》，台北：東大出版社，民國 84 年。

21. 鄭文惠：《文學與圖像的文化美學》，台北：里仁書局，2005 年。

22. 李清筠：《時空情境中的自我影像》，台北：文津出版社，2000 年。

23. 蕭馳：《中國抒情傳統》，台北：允晨文化，民國 88 年。

24. 黃河濤：《禪與中國藝術精神的嬗變》，台北：正中書局，1997 年。

25. 柯慶明：《中國文學的美感》，台北：麥田出版社，2000 年。

26. 徐復觀：《中國藝術精神》，台北：台灣學生書局，1966 年。

27. 朱良志：《中國美學十五講》，北京：北京大學出版社，2006 年。

28. 朱良志：《扁舟一葉——理學與中國畫學研究》，合肥：安徽教育出版社，1999 年。

29. 胡曉明：《萬川之月——中國山水詩的心靈境界》，北京：北京大學出版社，2005 年。

30. 李豐楙：《誤入與謫綘——六朝隨唐道教文學論集》，台北：學生書局，1996 年。

31. 葉嘉瑩：《杜甫秋興八首集說》，台北：國立編譯館，民國 55 年。

32. 黃裕生：《時間與永恆——論海德格爾哲學中的時間問題》，北京：社會科學文獻出版社，2002 年 2 月。

33. 王德威：《後遺民寫作》，台北：麥田，2007 年。

34. 錢新祖：《中國思想史講義》，台北：台大出版中心，2013 年 8 月。

35. 鈴木大拙：《鈴木大拙禪學入門》，林宏濤譯，台北：商周出版，2009 年 5 月。

六、期刊論文與會議論文

1. 邢文：〈五僧說〉，《江蘇畫刊》1992 年第 8 期，頁 7～9。

2. 邢文：〈擔當生卒年及其山水——勵耕書屋舊藏擔當山水冊研究〉，《清華漢學研究》卷 2，1997 年 11 月，頁 41～73。

3. 茆芳：〈一枝南向色更丹——明末愛國詩人擔當和他的詩〉，《昆明師範學院學報》1981 年 1 期，頁 14。

4. 楊開達：〈詩書寄塵跡，棲禪亦老儒——擔當暮年的審美傾向〉，《雲南師範大學哲學社會科學學報》，第 23 卷第 4 期，1991 年 8 月，頁 46～51。

5. 楊開達：〈擔當大師的藝術觀〉，《雲南師範大學哲學社會科學學報》，第 24 卷第 2 期，1992 年 4 月，頁 56～63。

6. 楊開達：〈醜與怪誕——擔當暮年的審美傾向〉，《雲南師範大學哲學社會科學學報》，第 28 卷第 1 期，1996 年 2 月，頁 28～33。

7. 孫太初：〈詩僧擔當的書法藝術〉，《中國書法》，1993 年第 2 期，頁 23～35。

8. 〈雲南省博物館藏法書選〉，北京：文物出版社，《書法叢刊》，1999 年第 3 期。

9. 鈴木敬：〈担当とその周辺、絵画について〉，日本東京，《美術史論叢》，2002 年 18 期，頁 87～110。

10. 孔定芳：〈明遺民的身分認同與符號世界〉，《中國社會科學院研究生院學報》，2005 年第 3 期。

11. 孔定芳：〈清初明遺民的雲游行爲及其意蘊〉，《人文雜誌》，2005 年第 3 期。

12. 黃苗子：〈擔當詩畫〉，收入《藝林一枝──古美術文編》，北京：生活、讀書、新知三聯，2003 年。

13. 葛兆光：〈大明衣冠今何在〉，《史學月刊》，2005 年第 10 期。

14. 王汎森：〈清初士人的悔罪心態與消極行爲〉，收入周質平編：《國史浮海開新錄》，台北市，聯經出版社，2002 年。

15. 黃俊傑：〈論東亞遺民儒者的兩個兩難式〉，《台灣東亞文明研究學刊》，第 3 卷第 1 期，2006 年 6 月，頁 61～80。

16. 李瑄：〈天地之元氣：明遺民的文學本質觀〉，《浙江學刊》，2006 年第 1 期。

17. 嚴志雄：〈體物、記憶與遺民情境──屈大均一六五九年詠梅詩探究〉，《中國文哲研究集刊》，2002 年 9 月，第 21 期。

18. 鄭文惠：〈遺民生命圖像與文化鄉愁──錢選詩畫互文修辭的時空結構與對話主題〉，《政大中文學報》第 6 期，2006 年 12 月。

19. 劉若愚著，陳淑敏譯：〈中國詩中的時間、空間與自我〉，《書目季刊》第 21 卷第 3 期。

20. 朱立新：〈試論楚辭遠遊系列結構模式及其對游仙詩影響〉，《上海師範大學學報》（社會科學版），2001 年 9 月第 30 卷第 5 期。

21. 朱良志：〈楚辭的美學價值四題〉，《雲夢學刊》，第 27 卷第 6 期，2006 年 11 月，頁 37～46。

22. 傅道彬：〈黃昏與中國文學的日暮情思〉，《中國文化》（風雲時代），民國 81 年 11 月，第 7 期，頁 115～127。

七、碩士、博士論文

1. 廖肇亨：《明末清初遺民逃禪之風研究》，國立台灣大學中國文學研究所碩士論文，民國 83 年 5 月。

2. 連瑞枝：《王權,觀音與妙香古國：十至十五世紀雲南洱海地區的傳說與歷史》，國立清華大學歷史研究所博士論文，民國 91 年。

八、工具書

1. 謝正光編：《明遺民傳記資料索引》，台北：新文豐出版社，民 79 年。